EU S/A

MAX BARRY

EU S/A

Tradução de
ALVES CALADO

EDITORA RECORD
RIO DE JANEIRO • SÃO PAULO
2005

CIP-Brasil. Catalogação-na-fonte
Sindicato Nacional dos Editores de Livros, RJ.

Barry, Max
B288e Eu S/A / Max Barry; tradução de Alves Calado. – Rio de Janeiro: Record, 2005.

Tradução de: Jennifer Government
ISBN 85-01-06747-4

1. Capitalismo – Ficção. 2. Ficção americana. I. Alves-Calado, Ivanir, 1953- . II. Título.

CDD – 813
05-1450 CDU – 821.111(73)-3

Título original norte-americano:
JENNIFER GOVERNMENT

Direitos exclusivos de publicação em língua portuguesa somente para o Brasil adquiridos pela
DISTRIBUIDORA RECORD DE SERVIÇOS DE IMPRENSA S.A.
Rua Argentina 171 – Rio de Janeiro, RJ – 20921-380 – Tel.: 2585-2000
que se reserva a propriedade literária desta tradução

Impresso no Brasil

ISBN 85-01-06747-4

PEDIDOS PELO REEMBOLSO POSTAL
Caixa Postal 23.052
Rio de Janeiro, RJ – 20922-970

EDITORA AFILIADA

Para Charles Thiesen

Que realmente, realmente queria que eu chamasse
o livro de “Capitalizmo”

Com dinheiro teremos homens, disse César,

e com homens teremos dinheiro.

THOMAS JEFFERSON, 1784

... Um governo sábio e frugal, que impeça os homens de ferir uns aos outros, que, afora isso, os deixe livres para regular sua busca de realização e desenvolvimento, e que não tire da boca do trabalhador o pão que ele mereceu. Este é o resumo do bom governo.

THOMAS JEFFERSON, 1801

Nota do autor

Há um monte de nomes de empresas e marcas verdadeiras neste livro, a maioria em situações que você não verá na capa dos relatórios anuais. Este livro é um romance, e as coisas que acontecem nele não são verdadeiras. Pode parecer bastante óbvio para você, mas algumas pessoas (que chamaremos de "advogados") ficam muito tensas quando a gente descreve grandes corporações planejando assassinatos. Então sejamos claros: esta é uma obra de ficção. Os atos apresentados aqui não são reais nem baseados em acontecimentos reais. Qualquer semelhança com pessoas verdadeiras é coincidência. E o uso do nome de empresas e produtos reais destina-se apenas a efeito literário, e é, definitivamente, feito sem permissão.

PRIMEIRA PARTE

1 Nike

Hack ouviu falar em Jennifer Governo pela primeira vez junto ao bebedouro. Só estava ali porque o do seu andar não tinha água; o Jurídico iria cair sobre a Fontes da Natureza como uma tonelada de merda, pode apostar. Hack era funcionário da Distribuição de Merchandising. Isso significava que quando a Nike fazia um punhado de cartazes, bonés ou toalhas de praia Hack tinha de mandá-los ao lugar certo. Além disso, se alguém reclamasse da falta de cartazes, bonés ou toalhas de praia, Hack tinha de atender ao telefonema. Não era tão empolgante como antigamente.

— É uma *calamidade* — disse um homem perto do bebedouro. — Faltam quatro dias para o lançamento, e Jennifer Governo está pegando no meu pé.

— Meu Deus — disse seu companheiro. — Deve ser um saco.

— Significa que temos de andar rápido. — Ele olhou para Hack, que estava enchendo seu copo. — Ei, você.

Hack levantou os olhos. Os dois estavam sorrindo como se ele fosse um igual — mas, claro, Hack estava no andar errado. Eles não sabiam que ele era apenas um funcionário do Merch.

— Oi.

— Não vi você aqui antes — disse o cara da *calamidade.* — É novo?

— Não. Trabalho no Merch.

— Ah. — O nariz dele torceu.

— Nosso bebedouro está vazio. — Hack se virou rapidamente para ir embora.

— Ei, espere — disse o executivo. — Você já fez algum trabalho de marketing?

— Ahn... — disse ele, sem saber se era uma piada. — Não.

Os dois executivos se entreolharam. O cara da *calamidade* deu de ombros. Depois eles estenderam a mão.

— Eu sou John Nike, Agente de Marketing de Guerrilha, Produtos Novos.

— E eu sou John Nike, vice-presidente de Marketing, Produtos Novos — disse o outro executivo.

— Hack Nike — disse Hack, apertando a mão deles.

— Hack, eu tenho o poder de tomar decisões de contratação de empregados de nível médio — disse o vice-presidente John. — Está interessado num trabalho?

— Num... — Ele sentiu a garganta ficar apertada. — Trabalho de marketing?

— A continuidade será avaliada caso a caso, claro — disse o outro John.

Hack começou a chorar.

— Pronto — disse um John, entregando um lenço. — Está se sentindo melhor?

Hack confirmou com a cabeça, sentindo vergonha.

— Desculpe.

— Ei, não fique preocupado com isso — disse o vice-presidente John. — Mudança de carreira pode ser uma coisa muito bem-sucedida. Li isso em algum lugar.

— Aqui está a papelada. — O outro John lhe entregou uma caneta e um maço de papéis. Na primeira página estava escrito CONTRATO PARA REALIZAÇÃO DE SERVIÇO, e as outras eram em letras muito pequenas para serem lidas.

— Querem que eu assine isso agora? — indagou Hack, hesitante.

— Não precisa se preocupar. São só os acordos usuais relativos a não-realização e não-revelação.

— É, mas...

Hoje em dia as empresas estavam ficando muito mais duras nos contratos de trabalho; Hack tinha ouvido histórias. Na Adidas, se um cara largasse o trabalho e o substituto dele não fosse tão competente, eles o processavam por perdas de lucros.

— Hack, precisamos de alguém que possa tomar decisões rápidas. Alguém que tenha pique.

— Alguém que possa realizar coisas. Com um mínimo de embromação.

— Se não é o seu estilo... vamos esquecer esta conversa. Sem problema. Você continua no Merchandising.

O vice-presidente John estendeu a mão para pegar o contrato de volta.

— Posso assinar agora — disse Hack, segurando com mais força.

— Isso é totalmente com você — disse o outro John. Em seguida ocupou a cadeira ao lado de Hack, cruzou as pernas e pousou as mãos sobre elas, sorrindo. Os dois John tinham sorrisos bons, notou Hack. Ele imaginou que todo mundo no Marketing era assim. Os rostos também eram bem parecidos. — Só aqui embaixo.

Hack assinou.

— E ali também — disse o outro John. — E na próxima página... e uma aqui. E ali.

— É bom ter você a bordo, Hack. — O vice-presidente John pegou o contrato, abriu uma gaveta e o largou lá dentro. — Bom. O que sabe sobre os Nike Mercury?

Hack piscou.

— É o nosso último produto. Eu não vi um par, mas... ouvi dizer que é fantástico.

Os John sorriram.

— Começamos a vender os Mercury há seis meses. Sabe quantos pares já vendemos?

Hack balançou a cabeça. Cada par custava milhares de dólares, mas isso não impediria as pessoas de comprá-los. Eram os tênis mais maneiros do mundo.

— Um milhão?

— Duzentos.

— Duzentos milhões?

— Não. Duzentos pares.

— O nosso John aqui — disse o outro John — foi pioneiro no conceito de marketing por recusa de vender produtos. Isso deixa o mercado *louco*.

— E agora está na hora de tirar proveito. Na sexta-feira vamos jogar quatrocentos mil pares no mercado a dois mil e meio cada.

— O que... já que eles custam... quanto mesmo?

— Oitenta e cinco.

— Já que eles custam oitenta e cinco dólares para ser fabricados, nos dá um lucro bruto de aproximadamente um bilhão de dólares. — Ele olhou para o vice-presidente John. — É uma campanha brilhante.

— Na verdade não passa de bom senso — disse John. — Mas o negócio é o seguinte, Hack; se as pessoas perceberem que cada shopping center do país tem os Mercury, vamos perder todo o prestígio que nos deu tanto trabalho para montar. Estou certo?

— Está. — Hack esperava parecer confiante. Realmente não entendia de marketing.

— Então sabe o que vamos fazer?

Ele balançou a cabeça.

— Vamos atirar neles — disse o vice-presidente John. — Vamos matar todos os que comprarem um par.

Silêncio.

— O quê? — perguntou Hack.

O outro John disse:

— Bem, não todo mundo, obviamente. Achamos que só temos de apagar... o que foi que decidimos? Cinco?

— Dez — disse o vice-presidente John. — Para segurança.

— Certo. Apagamos dez clientes, fazemos com que pareça coisa de garotos do gueto e teremos a credibilidade das ruas entrando sem parar. Aposto que vamos acabar com o estoque em vinte e quatro horas.

— Me lembro que a gente sempre podia contar com aqueles garotos de rua para matar algumas pessoas para pegar os últimos Nike — disse o vice-presidente John. — Agora as pessoas são mortas por Reeboks, Adidas... até por tênis *sem marca*, pelo amor de Deus.

— Os guetos não têm mais nenhum sentido de moda — disse o outro John. — Eles são capazes de usar qualquer coisa.

— É uma desgraça. De qualquer modo, Hack, acho que você entendeu. Esta é uma campanha de arrasar quarteirão.

— Nem fale em campanha de ponta — disse o outro John. — Ela *define* o que é ponta.

— Hmm... — disse Hack. Em seguida engoliu em seco. — Isso não é meio... ilegal?

— Ele quer saber se é ilegal — disse o outro John, achando divertido. — Você é engraçado, Hack, é ilegal matar pessoas sem o consentimento delas, é muito ilegal.

O vice-presidente John disse:

— Mas a questão é a seguinte: quanto custa? Mesmo que sejamos descobertos, queimamos alguns milhões em custos jurídicos, recebemos multa de mais alguns milhões... e o resultado é que ainda estaremos bem na frente.

Hack tinha uma pergunta que não queria fazer.

— Então... esse contrato... o que ele diz que eu devo fazer?

O John ao seu lado cruzou as mãos.

— Bem, Hack, nós explicamos o plano de negócios. O que queremos que você faça é...

— Executá-lo — disse o vice-presidente John.

2 McDonald's

Até parar na frente delas, Hayley não tinha notado quantas de suas colegas de turma estavam louras. Aquilo ali parecia uma praia. Ela havia perdido a virada da moda. Teria de ir correndo a um cabeleireiro depois da escola.

— Quando estiver pronta — disse o professor.

Hayley olhou para os cartões de anotações e respirou fundo.

— *Por que amo os Estados Unidos*, escrito por Hayley McDonald's. Os Estados Unidos são o maior grupo de países do mundo porque nós temos liberdade. Em países como a França, onde o governo não é privatizado, ainda se precisa pagar impostos e fazer o que o governo manda, um saco. Nos países dos Estados Unidos respeitamos os direitos individuais e deixamos as pessoas fazer o que querem.

O professor anotou algo em sua pasta de papel. As escolas patrocinadas pelo McDonald's eram pão-duras. Nas escolas Pepsi todo mundo tinha notebook. E os uniformes eram muito melhores. Era difícil ser maneiro com os Arcos Dourados nas costas.

— Antes dos países dos Estados Unidos abolirem os impostos, se você não tivesse emprego, o governo pegava dinheiro dos trabalhadores e dava a você. Tipo assim, quanto mais inútil você fosse, mais dinheiro ganhava.

Nenhuma reação dos colegas de turma. Nem o professor riu. Hayley ficou surpresa: tinha achado que aquilo era de matar de rir.

— Mas agora os Estados Unidos têm todas as melhores empresas e todo o dinheiro porque todo mundo trabalha e o Governo não pode gastar dinheiro em coisas estúpidas como propaganda, eleições e leis novas. Ele simplesmente impede as pessoas de roubar ou de machucar umas às outras, e todo o resto é feito pelo setor privado, que todo mundo sabe que é mais eficiente. — Ela olhou para suas anotações; é, era isso. — Finalmente gostaria de dizer que os Estados Unidos são o maior grupo de países do mundo e que tenho orgulho de viver nos Territórios Australianos dos Estados Unidos!

Aplausos esparsos. Era o oitavo trabalho deste período: Hayley achou que estava ficando mais difícil provocar entusiasmo pelo capitalizmo. Foi para o seu lugar.

— Espere aí — disse o professor. — Tenho algumas perguntas.

— Ah.

— Há algum aspecto positivo nos impostos?

Ela relaxou: uma pergunta fácil.

— Algumas pessoas acham que o imposto é bom porque dá dinheiro a gente que não tem. Mas essas pessoas devem ser preguiçosas ou estúpidas, então por que deveriam ganhar o dinheiro dos outros? Obviamente, a resposta é não.

O professor piscou. Fez uma anotação. Devia ter sido uma resposta impressionante, pensou Hayley.

— E a justiça social?

— O quê?

— É justo que algumas pessoas sejam ricas enquanto outras não têm nada?

Ela balançou de um pé para o outro. Estava lembrando: esse professor tinha uma queda pelos pobres. Vivia falando deles.

— Hmm... é, é justo. Porque se eu estudar muito para uma prova e tirar dez, e Emily não estudar e fracassar — interesse renovado por parte da turma; Emily levantou as sobrancelhas louras —, não é justo tirar alguns pontos meus e dar para ela, é?

O professor franziu a testa. Hayley sentiu um clarão de pânico.

— Outra coisa, nos países que não fazem parte dos EUA eles querem que as pessoas sejam iguais, então se sua irmã nasceu cega, eles cegam você também, para igualar as coisas. Mas isso não é injusto? Eu preferiria ser americana a ser uma... pessoa da União Européia. — Ela deu um grande sorriso para a turma. Eles aplaudiram, com muito mais entusiasmo do que antes. Hayley acrescentou esperançosa: — Só isso?

— Só. Obrigado.

Alívio! Ela começou a andar. Um garoto bonito da terceira fila piscou para ela.

— Se bem, Hayley — disse o professor —, que na verdade não cegam pessoas nos países que não fazem parte dos EUA.

Hayley parou.

— Bom, isso é meio hipócrita, não é?

A turma aplaudiu. O professor abriu a boca e depois fechou. Hayley ocupou seu lugar. *Falei e disse*, pensou. Tinha se dado bem no teste.

3 A Polícia

Hack estava no trânsito, mordendo as unhas. Não tinha sido um bom dia. Estava começando a pensar que ir ao marketing para um copo d'água foi o pior erro que já havia cometido.

Entrou numa rua lateral e estacionou seu Toyota. Ele chacoalhou com raiva e soltou uma nuvem de fumaça preta. Hack realmente precisava de um carro novo. Talvez, se esse serviço valesse a pena, ele poderia se mudar de St. Kilda. Poderia conseguir um apartamento com algum espaço, talvez um pouco de luz natural...

Balançou a cabeça com raiva. O que estava pensando? Ele não ia *atirar* em ninguém. Nem para ter um apartamento melhor.

Subiu a escada até o segundo andar e entrou. Violet estava sentada de pernas cruzadas no chão da sala, com o notebook no colo. Violet era sua namorada. Era a única pessoa sem emprego que ele já conhecera, sem contar os sem-teto que pediam dinheiro. Era uma empreendedora. Um dia Violet provavelmente seria rica: era inteligente e determinada. Às vezes Hack não entendia por que os dois estavam juntos.

Largou a pasta e tirou o paletó. A mesa estava coberta de contas. Hack não tinha barganhado muito bem em sua última avaliação de desempenho e isso realmente estava sendo ruim.

— Violet?

— Mmm?

— Podemos conversar?

— É importante?

— É.

Ela franziu a testa. Hack esperou. Violet não gostava de ser perturbada durante o trabalho. Não gostava de ser perturbada nunca. Era baixa, magra e tinha cabelos castanhos compridos, que a faziam parecer muito mais frágil do que era.

— O que é?

Ele se sentou no sofá.

— Eu fiz uma coisa estúpida.

— Ah, Hack, de novo, não.

Ultimamente Hack tinha errado uns dois retornos no caminho para casa: na terça-feira passada tinha entrado numa rua premium e perdido onze dólares em pedágio antes de achar uma saída.

— Não, foi uma coisa realmente estúpida.

— O que aconteceu?

— Bom, me ofereceram um trabalho... um trabalho de marketing...

— Isso é ótimo! Um dinheirinho extra seria ótimo para a gente...

— ... e assinei um contrato sem ler.

Pausa.

— Ah. Bom, pode ser que esteja tudo bem...

— Ele diz que eu devo matar pessoas. É uma espécie de campanha promocional. Eu tenho de... bem... matar dez pessoas.

Por um momento ela ficou quieta. Ele esperava que Violet não gritasse com ele.

— É melhor olhar o contrato.

Ele baixou a cabeça.

— Você não tem uma cópia?

— Não.

— Ah, *Hack*.

— Desculpe.

Violet mordeu o lábio.

— Bem, você não pode ir em frente com isso. O Governo não é tão idiota quanto as pessoas acham. Eles vão pegar você, com certeza. Mas, afinal de contas, você não sabe quais são as penalidades que há no contrato... Acho melhor procurar a Polícia.

— Verdade?

— Há uma delegacia na rua Chapel. Quando deveria... fazer a coisa?

— Na sexta.

— Acho melhor você ir. Agora.

— É. Está certa. — Ele pegou o paletó. — Obrigado, Violet.

— Por que esse tipo de coisa sempre acontece com você, Hack?

— Não sei. — Ele se sentiu emocionado. Fechou a porta cuidadosamente depois de sair.

A delegacia ficava a poucos quarteirões; e quando apareceu ele começou a sentir esperança. O prédio era iluminado em néon azul, com POLÍCIA escrito em letras enormes e uma luz giratória em cima. Se alguém pudesse ajudá-lo a sair daquela situação, seria alguém que trabalhasse num lugar assim.

As portas se abriram deslizando e ele foi até a recepção. Uma mulher uniformizada — Hack não sabia se era policial de verdade ou só uma recepcionista obrigada a usar farda — sorriu. O sistema de som tocava a música dos anúncios deles na TV: "Every Breath You Take".

— Boa noite, em que posso ajudá-lo?

— Tenho uma coisa que gostaria de conversar com um policial, por favor.

— Posso perguntar a natureza do seu problema?

— Hmm. Fui contratado para matar alguém. Na verdade, algumas pessoas.

As sobrancelhas da recepcionista se levantaram minimamente, depois se acomodaram. Hack sentiu alívio. Não queria levar uma bronca da recepcionista.

— Sente-se, senhor. Um policial irá recebê-lo num instante.

Hack se deixou cair numa poltrona azul macia e esperou. Alguns minutos depois um policial apareceu e parou na sua frente. Hack ficou de pé.

— Sou o sargento Pearson Polícia — disse o homem. Em seguida apertou com firmeza a mão de Hack. — Por favor, me acompanhe.

Hack seguiu-o por um corredor com carpete macio até uma sala de reuniões pequena e de aparência profissional. Na parede havia fotos de policiais acompanhando criminosos para fora de prédios, diante de tribunais, e batendo na cabeça de manifestantes na frente de alguns prédios de corporações. Enquanto Pearson se sentava, Hack captou um vislumbre de algemas e um revólver.

— Qual é o seu problema? — Ele abriu um caderno.

Hack contou toda a história. Quando terminou, Pearson ficou quieto por longo tempo. Finalmente Hack não agüentou mais.

— O que o senhor acha?

Pearson juntou os dedos.

— Bom, aprecio que tenha vindo informar isso. Fez a coisa certa. Agora deixe-me dizer quais são suas opções. — Ele fechou o caderno e colocou de lado. — Primeiro, você pode ir em frente com esse contrato da Nike. Atirar em algumas pessoas. Nesse caso, o que faremos, se formos contratados pelo Governo ou pelos representantes de uma das vítimas, é tentar prendê-lo.

— Sim.

— E *iríamos* prendê-lo, Hack. Temos uma taxa de sucesso de oitenta e seis por cento. Com alguém como você, inexperiente, sem apoio, iríamos pegá-lo dentro de horas. Por isso recomendo com ênfase que não cumpra esse contrato.

— Eu sei. Deveria ter lido, mas...

— Segundo, você pode se recusar a cumpri-lo. Isso iria expô-lo a qualquer penalidade que esteja no contrato. E tenho certeza que não preciso dizer que elas podem ser grandes. Muito grandes.

Hack assentiu. Esperava que Pearson não tivesse acabado.

— Sua alternativa é a seguinte. — Pearson se inclinou para a frente. — Você nos subcontrata para os assassinatos. Nós cumprimos o seu contrato, a uma taxa muito competitiva. Como você provavelmente sabe, a partir dos nossos anúncios, sua identidade é totalmente protegida. Se o Governo vier atrás de nós, não é problema seu.

— Essa é minha única alternativa?

— Bom, se você tivesse uma cópia do contrato, eu lhe diria para falar com nosso departamento jurídico. Mas não tem, não é?

— Hmm, não. — Ele hesitou. — Quanto custaria para...

Pearson soprou o ar das bochechas.

— Depende. Você não precisa apagar indivíduos específicos, não é? Só pessoas que comprarem esses tais tênis Mercury.

— É.

— Bom, isso é mais barato. Podemos garantir que não apagaremos ninguém que tenha meios. Para... você sabe... vingança. E você precisa de dez presuntos, certo, de modo que há um desconto pela quantidade. Poderíamos fazer isso por, digamos, cento e cinqüenta.

— Cento e cinqüenta o quê?

— Mil. Cento e cinqüenta mil, Hack. O que acha?

Ele se sentiu desesperado.

— Sou funcionário do Merchandising, ganho trinta e três por ano...

— Qual é... — disse Pearson, parecendo dolorido. — Não me venha com essa.

— Sinto muito. — Sua visão ficou turva. Pela segunda vez num dia! Estava desmoronando.

— Olha, última oferta: cento e trinta. Você pode ir falar com a NRA, mas não vai conseguir nada melhor do que isso, garanto. E então, estamos combinados?

— Estamos. — Hack enxugou o rosto com raiva enquanto Pearson começava a esboçar o contrato.

4 Mitsui

O despertador disse:

"*... e boatos de grandes lucros. A Microsoft caiu para vinte e dois depois que a empresa anunciou que o atraso nos lançamentos iriam...*"

Buy não conseguia respirar. Seu peito doía. Pensou: *Estou tendo um ataque cardíaco!* Depois se lembrou. Não. Não era ataque cardíaco.

Cambaleou até o banheiro e olhou no espelho. Seu rosto o encarou de volta. Não parecia impressionado.

— Sou uma pessoa fantástica — falou. — Hoje é um dia ótimo.

Grudado num canto do espelho havia um pedaço de papel. Nele estava escrito:

EU SOU UMA PESSOA FANTÁSTICA
HOJE É UM DIA ÓTIMO
CADA OBSTÁCULO É UMA OPORTUNIDADE

Era segunda-feira, 27 de outubro, portanto faltavam cinco dias de trabalho no ano financeiro da Corporação Mitsui. Buy era gerente de contas do Grupo de Contas Competitivas, Região Sul, o que significava que era corretor de ações, o que significava que era vendedor. Tinha uma quota de 4,2 milhões de dólares. Isso não tinha parecido problema depois de um primeiro trimestre notável e um sólido 2ºT, mas no 3ºT eles haviam feito reestruturação, tirando algumas contas dele, e o 4ºT tinha sido *terrível*, uma catástrofe. Buy tinha cinco dias para arranjar meio milhão de dólares.

Tomou banho e foi até a sala de estar. Seu apartamento dava para o Jardim Botânico ExxonMobil, e, mais além, a cidade de Melbourne, EUA (Austrália). Passava um pouco das seis, e as torres de escritórios relampejavam em laranja ao sol do alvorecer. O céu era uma sólida vastidão azul. Buy tinha parado de vê-lo no 3ºT.

Comeu torrada, que ajudou a descer com suco. Vestiu-se e pegou o elevador até o estacionamento, onde seu Jeep estava esperando. Os Jeeps eram os veículos mais seguros na estrada, Buy tinha lido; seguros para quem estava dentro do Jeep, pelo menos. Partiu rugindo para a rua.

As ruas baratas estavam engarrafadas, mesmo às seis e meia, mas ele só estava a quatro quarteirões de uma via expressa premium Bechtel, e isso significava oito pistas, dois dólares por quilômetro e sem limite de velocidade. Passou rapidamente por prédios de escritórios e fábricas com o ponteiro a 150km/h.

Entrou no estacionamento da Mitsui e pegou o elevador até o salão de cubículos no sexto andar. Os corretores não tinham propriamente salas, nem mesmo paredes acima da altura dos ombros, pelo menos não no setor de Contas Competitivas. Em seu primeiro ano aqui, Buy gostou disso, porque era fácil pedir ajuda a um colega. Agora ficava incomodado, pelo mesmo motivo.

Hamish, que fazia o turno da noite na mesa de Buy, estava tirando os fones de ouvido.

— Oi, Buy.

— Ei. — Hamish parecia relaxado e feliz. Buy sentiu um clarão de ciúme. — Como está o mercado?

— Mais nervoso ainda do que você. Pega leve, meu chapa. Vai chegar lá.

— É, eu sei. — Ele tentou parecer sincero. Hamish lhe deu um tapinha nas costas e saiu para o que, sem dúvida, seria um dia deitado no sofá assistindo ao futebol, ou de atividades igualmente casuais e sem estresse. Hamish tinha cumprido a quota há seis semanas, e Buy estava achando cada vez mais difícil não odiá-lo.

Buy sentou-se, plugou seu telefone de prender na cabeça e discou. Grudado em seu cubículo estava um bilhete que ele tinha escrito no 1ºT:

SUCESSO = 500 TELEFONEMAS POR DIA

Olhou para aquilo enquanto o telefone do seu cliente tocava. Buy estava começando a achar que o sucesso era uma tremenda cagada.

Na França ele não estaria numa situação assim. Claro, na França ele não teria recebido o cheque de pagamento do ano passado, de 347.000 dólares. Por isso tinha ido embora: a UE era um atoleiro socialista, com impostos, desemprego e tudo público. Até recentemente Buy pensava que se mudar para um país dos EUA era a melhor coisa que já fizera, com a possível exceção de mudar seu nome de Jean-Paul.

"*Você está falando com Michael Microsoft, gerente de projetos, Divisão de Soluções Empresariais. Deixe seu recado e eu entro em contato assim que puder.*"

Buy começou a falar sobre indicadores de mercado apontando para o aumento da volatilidade, ao mesmo tempo que clicava o mouse nos e-mails. Havia uma mensagem de um amigo que agora trabalhava para a US Alliance, um dos grandes programas de lealdade dos clientes:

Buy

Um padre e um corretor se encontraram nos Portões do Céu. São Pedro deu uma harpa de ouro e um manto de seda ao corretor e o deixou entrar no céu. Depois deu uma trombeta enferrujada e uns trapos velhos ao padre. O padre disse: "Ei, por que o corretor ganhou a harpa e o manto?" E São Pedro disse: "Porque, enquanto você pregava, as pessoas dormiam. Mas os clientes dele... bem, eles rezavam.

— Sami

P.S. Acabamos de ultrapassar 200 milhões de sócios na US Alliance e estamos para assinar com a NRA (ainda segredo). Mas acho que não é tão empolgante quanto fazer negócios para a Mitsui, não é?

Buy olhou o relógio. Era meio-dia em L.A. Desligou-se da secretária eletrônica de Michael Microsoft e discou.

— Sami UA.

— Você falou sério sobre a NRA?

— Buy! Como vai?

— Você não quer saber.

— É, falei sério. Você não faz idéia de como as coisas estão andando rápido aqui.

— Sabe o que vai acontecer com o preço das ações da NRA se eles assinarem com a US Alliance?

— Puxa, não sei, Buy. Não sou mais corretor.

Ele sentiu um jorro de gratidão.

— Obrigado, Sami.

— Espere. Você não pode usar esta informação. É segredo da empresa.

Buy fez uma pausa.

— Você vai...

— Qual é... — disse Sami. — Você sabe que eu tenho de dizer isso. Você teve um ano duro, certo? Talvez as coisas dêem uma virada para você.

Ele desligou.

Por um segundo Buy ficou paralisado. Havia coisas demais que precisava fazer ao mesmo tempo. Há quinze anos isso seria considerado uma transação a partir de conhecimento sigiloso, mas esse conceito antiquado tinha desaparecido há uma ou duas décadas, quando um número tão grande de corretores estava fazendo isso que era impossível prender todos. Agora era chamado de transação inteligente.

Enfiou o telefone debaixo do ouvido, apertou DISCAGEM AUTOMÁTICA 1 e começou a digitar um e-mail.

— Jason Mutual Unity.

— Estou ligando porque você é o meu melhor cliente — disse Buy. — Tenho uma informação que vai fazer um monte de gente ganhar um monte de dinheiro, e quero que você seja uma delas. — Ao mesmo tempo digitava:

SE QUER SURFAR UMA ONDA
ME LIGUE AGORA

Em seguida arrastou toda a sua lista de clientes do campo de endereços e apertou ENVIAR.

— Buy, eu acabo de sair do chuveiro.

— Diga que você tem liquidez.

— O que é que eu sou, um iniciante? Que empresa?

— National Rifle Association.

— A NRA? Eles estão na lista?

— Jason, todo mundo está na lista.

— Não sei... Eu teria de vender outra posição. Olha, vou lhe dizer uma coisa, deixe comigo...

— Não há tempo. Você sabe como isso é. O primeiro peixe que morder a isca vai agitar os tubarões.

— Desculpe, Buy. Nós não operamos assim.

Ele se ouviu dizer:

— Eu abro mão da comissão.

— O quê?

— Se a ação não subir, eu como a comissão. — Ele engoliu em seco. Tinha bastante certeza de que não tinha permissão para dizer isso. Tinha bastante certeza de que, se o preço das ações da NRA caísse, a Mitsui iria demiti-lo e processá-lo. — Me dê pelo menos vinte milhões e eu só recebo a comissão se você ganhar dinheiro.

— Está falando sério?

A comissão sobre vinte milhões de dólares era de quatrocentos mil. Ele pensou: *27 de outubro, 27 de outubro.*

— Muito sério.

— Bem, porra — disse Jason. — Trato feito, meu chapa.

— Obrigado. — Buy fechou os olhos. Seu peito ainda doía.

5 Wal-Mart

— Achei as apresentações de vocês uniformemente frustrantes — disse o professor. Estava encostado na mesa, de braços cruzados. Sempre que virava a cabeça, seus óculos refletiam a luz do sol para Hayley, como se estivesse lançando raios de desaprovação. — Recomendo que todos melhorem o nível de pensamento crítico.

Começou a andar entre as carteiras, largando papéis sobre elas. Hayley viu um *D* e um *F*; um carinha de óculos recebeu um *C-*. Ela soltou o ar. Isso não seria bom.

Ouviu um sussurro atrás e se virou. Três garotas estavam amontoadas. Quando viram Hayley olhando, fecharam-se ainda mais.

Um papel pousou em sua mesa. Havia um monte de tinta vermelha, com palavras como *superficial.* Embaixo: *F.*

Hayley levantou a mão.

— Por que recebi um *F* por dizer que o capitalizmo é bom quando é isso que todo mundo também diz? Não é justo.

— Hayley, o que não é justo é nossa sociedade recompensar o egoísmo. *Isso* não é justo.

Então mude-se para a China, pensou Hayley.

— O senhor sabe que eu vou questionar essa nota.

A Comissão de Currículo da McDonald's não deixaria essa merda assim, pode apostar seu rabo.

— Também não acho justo — disse um garoto à esquerda de Hayley. — Meus pais dizem que a gente precisa entender como o capitalizmo funciona para ir adiante. Que o interesse pessoal é uma coisa *boa*. O senhor não deveria estar nos preparando para o mundo real?

— *Mercury* — disse uma das garotas que estavam sussurrando.

Hayley se virou de novo.

— O que disse sobre os Mercury?

Elas a olharam com o rosto impávido.

— A Nike Town, no shopping, vai receber alguns Mercury.

O queixo de Hayley caiu.

— Está falando *sério*?

— Graças ao *interesse pessoal* — disse o professor —, é legal deixar uma pessoa morrer de fome na rua enquanto você passa em seu Mercedes. Isso é justo?

— Ouvimos dizer que são cinco pares.

— Não *brinca*! Quando? — Hayley agarrou a carteira. — Quando eles vão receber os Mercury?

— Esta noite. Às seis e meia. — A garota olhou para as amigas. — Quer se encontrar com a gente lá?

— Ah, quero!

Ela se sentiu fraca e enjoada ao mesmo tempo. Os Mercury custavam dois mil e quinhentos dólares, e Hayley não tinha tanto dinheiro, mas podia pegar emprestado: havia caixas eletrônicos no shopping. Valeria a pena; os Mercury não eram apenas tênis maneiros; eram um investimento. Ela poderia vendê-los no dia seguinte pelo dobro do preço, talvez mais. E se... e se ela conseguisse *dois* pares?

— É muito frustrante — disse o professor — que nenhum de vocês consiga enxergar além do simples consumismo. Muito frustrante.

Mercury, pensou Hayley. *Ah, meu Deus.*

6 NRA

Billy Bechtel fazia tanques. Grandes. Eles tinham esteiras, canhões na frente e metralhadoras giratórias; eram impressionantes pra caralho, eram mesmo. Quando alguém perguntava o que Billy fazia para viver, ele dizia: "Sabe a fábrica Bechtel Militar, perto de Abilene? Eu trabalho lá", e olhava as sobrancelhas das pessoas subirem. Chegou ao ponto de Billy começar a desejar que seu emprego fosse tão legal quanto parecia.

O serviço de Billy era verificar as chapas de aço para garantir que não estivessem empenadas. Era assim: uma empilhadeira chegava e jogava um monte de chapas em sua área, então Billy verificava com uma régua de metal, depois vinha outra empilhadeira e levava embora. Se ele achasse alguma torta, ela ia para uma pilha separada, e quando Billy aparecia para trabalhar no dia seguinte a pilha tinha sumido. A maioria dos caras na Bechtel trabalhava em equipes, mas Billy ficava sozinho. Ele estava pirando.

Depois de estar lá há alguns meses, deixou uma placa com um amassado na ponta passar, só para ver o que aconteceria, mas nada aconteceu. Agora alguém estava dirigindo um tanque que deixava entrar água da chuva, pensou. Depois disso deixou passar uma placa quase dobrada ao meio, e um cara da solda veio e gritou com ele.

Passou a fumar para poder ficar um tempo com os outros empregados, e foi ali que conheceu os atiradores. Havia uns dez ou doze, e se encontravam três vezes por semana depois do turno de trabalho.

— Você deveria vir também — disse um deles a Billy, olhando-o de cima a baixo. Billy era jovem, louro e trabalhava um bocado. — Vai se divertir.

Então Billy foi, e *era* divertido. Também descobriu que era bom de tiro. Tinha caçado um pouco quando era garoto crescendo numa fazenda, mas depois seu pai morreu e a mãe se mudou com eles para Dallas, e depois disso não houve muita necessidade de atirar. Até agora, quando nos blocos dos fundos da fábrica Bechtel Militar em Abilene, Billy ganhou o respeito e a admiração dos colegas acertando alvos na forma de troncos humanos a uma distância maior do que qualquer outro. As coisas ficaram boas. Às vezes até os caras das empilhadeiras paravam para falar com ele.

Veio a má notícia. O capataz juntou todos no Barracão Um, em meio aos andaimes e aos tanques meio montados, e um cara do Escritório Central, um cara de terno, disse:

— Infelizmente, devido às pressões nos custos... — E houve um monte de papo sobre concorrência, eficiência e como era doloroso para a gerência tomar decisões duras. Mas o resumo, como todos os trabalhadores concordaram depois, era: *Agora vocês podem se foder*. Billy estava desempregado.

Eles se reuniram na frente e ficaram parados, inseguros. Falaram mal da gerência e se perguntaram o que iriam fazer agora; alguns falaram amargamente sobre os dias em que havia sindicatos, quando merdas assim não eram toleradas. Um dos atiradores deu um tapa no ombro de Billy e disse:

— E você, campeão? O que vai fazer?

— Acho que vou para algum lugar — disse Billy, surpreendendo a si mesmo. Verdade, ele tinha economizado o suficiente para tirar férias, e sempre quisera viajar para fora do Texas, mas esse era um objetivo de longo prazo, do tipo que ele nunca esperava realizar de verdade. Esse negócio de atirar havia realmente desenvolvido sua confiança. — Eu sempre quis esquiar, sabe? Talvez vá a algum lugar para aprender a esquiar.

O homem deu uma gargalhada.

— Ei, saca só! Billy the Kid vai esquiar!

Os homens em volta explodiram. Mãos bateram nas suas costas.

— Bom pra você, Billy — disse alguém, e mais alguém disse:

— Todo mundo devia ir esquiar, porra! — Eles acharam fantástico. Billy percebeu: acharam que ele estava sacaneando a gerência da Bechtel. Para um trabalhador de construção em Abilene, Texas, esquiar era quase tão exótico quanto se possa imaginar. Era como ir à Disneylândia.

— É isso aí, Billy the Kid — disse o sujeito. — Aprenda a esquiar.

Ele pensou em ir à Suécia, por causa das gatas. Imaginou semanas deslizando em encostas brancas durante o dia e suaves curvas brancas à noite. Mas a agente de viagens disse que era impossível trabalhar lá: a Suécia era um país não-EUA. Billy não pôde crer. Nem pensava que ainda existissem países assim.

— Ah, claro — disse a agente, uma garota que Billy tinha namorado no segundo grau. Ela ainda mascava chiclete. — Existem muitos. Na maioria, lugares aonde você não vai querer ir, claro.

— Então, aonde eu posso ir?

— Que tal Cingapura? Cingapura é bem legal. Posso conseguir um preço ótimo...

— Cingapura, não. — Billy tinha quase certeza de que essa agência de viagens tinha algum trato com Cingapura; eles tentavam convencer todo mundo a visitar o país. — Eu preciso de algum lugar com montanhas. Quero esquiar.

— Esquiar? — Os olhos dela se arregalaram.

— É.

— Uau. Certo, então. — Ela cutucou o computador. — Bem, há o Alasca, que fica lá no norte. E o Canadá, claro.

Billy esperava alguma coisa mais exótica.

— Alguma coisa mais longe?

— Certo, deixe-me ver. — Billy esperou enquanto ela passava para outras telas. — Quer ir à Nova Zelândia?

— Onde?

Mas ele gostou da Nova Zelândia, gostou mesmo. A princípio ficou apreensivo: era tão longe, enfiada na parte de baixo do mundo como uma coisa que a Austrália tinha tossido. Mas pousou no Aeroporto de Auckland e o pessoal falava americano, e havia McDonald's e máquinas de Coca-Cola em toda parte, e ele se sentiu aliviado: era um país dos EUA, afinal de contas. Estava se sentindo bem quando perguntou ao recepcionista do hotel sobre os melhores lugares para esquiar, e então o cara riu tanto que teve de se sentar.

— Temporada de *esqui*? Cara, você está atrasado demais. É *primavera.*

— Do que está falando?

— Qual é... — disse o recepcionista. — Você sabe que o hemisfério sul tem as estações ao contrário, não sabe?

— Você tá de sacanagem — disse Billy, mas o recepcionista não estava: o recepcionista estava dizendo a verdade. Ele não pôde acreditar. Primavera em outubro! Quem imaginaria?

Esperando encontrar os últimos vestígios de neve, pegou uma balsa para a Ilha Sul da Nova Zelândia e um ônibus até Invercargill, onde era gelado o ano inteiro. No ônibus conheceu algumas mochileiras de Massachusetts. Elas disseram a Billy que queriam ir a algum lugar exótico; queriam alguma coisa diferente.

— Fomos ao Laos, à Tailândia, tudo — disse uma das garotas. — Sabe a primeira coisa que vimos ao sair do barco em Ko Phangan? Um Starbucks Café. — Ela pareceu enojada. — Tudo está americanizado. A gente deveria ter ficado em casa.

— É, certo — disse Billy, se bem que não via nada de errado em se poder tomar um bom café na Tailândia. A garota era bem bonita. — Eu estou aqui para esquiar. A gente poderia fazer um pacote juntos, talvez...

— Esquiar, necas — disse a outra garota. — Nada de experiências higienizadas, obrigada. — Ela não era tão bonita.

Desembarcou sozinho em Invercargill e andou pela rua principal procurando um hotel barato. Mas primeiro encontrou um escritório da NRA: um prédio atarracado, de aparência profissional, com

National Rifle Association Ltd gravado em letras pretas sobre fundo cinza. Olhou durante um tempo. Depois entrou. Estava espiando o quadro de avisos, procurando áreas de tiro na região, quando a recepcionista disse:

— O senhor gostaria de entrar para a associação local?

Billy olhou-a. Ela era jovem e loura, usando suéter azul. Que caía muito bem.

— Se vai ficar na cidade. — Ela sorriu. Amarrotado na mesa ao seu lado estava um agasalho de esquiador.

— Vou ficar.

Estava na área de tiro da NRA a leste de Invercargill quando eles se aproximaram. Eram dois, ambos usando ternos azuis. Nenhum parecia estar armado. Billy assentiu para eles enquanto recarregava o fuzil. Tinha comprado com desconto especial para sócios: uma carabina Colt M4A1, esguia e pesada, trinta balas por pente.

— Belo tiro — disse um dos homens, sorrindo. Tinha um sotaque identificável, o que era raro: a maioria dos neozelandeses parecia simplesmente ser da Califórnia. Seu cabelo era escorrido para trás. Os dois usavam óculos escuros.

— Obrigado. — Ele colocou o pente seguinte. — Vocês são atiradores?

O homem olhou para o companheiro.

— É, pode-se dizer isso. Você é Billy Bechtel, certo? É novo aqui?

— Sou. — Ele disparou. Um boneco a cem metros de distância cuspiu um chumaço de penas de dentro da cabeça.

— Engraçado, eu não sabia que a Bechtel estava fazendo alguma coisa nesta área.

Billy o encarou. A verdade é que ele não era mais Billy Bechtel: era só Billy, viajante desempregado. Mas era embaraçoso demais se anunciar sem sobrenome. As pessoas pensavam que você era vagabundo.

— Estou de férias.

— Certo. Vendo a paisagem, não é? Conhecendo alguns dos moradores locais?

Billy imaginou se os sujeitos sabiam que ele havia saído com a recepcionista da NRA. Os dois tinham pegado meio pesado na noite passada, no carro dela. Talvez um daqueles caras fosse pai dela. Ele segurou o fuzil com mais força.

— Bem, Billy, gostaríamos que trabalhasse para nós.

— Ahã. E quem são vocês?

— A NRA — disse o homem com um sorriso largo. Ele estava assustando Billy um pouco. — Ficaria surpreso em saber o que fazemos hoje em dia, Billy, ficaria mesmo. Atualmente a NRA não cuida apenas de panfletos e shows com armas.

— Precisamos de homens como você — disse o segundo sujeito. — Homens exatamente como você. E pagamos bem.

— É? Para fazer o quê?

O homem se virou e olhou para um alvo. Billy podia ver o boneco refletido nos óculos escuros dele.

— Aquele foi realmente um bom tiro. Um tiro muito bom.

7 Mercedes-Benz

— Epa! — disse uma corretora, derramando champanhe no braço dele. — Merda! Desculpe, Buy.

— Tudo bem.

— Qual é, relaxe. — Ela pegou seu braço. — Eles vão aprovar suas negociações. Tenho certeza que vão.

Buy estava sentado numa das mesas, com a gravata solta. Tivera uma média de quatro horas de sono nos últimos cinco dias. Em volta, corretores bebiam, riam e se apertavam as mãos. Eram 18h15, sexta-feira, 31 de outubro. O ano financeiro estava oficialmente terminado.

— Estou relaxado.

— Deixe-o em paz — disse Cameron, pondo a mão no ombro de Buy. Cameron era o gerente do andar e iria demiti-lo dentro de minutos, suspeitou Buy. — O cara teve uma semana heróica.

— Bem, o suspense está me matando, porra — disse a mulher. — Quando é que vamos saber se vão chutá-lo?

— Eu estou esperando...

— Não diga que está esperando o telefonema para qualquer minuto.

— Lisa — disse Cameron. — Assim que eu souber, anuncio.

— Bem, acho que você fez a coisa certa, Buy. Aquele foi um gesto de coragem, prometendo abrir mão da comissão se as ações caíssem. Coragem verdadeira. — Ela passou o braço pelo dele. — Alguns de nós vamos percorrer os bares esta noite. Quer vir? Acho que você deveria.

— Só queria mesmo ir para a cama. Mas obrigado.

— Certo. — Ela puxou o braço de volta. — Vejo você na segunda, espero.

Quando ela saiu, Buy falou:

— Estou demitido?

Cameron pensou.

— Depende de eles estarem mais decididos a torná-lo um exemplo do que embolsar suas negociações.

— Talvez eles só desautorizem a Mutual Unity — disse Buy. — Só o bastante para me deixar abaixo da quota.

— Buy, nós não demitimos todo mundo que fica abaixo da quota.

— Quem ficou abaixo e não foi demitido?

— Estou dizendo teoricamente. Não é automático, é o que eu quis dizer.

— Ah.

— Cameron? Ligação do Escritório Central.

Todo mundo parou de falar.

— Obrigado — disse Cameron. Sua sala ficava alguns degraus acima e era cercada de vidro, para que ele pudesse olhar a área de transações. Todo mundo olhou-o subir.

— Bem — disse Buy, sentindo-se tonto. — Foi divertido trabalhar com vocês.

Houve uma batida no vidro. Ele ergueu os olhos. Cameron estava com o telefone enfiado sob o ouvido. Fez um sinal de polegar para cima.

Buy sentiu-se desmaiar. As pessoas o rodearam, dando-lhe tapinhas nas costas e gritando. O alívio o atravessou como uma coisa física, e então ele não pôde parar de rir.

Só queria dormir, mas no meio do caminho para casa o shopping Wal-Mart de Chadstone o chamou. Ele merecia alguma coisa para comemorar depois do dia de hoje, não era? Merecia uma coisa realmente cara. Virou o volante.

Dentro do shopping achou uma fileira de caixas eletrônicos instalados na base de uma série de mezaninos, como peões reunidos para olhar um céu de vidro. Um vendedor da Mercedes-Benz estava fazendo uma rifa no centro, e Buy olhou os carros com interesse. Já possuía dois carros, mas seu Saab não era mais do ano. Talvez merecesse um carro novo.

Uma colegial de cabelos escuros estava falando sem parar no terminal. Ele espiou sobre o ombro dela. Ela estava pegando um empréstimo. Buy suspirou.

A garota olhou para ele.

— Não consigo fazer funcionar. — Alarmado, Buy viu lágrimas se formando nos olhos dela. — Eu tentei... eu realmente preciso...

— Talvez você devesse tentar outro caixa.

— Nenhum deles quer me emprestar!

— De quanto você precisa?

— Quinhentos dólares.

— Ah. — Ele deu um sorriso simpático.

Ela ficou ali parada um momento. Buy achou que a garota ia gritar. Então ela se afastou.

Ele se aproximou da máquina e enfiou o cartão. Seu saldo atual era de pouco mais de cem mil. Num impulso, olhou a garota. Ela estava passando entre os consumidores, indo para a saída.

Tirou cinco mil: cinqüenta notas de cem dólares. Depois correu atrás da garota.

— Ei! — Ela só se virou quando ele pôs a mão em seu ombro. — Ei, você.

— O quê?

— Isso é um presente. — Os olhos dela se arregalaram, olhando o dinheiro. Buy ficou empolgado, como não se sentia há meses. — Vá, pegue. Compre uma coisa bonita.

A mão dela se esgueirou e se fechou nas notas.

— Por que... por que fez isso?

— Estou comemorando.

— Muito obrigada! Ah, meu Deus, *muitíssimo* obrigada!

— Qual é o seu nome?

— Hayley! Eu sou Hayley McDonald's!

— Eu sou Buy. Divirta-se.

8 Empreendimentos Violet

Esta noite Hack estava tremendamente nervoso e enlouquecendo Violet. Ela estava trabalhando dezesseis horas por dia para terminar seu programa de computador, e, faltando dois dias para o prazo final, não tinha tempo para tirá-lo do aperto de novo. Muita coisa dependia disso: era sua grande chance. Três meses de montagem de código baseada em um ano de pesquisa e uma idéia tão brilhante que a fizera parar no meio da rua um dia; não podia jogar isso fora para cuidar do último drama de Hack.

Hack começou a bater o pé, sacudindo o laptop dela.

— Hack, *por favor.*

— Desculpe. — Ele a olhou implorando.

— Não é seu problema, Hack.

— Estou matando alguém — sussurrou ele.

— Não está. Só repassou um serviço. Não tem nada a ver com você.

Ele começou a balançar o pé de novo.

— Beba alguma coisa — disse Violet. — Vá ao supermercado, compre algumas drogas.

— Não quero.

— Então faça alguma outra coisa! Eu não tenho tempo para isso!

Ele olhou para a tela. Ela resistiu à ânsia de fechar a tampa.

— Está trabalhando no programa?

— Estou. O programa de segurança. — Isso não era totalmente exato, mas era menos complicado do que a verdade, que era: *o vírus*. Pessoas fora da área técnica tinham dificuldade para apreciar a visão de Violet.

— Precisa de alguma ajuda?

— Não. — Ela se obrigou a dizer: — Obrigada.

— Certo. — Ele foi até a janela e olhou para o céu. Violet voltou ao seu código. Estava quase perdida nele quando Hack falou: — Espero que não seja alguém legal.

— Tenho certeza que não é, Hack — disse ela, sem realmente prestar atenção.

9 Governo

Estava usando uma capa comprida para esconder o que havia embaixo. O cabelo estava enfiado num xale. Usava óculos escuros, se bem que eles não podiam esconder o código de barras tatuado abaixo do olho esquerdo. Mas ela não se importava com isso. Tornava mais difícil as pessoas saberem o que ela era.

O shopping Wal-Mart de Chadstone tinha seis andares, com mezaninos por todo lado. A Nike Town ficava no quarto piso. Ela olhou para baixo ao sair da escada rolante. No térreo, consumidores circulavam em volta de dois brilhantes automóveis Mercedes.

Já havia um cerrado agrupamento em volta da Nike Town, uns cinqüenta adolescentes, a maioria com uniformes de escolas. A loja havia baixado a porta de aço, mas um careca de terno falava através dela. Ele balançava os braços, agitado. Os garotos sacudiam a porta de aço em resposta. Ela viu que as portas da Nike Town tinham compridas logomarcas da empresa servindo de maçanetas, afilando-se até formar pontas: pareciam bem perigosas. A mulher esperava que nenhum daqueles adolescentes fosse se empalar.

Havia uma Barnes & Noble mais adiante, com uma bela vitrine reflexiva, por isso ela ficou na frente. Durante vinte minutos não viu ninguém com probabilidade de ser seu alvo. Num determinado ponto pegou-se lendo as capas dos livros na vitrine e afastou os olhos bruscamente. *Pode ser o livro do ano*, dizia a capa, o que ela achou improvável. Aquele era um piso dos Autores Não-Best Sellers da Barnes & Noble.

Depois de trinta e cinco minutos viu um rapaz com calças de camuflagem. Ele estava de frente para a Nike Town, do outro lado da abertura no piso, apoiado no parapeito. Acendeu um cigarro. Pelo volume no paletó, estava levando uma arma num coldre de ombro. Havia dez metros de ar entre ele e a Nike Town, o que iria protegê-lo da multidão, e uma saída de emergência diretamente atrás dele. Não havia dúvida. Esse era o seu alvo.

Os garotos estavam entoando há cinco minutos — *A-BRE, A-BRE, A-BRE* —, mas agora começaram a gritar, quase berrando. Garotas balançavam rolos de dinheiro, pulando empolgadas. Então a porta de aço subiu e o ruído se transformou numa cacofonia. Houve um estouro de adolescentes: ela viu um garoto cair, gritando. Virou-se e começou a andar em silêncio na direção da loja, olhando para o alvo. Ele estava se empertigando, jogando fora o cigarro.

— *Vendido!* — gritou um homem. Na Nike Town, quatro garotas de uniforme do McDonald's estavam gritando deliciadas, segurando uma caixa de Mercury. Não, *quatro* caixas. E havia mais: as prateleiras estavam cheias deles. Sua informação estava errada. Esta loja tinha mais do que cinco pares. Tinha dezenas.

As garotas abriram caminho para fora da loja, falando empolgadas. O alvo enfiou uma das mãos na jaqueta.

— Não *acredito*! Não acredito que cada uma conseguiu um par!

— A gente deveria conseguir mais, a gente deveria voltar em...

As garotas passaram espremidas por ela. A mulher ficou imóvel, incapaz de se mover até que o alvo agisse. A última garota, a de cabelo escuro, passou bem na frente dela. A mulher pôde sentir o cheiro do perfume da adolescente.

Um homem na multidão apertou uma arma na nuca da garota.

Sua reação instintiva — a emoção que primeiro explodiu em seu cérebro — foi desapontamento. *Errado. Meu alvo estava errado.* Então a arma disparou, aguda e alta. A garota caiu. A multidão gritou e se encolheu como um animal único. O assassino era um rapaz musculoso com camiseta preta. Estava a menos de dois metros dela, e seus olhos se encontraram.

— Estão matando gente por causa dos Mercury! — gritou alguém, e a multidão se agitou. O assassino partiu para a Barnes & Noble.

Ela jogou fora a capa e levantou a metralhadora escondida dentro. Era uma Vektor SS77: pesada e desajeitada, mas capaz de fazer novecentos disparos por minuto. A mulher se apoiou num dos joelhos e apertou o gatilho.

Ele ziguezagueou como se soubesse o que viria, e ela explodiu a vitrine da Barnes & Noble, desintegrando romances. Acompanhou-o o mais rápido que pôde, com a Vektor batendo no ombro, e arrebentou o piso em grossos nacos de argamassa. O assassino mergulhou através da vitrine da Toys "R" Us.

A mulher largou a Vektor e pegou suas duas 45. Ele estava tentando se levantar em meio ao mostruário de Barbies em tamanho real; ela não teve a sorte de ver a garganta do sujeito ser cortada no vidro. Apertou os gatilhos, deixando as pistolas no automático. O braço de uma Barbie Médica explodiu; ela rasgou ao meio uma Barbie Rainha das Debutantes. O assassino rolou e desapareceu na loja.

Ela tirou os óculos e o xale e correu. Isso não era bom: não poderia perseguir rapazes musculosos de camiseta, não com a armadura que estava usando. Mesmo assim correu.

O assassino tinha chegado à escada rolante interna da loja. Havia consumidores em toda parte, olhando-a.

— *Fora do caminho!* — gritou ela. — Abaixem-se!

Eles gritaram e ela mergulhou para a escada rolante, caindo de barriga e deslizando com as 45 apontadas na frente. Havia um homem embaixo, olhando para cima, e ela quase o derrubou antes de reconhecer que não era o alvo. Ficou de pé outra vez e olhou em volta. A Toys "R" Us parecia um boliche, composta apenas por corredores intermináveis.

— Para onde? Para onde ele foi?

O homem apontou o corredor ao lado. Ela correu, mas o lugar estava vazio. Prateleiras de personagens fluorescentes de Guerra nas Estrelas espiavam mudos. Foi para o próximo corredor, e depois o próximo.

Estava tudo silencioso. Nenhum som ofegante, nem de corrida, nenhum consumidor gritando. Isso significava que o assassino tinha passado a ser nativo, misturando-se à multidão. Ela correu para a saída.

Um garoto do caixa viu suas armas e gritou. Ela pulou por cima da roleta e continuou correndo. Uma multidão tinha se juntado perto do parapeito para olhar a Nike Town no quarto andar. E um homem andava rapidamente para as escadas rolantes centrais, um rapaz forte com camiseta preta.

Ela abriu caminho pela multidão até a beira do mezanino e entrou na escada rolante. Quando pôde vê-lo com clareza, equilibrou-se com as pernas e gritou:

— Parado! — Sua voz ecoou. — Aqui é o Governo!

Ele se virou. Era o assassino. A meio metro diante dele ficava a escada rolante. Ele olhou para lá, depois para ela.

— Não se mexa!

Ele levantou as mãos.

Graças a Deus, pensou ela. Em seguida sinalizou com uma pistola, e ele saiu da escada. A mulher olhou para baixo, para ver se o caminho estava livre para ela pular do corrimão.

O negócio foi que ela deveria ter adivinhado. Tinha-o identificado desde o início quando viu seu reflexo na vitrine da Barnes & Noble. Devia ter percebido que eram dois.

Ele estava a uns seis metros de distância. Tinha uma pistola apontada para ela. Não havia nada que ela pudesse fazer.

O sujeito disparou. E foi como ser acertada por um carro. Seus pés saíram de debaixo do corpo. Enquanto caía, as luzes fluorescentes se retorceram e redemoinharam acima. Teve tempo de pensar: *As luzes parecem anjos.* Então aterrissou no teto de um Mercedes, acertando o carro com a coluna vertebral. O pára-brisa estourou. O carro balançou loucamente. Ela piscou. Ainda podia piscar.

Depois de um tempo alguns rostos apareceram acima dela.

— Tirem-na daí — disse alguém, e outro alguém disse: — Não, não mexam nela.

— Querida? — disse uma mulher. — Vou pedir ajuda para você. Qual é o seu nome?

— Governo. — A língua dela parecia uma salsicha inchada, partida. Só conseguia sentir o gosto de sangue. — Jennifer Governo.

10 American Express

Buy não tinha pretendido ficar por ali. Estava feliz consigo mesmo; agora iria para casa dormir. Mas hesitou diante de um dos Mercedes, atraindo a atenção do vendedor e sendo envolvido no papo, de modo que ainda estava por lá para ouvir os tiros.

Agachou-se, sabendo que todo mundo em volta estava fazendo o mesmo, e esticou o pescoço para cima. Tiros espocaram de novo: uma arma automática. Ouviu gritos, vidros quebrando.

Buy e o vendedor se arrastaram para perto dos carros, procurando abrigo. O shopping ficou silencioso. Era estranho, tantas pessoas tão quietas. E após uns minutos elas começaram a sair. Buy se levantou.

O vendedor torceu as mãos.

— Que empolgação.

— Acho que vou dar uma olhada — disse Buy.

— O senhor deveria deixar isso com a segurança do shopping.

— Conheço primeiros socorros. — Não eram muitas as pessoas que conheciam; havia riscos demais de ser processado. Buy pegou a escada de subida. No quarto andar havia um monte de adolescentes parados, atordoados; alguns agachados dentro das lojas. O vidro estilhaçado na frente da Barnes & Noble e uma fileira de buracos no piso marcavam um caminho na direção da Toys "R" Us. No chão diante da Nike Town, uma garota estava sangrando até a morte. Ele falou:

— Hayley?

O pescoço dela estava exposto. Buy correu até ela, tirou o paletó e tentou estancar o fluxo de sangue. Os olhos dela se reviraram.

— Alguém chame uma ambulância! — gritou ele. — Alguém tem...

— Tenho um celular — disse um garoto, entregando-lhe. Buy digitou 911 e enfiou o aparelho debaixo do ouvido. Hayley estava olhando-o; ele percebeu que ela queria que ele pegasse sua mão. Apertou-a com força.

— Emergência Nove Um Um, em que posso ajudá-lo?

— Preciso de uma ambulância. Rápido, uma garota levou um tiro no shopping Wal-Mart de Chadstone.

— Certamente, senhor. Pode me dizer o nome da garota?

— Hayley. Hayley não sei de quê. Por favor, venha imediatamente.

— Senhor, eu preciso saber se a vítima faz parte da nossa lista. Se ela for uma das nossas clientes, estaremos aí dentro de minutos. Caso contrário, eu ficaria feliz em recomendar...

— Eu preciso de uma ambulância! — gritou ele, e só quando a água bateu na sua mão ele percebeu que tinha começado a chorar. — Eu pago, eu não me importo, apenas *venha*!

— O senhor tem cartão de crédito?

— *Tenho!* Mande alguém agora!

— Assim que eu confirmar sua capacidade de pagar, senhor. Isso só vai demorar alguns segundos.

Ele olhou os rostos em volta.

— Alguém ajude. *Ajude!* — O garoto que tinha emprestado o celular a Buy se ajoelhou e segurou o paletó em cima do ferimento. Uma garota começou a acariciar o cabelo de Hayley. Buy tirou a carteira do bolso de trás e pegou o cartão de crédito. Os olhos de Hayley estavam fixos nele. *Eu prometo*, disse Buy a ela. *Eu prometo.* — Eu tenho um American Express...

— Está ótimo, senhor. Poderia ler o número para mim, por favor?

— Nove sete um quatro, zero três...

Dois tiros ressoaram em algum lugar abaixo deles, perto. O pessoal em volta gritou e saiu correndo; só o garoto ficou, agachado mais baixo.

— ... seis seis...

Pessoas gritavam. Alguma coisa acertou o chão — ou um dos Mercedes? — com um estrondo ensurdecedor.

— Senhor? Ainda está aí? Eu não peguei o número.

— *Nove sete...*

O garoto pôs a mão sobre a de Buy.

— Moço... acho que não importa mais.

Hayley não estava mais olhando para ele. Seus olhos estavam virados para cima, para o letreiro da Nike Town, para as luzes fluorescentes. Seu rosto estava branco.

— Ah, não — disse Buy. — Não, por favor.

— Senhor? — disse a telefonista. — Poderia por favor repetir o número do cartão de crédito? Senhor? Ainda está aí? Senhor? Senhor?

SEGUNDA PARTE

11 Hack

Vieram procurá-lo às onze horas da noite seguinte. Hack estava na frente da televisão. Ele tinha a AOL Time Warner, 182 canais, e quatro, inclusive a CNN-A, passavam sem parar notícias sobre os assassinatos dos Mercury. Ele estava sentado no chão, envolto num cobertor, e zapeava de um canal para outro. Estava fazendo isso há trinta horas.

É uma teoria, Mary. Mas uma coisa é certa: há quatorze mortos confirmados, e ninguém...

Algumas lojas Nike Town estão fechadas, mas muitas continuam abertas, apesar do risco óbvio. Com a demanda pelos Mercury num ritmo febril...

As palavras fluíam em volta. Ele não conseguia ouvir nada além do número *quatorze.*

A campainha de segurança tocou, espantando-o. Ele se levantou e foi até a cozinha.

— Alô?

— É o John. Posso subir?

— Quem?

Ele ouviu o riso.

— Ele disse "Quem?" — disse John. — Qual é, Hack, não sacaneie a gente. Este é um bairro de merda.

Hack congelou.

— John Nike?

— Você subcontratou o serviço, não foi, Hack? Repassou. Acho que nós não fomos claros. E isso é realmente nossa culpa. Eu me culpo, e o John aqui se sente terrível. Não é, John?

Uma segunda voz:

— Vamos conversar sobre isso, Hack. Abra a porta.

— Não é uma hora boa.

Houve uma pausa. Depois, muito mais claro:

— Hack, seu merdinha, *abra a porta.*

Ele apertou o botão de segurança e o ouviu soando lá embaixo. Afastou-se do interfone e olhou-o. Esperava não estar cometendo outro grande erro.

Quando os John bateram na porta da frente, ele destrancou com dedos trêmulos. A porta se abriu. A luz súbita do corredor o ofuscou. Ele abrigou os olhos e teve de largar o cobertor.

— Ah, meu Deus — disse o vice-presidente John, passando por ele. — O que é isso? Cuecas Disney? Você é um funcionário do Merchandising.

— Você está com uma aparência de bosta — disse o outro John. Os dois usavam ternos escuros. Estavam com sapatos pretos brilhantes. — Hack, sua *respiração.*

John já se encontrava na sala. A porta do quarto estava escancarada, Hack viu. Violet estava dormindo lá.

— Venha cá, Hack. Nós temos uma coisa para mostrar.

Enquanto passava pela porta do quarto, Hack fechou-a. Os John não pareceram notar. Hack sentou-se no sofá e se enrolou no cobertor.

O outro John achou o controle remoto de Hack e zapeou a TV. Uma imagem do vice-presidente John saltou na tela.

— Ah, nós perdemos o início. Você fez com que a gente esperasse muito tempo, Hack.

Na tela, John disse:

— *Nada disso afasta o fato de que é uma verdadeira tragédia. Nós sabemos que as pessoas valorizam muito nossos produtos — a linha Nike Air; o selo Nike Jordan, muito bem-sucedido; e, claro, os incríveis novos Nike Mercury. Mas matar por um par de tênis é errado, e a Nike não vai tolerar isso.*

— Ainda acho que você deveria ter batido no pódio — disse o outro John. — Para causar efeito.

— Discrição — disse John. — É a chave.

— *Nós vamos caçar os assassinos e garantiremos que a justiça seja feita. Esta é uma promessa da Nike. É uma garantia de devolução de dinheiro.*

— Acertou na mosca — disse o John. — Desculpe a piada ruim. — E olhou para Hack. — O que acha?

— Vocês vão me entregar ao Governo. — Não havia sentido em ir para a porta. Quem sabe a janela? As mãos de Hack se fecharam com força.

Os John explodiram numa gargalhada.

— Hack — disse o outro John —, você é um cara maluco.

— Você é funcionário do Merchandising — disse o vice-presidente John, pondo a mão no seu ombro. — Algumas vezes esquecemos que nem todo mundo entende o marketing como nós. Hack, o que você acaba de ver é um release para a imprensa. Nós não temos intenção de caçar os responsáveis, porque os responsáveis somos nós. Certo?

Hack assentiu.

— Mas o negócio é que isso deveria ser nosso segredinho. E não é mais, é? Você não pôde ficar de boca fechada.

— Ora, Hack, se nós quiséssemos usar alguém de fora da empresa, teríamos pegado a porra do telefone, certo?

— Eu não sabia. Vocês não disseram nada sobre...

— Olha, não há sentido em perder tempo discutindo de quem é a culpa — disse o vice-presidente John. — Se bem que, francamente, Hack, é sua. Agora tudo que podemos fazer é controlar a coisa. De modo que, primeira pergunta: quem você subcontratou?

— Eu... a Polícia.

John assentiu.

— Certo. Uma organização profissional, pelo menos. Você viu os anúncios deles, John?

— Claro. Taxa de sucesso de oitenta e seis por cento.

— É — disse John. — É um número realmente incrível. — Ele olhou para Hack. — Estou presumindo que você tenha dito que era um serviço da Nike.

— Ah...

— Não seja tímido, Hack. Nós sabemos que essas agências insistem em saber de onde o serviço vem.

— Hmm, certo. É, eu disse.

— Porra! — disse o outro John. — Hack, seu merda idiota.

— Shh — disse o vice-presidente John. — Tudo bem, Hack. Agora estamos chegando a algum lugar. Quer dizer, obviamente nada disso é bom, segundo um ponto de vista geral. No geral, a coisa está bem fodida, um acordo comercial-sigiloso sendo espalhado por toda parte. Mas no nível individual, quanto ao nosso relacionamento, Hack, estou muito satisfeito por você ser honesto comigo. — Ele se inclinou para a frente, de modo que seu rosto estava quase tocando o de Hack. Sua pele parecia desconfortavelmente esticada, os malares artificialmente proeminentes. — E, já que estamos sendo francos, vou contar um segredo. Não foi a Polícia que cometeu aqueles atentados. Quer saber quem foi?

— Ahã — disse Hack.

— A NRA. Temos dados sobre seis incidentes, e a coisa cheira àqueles palhaços da National Rifle de cabo a rabo. Eles acham que disfarce é mandar caras com camisetas pretas e calças de camuflagem. Então o que isso lhe sugere, Hack?

Hack balançou a cabeça.

— Significa que a Polícia subcontratou também. — John suspirou. — Todo mundo quer terceirizar hoje em dia. Ninguém tem respeito pela competência. Mas a Nike é amiga da NRA, Hack, já que as duas empresas fazem parte do programa US Alliance; se quiséssemos subcontratar, nós mesmos os teríamos escolhido. De modo que se o serviço foi de você para a Polícia e daí para a NRA, há apenas um elo inseguro na corrente, o que, de novo, não é fantástico, mas não é uma catástrofe. O que *seria* uma catástrofe seriam outros elos na corrente. Elos dos quais não sabemos. Está me entendendo?

— Vocês querem que eu... descubra se a Polícia foi direto à NRA?

— Brilhante, Einstein — disse o outro John. Ele estava assistindo à TV, que repassava uma cena na Nike Town de Sydney. Cerca de duzentos adolescentes invadiam a loja, gadanhando-se para conseguir espaço. A vitrine se espatifou. Os John deram risinhos.

— É exatamente o que eu quero que você faça — disse o vice-presidente John, sorrindo. — Agora.

— Agora?

— Acompanho você. John vai esperar aqui.

— Tem algum biscoitinho? — perguntou o outro John.

— Hmm... — disse Hack, pensando em Violet. — O senhor... por que os dois não vão comigo? Ou que tal eu conversar com a Polícia e depois falar com vocês?

O outro John ergueu os olhos.

— Não nos diga o que fazer, Hack. Nem pense nisso.

— Acho que nós deveríamos ir — disse o vice-presidente John. Ele não estava mais sorrindo. — Agora. Acho realmente.

12 Jennifer

— Ei — disse alguém. — Jen. Ei.

Ela abriu os olhos. Depois fechou. *Luzes como anjos*, pensou. *Deus é fluorescente.*

— Anda. Abre.

— Ahh — disse ela.

— Esta é a minha garota. Anda.

Ela forçou os olhos a se abrir. Calvin, seu parceiro, estava sentado perto de uma cama. Ela estava na cama. A cama parecia estar num hospital.

— A revenda da Mercedes está nos processando pelo carro em que você desabou, dá para acreditar? Quarenta e oito mil pratas.

— Eles... eles escaparam?

Calvin suspirou.

— Infelizmente, sim. Nos ferramos na Nike Town do centro da cidade também. E em Sydney... — Ele coçou o nariz. — Pelo menos o Ben está numa boa. Não havia bandidos na Nike Town de Ben, ele passou a noite assistindo a garotos de treze anos comprar tênis. Mas Taylor... Taylor pegou um bandido. E achamos que o cúmplice do sujeito acertou-a.

— Ah, não. — Ela tentou cobrir o rosto. A dor atravessou seu ombro. — Ahh!

— Não mexa esse braço. Vai usar uma tipóia ou alguma coisa assim. De qualquer modo, estamos todos felizes porque você voltou inteira, certo? Sem dúvida entramos nessa operação com informações podres.

— Minha fonte é confiável. Eu sei que é.

— Hmm — disse Calvin. — Não que eu queira forçar o assunto, mas todas aquelas lojas tinham mais do que cinco pares de tênis Mercury.

— Confio na minha fonte. — Ela estava com sede. Todo o seu corpo doía. Precisava ir ao banheiro, e, pelos tubos que saíam de seu braço, parecia que teria de levar um suporte cheio de sacos e equipos intravenosos.

— Bom, podemos discutir isso depois. Ela telefonou ontem à noite, por sinal. E deixou um nome. Hack Nike.

— Quem?

— Não faço a mínima idéia. Não ouviu falar em ninguém chamado Hack quando estava investigando a Nike?

— Não.

— Bem, talvez ele seja um ninguém. Como eu disse, a qualidade de nossas informações até agora não foi espetacular.

Ela fechou os olhos com força, tentando pensar.

— Sabe, eu deveria voltar depois. — Calvin se levantou da cadeira. — Você precisa descansar um pouco. Posso cuidar do...

— Espere. Quan... quantos...

Ele se sentou de novo.

— Quatorze mortos. Pelo menos oito eram assassinatos por contrato, todos de famílias modestas. Nesse estágio parece que as vítimas foram escolhidas segundo o baixo rendimento. Odeio dizer, mas vai ser difícil conseguir orçamento para este caso.

— E quanto a pistas?

— Temos duas. Primeira, um bandido morto, cortesia de Taylor. Estamos investigando o passado dele agora. Segunda, um corretor que estava no local com uma vítima. Ele disse que não viu nada, mas nós ainda não o pressionamos.

— E esse tal de Hack Nike?

— Bem, como sua fonte não se mostrou tão confiável, eu ainda não segui essa pista.

— Pegue-o.

— Se conseguirmos verbas, claro, eu...

— Agora — disse Jennifer. — Pegue-o.

— Antes da aprovação de orçamento? Tem certeza?

— Estou com cara de certeza?

— Você está com uma cara medonha — disse Calvin, e riu.

13 Billy

Billy tinha se envolvido em algumas merdas estranhas antes, mas esta era o máximo. A NRA havia dado a todos eles codinomes de animais, de modo que agora nem podia dizer olá a alguém sem se sentir um panaca. Alguns caras iam fundo na coisa. "Boa noite, Cavalo", "Chacal, corta essa merda", mas Billy achava isso estúpido. Billy era Rato.

Estava no mato há três dias, dormindo em valas. Usava calças de camuflagem e uma jaqueta pesada em cima de uma camiseta preta, e levava uma capa impermeável. Tinha-a usado como travesseiro na noite anterior, mesmo quando começou a chover. Nesta manhã seus cigarros estavam molhados demais para acender e os braços tão rígidos que ele mal podia levantá-los.

A NRA chamava isso de jogo de guerra, e se destinava a testar suas habilidades. Até agora só havia testado a paciência de Billy. Isso não era esquiar.

— A bandeira deve estar perto agora — disse Urso. — Deve estar *bem* perto.

— Precisamos daquela bandeira — disse Novilha. Ela era a mulher de aparência mais apavorante que Billy já havia encontrado. — Eu realmente quero esse serviço.

— O que quer dizer? — perguntou Billy. — Já fomos contratados, certo? Pensei que isso fosse só treinamento.

— É — disse Novilha. — O tipo de treinamento que custa o seu emprego se você fizer merda.

— Ah. Uau.

— Parem com a conversa mole! — disse Curió, andando de costas. — E fiquem firmes!

Billy fez um muxoxo. Já estava cheio do Curió, o líder do esquadrão. Se Curió dissesse "cadeia de comando" de novo, Billy estava pronto para pegar pesado.

Andaram. Agora o mato era muito mais denso, quase uma floresta. Havia animais estranhos ali, Billy sabia. Tipos de animais que ele nunca tinha visto antes. A idéia o deixava meio assustado.

Alguma coisa se mexeu no mato à esquerda. O esquadrão se abaixou no chão. Billy levantou sua arma de tinta. Ela talvez não parasse um urso ou um rinoceronte, ou sei lá que diabo havia ali, mas se apontasse nos olhos...

— Não, deixa eu fazer isso. Você carrega ela *assim*.

Vozes. Curió sinalizou: *Espalhem-se*. Billy não achava uma boa idéia; se eles quebrassem gravetos, iriam se revelar. Olhou para Curió com ar interrogativo.

— *Anda* — sibilou Curió.

Billy suspirou. Ele e Ganso pegaram um flanco, Urso e Novilha, o outro. Andaram dez metros antes que Urso ou Novilha quebrasse um galho e dissesse:

— Ahh, merda!

— *Vão, vão* — gritou Curió. — *Atacar!*

Billy correu, pensando que isso era uma generosidade da parte de Curió, gritar para que o inimigo soubesse onde eles estavam. Saltou por cima de uma árvore caída. Ganso veio atrás.

Chegaram bruscamente numa clareira, onde havia uma bandeira vermelha e um monte de caras da NRA com faixas vermelhas no braço, e de repente todo mundo estava atirando bolas de tinta. Ganso levou uma no peito e se sentou. Billy mergulhou, rolou e assumiu posição atrás de uma árvore. Acertou quatro inimigos, atirando e recarregando em movimentos fluidos. Depois Urso e Novilha entraram na clareira vindos pelo outro lado.

— Tome isso, escroto! — gritou Urso, e mandou um tiro de tinta num homem que já estava sentado.

— Atrás de você! — gritou Billy, mas era tarde demais. Urso levou uma nas nádegas.

— Filho da puta — disse Urso.

— Sente-se, seu panaca — disse o inimigo morto.

Novilha correu até um agrupamento de árvores onde estava escondido o soldado vermelho que restava. Ele disparou contra ela uma vez, depois correu. Novilha era bem assustadora. Billy acertou o soldado, depois entrou na clareira.

Novilha o encontrou no meio.

— Ei, bom trabalho, Rato. Você tem bom olho.

— Obrigado. — Ele olhou as calças dela. — Ei, Novilha... acho que pegaram você.

— O quê? Ah, merda!

— Bem, bem! — disse Curió, chegando. Um bom dia para a equipe azul! — Ele foi até o mastro e começou a puxar as cordas da bandeira. — Acho que a equipe azul vai conseguir cargos na NRA.

— Você fez com que todo mundo fosse *acertado* — disse Billy. — Todo mundo menos eu.

Curió olhou em volta.

— Bem, então talvez não todos.

— Seu babaca — disse Novilha. — Deixou que eles soubessem que estávamos chegando.

— Não deixei. Foi culpa sua, quebrando gravetos e coisa e tal.

— Foi você, cara — disse um dos inimigos. — Ouvi alguém gritar: Vão, atacar!

— Muito obrigada, Curió! Você provavelmente custou meu emprego!

— Sua inépcia em combate não é culpa minha — disse Curió. Em seguida começou a dobrar a bandeira, enfiando uma ponta debaixo do queixo.

— Acha que é um verdadeiro comandante de esquadrão? — disse Billy. — Isto é um *jogo*! Acha que iriam colocá-lo no comando se fosse de verdade?

Todo mundo ficou quieto. Curió levantou sua pistola de tinta.

— Feche a boca, Rato.

— O que vai fazer, atirar em mim? — desafiou Billy, dando uma gargalhada.

— Disse para ficar quieto.

— Me dá essa bandeira. Você não merece ela. — Billy estendeu a mão.

Curió apertou o gatilho. Billy sentiu uma coisa acertar seu peito. Olhou para baixo e viu uma sujeira de tinta azul na jaqueta. Levantou a cabeça. Curió falou nervoso:

— Agora, anda... — E Billy lhe deu um soco na cara.

Curió caiu no chão. Braços seguraram Billy. Ele se sacudiu loucamente e acertou alguma coisa macia. Alguém gritou:

— Ahh, meu nariz! — Então Billy estava no chão e um monte de gente furiosa o segurava.

— Qual é o problema com você?

— Saia daqui — disse um homem. — A NRA não precisa de gente como você.

— A NRA vai saber disso, Rato — disse Curió, com a voz aguda. — Pode esquecer do seu emprego!

Billy olhou para Novilha, esperando apoio. Ela olhou para o chão.

— É melhor você dar no pé, Rato.

— Ótimo! — Ele se levantou. Tirou a faixa azul do braço e jogou no chão, mas ninguém pareceu muito impressionado. Ele quase gritou *fodam-se todos vocês*, mas conteve o impulso. Virou-se nos calcanhares e foi embora.

Vinte minutos depois percebeu que não sabia exatamente onde estava. O mato parecia igual em todas as direções. Em alguns lugares era tão denso que ele tinha de pular sobre árvores caídas e atravessar arbustos. A tinta azul na jaqueta secou formando uma camada dura que irritava a pele, e ele tirou-a e jogou numa árvore. Dez minutos depois seus braços foram atacados tão violentamente por mosquitos que ele voltou para pegá-la.

Mas isso era mais difícil do que parecia, e Billy percebeu que estava totalmente perdido. Passou meia hora andando de um lado para o outro, ficando cada vez mais irado consigo mesmo, com a NRA e com pássaros azuis que o desorientavam. Desejou nunca ter conhecido aqueles executivos da NRA na área de tiro. Quando saísse disso, a primeira coisa que iria fazer era cancelar seu título de sócio.

Cerca de três horas depois chegou a uma estrada de terra. Ficou tão aliviado que caiu de joelhos. Estava sujo, cansado, e sua garganta soltava estalos quando ele engolia. Além disso, estava louco por um cigarro, mas tinha medo de como a sede iria piorar se fumasse. Olhou pela estrada, primeiro para um lado, depois para o outro. Nenhum dos dois parecia especialmente promissor.

Andou uma eternidade. Nenhum carro passou por ele. O sol começou a cair abaixo da linha das árvores e um frio se assentou no ar. Agora Billy estava começando realmente a se arrepender de ter jogado fora a jaqueta. Pensava que podia estar se encrencando de verdade. Pensava que poderia morrer.

Então olhou para a direita e viu o jipe. Havia uma trilha pequena saindo da estrada, só uma abertura entre as árvores, na verdade, e a algumas centenas de metros um brilho vermelho de luzes de freio. Billy parou e olhou. Depois correu para lá.

Era um veículo da NRA, dava pra ver mesmo no escuro, com algumas figuras uniformizadas da NRA dentro. Um dos homens olhava na sua direção.

— Ei! — gritou Billy, balançando os braços. — Olá, olá!

O homem levantou um fuzil. Billy parou de correr. Uma luz forte se acendeu, ofuscando-o. Ele levantou o braço para proteger os olhos.

— Identifique-se.

— Eu sou Billy! Billy NRA!

Silêncio. Suas pernas começaram a tremer. Tinha uma sensação terrível de que estava onde não devia. Ouviu alguém descer do jipe e ir até ele, com as botas fazendo barulho pelo mato baixo. Um homem entrou no facho de luz. Era baixo e devia ter uns cinqüenta anos, usando uniforme com um monte de coisas brilhantes. Nada disso fez Billy se sentir melhor.

— Você é Bill NRA?

— Sou.

O homem soltou um suspiro.

— Meu Deus. Achamos que você não iria aparecer. Sou Yallam.

— Eu... prazer em conhecê-lo, senhor. — Suas pernas não paravam de tremer.

— Você está bem?

— Estou, senhor.

— Ouvimos falar do problema em Sydney. Sinto muito pelo Damon.

— Eu... — disse Billy, então percebeu que só havia uma resposta correta. — Sim, senhor.

Yallam se virou.

— Frank! Apague essa luz.

A luz se apagou. Billy piscou na escuridão súbita.

— É melhor a gente ir. Você abandonou seu veículo?

— Meu... sim, senhor.

— Bom homem. — Yallam deu-lhe um tapa nas costas e começou a levá-lo para o jipe. Billy não queria muito entrar naquele jipe. — Você é um crédito para a NRA, filho. Não pense que seu trabalho nesta semana ficará sem recompensa.

— Obrigado, senhor. — Um soldado abriu a porta e ele entrou. Nunca estivera tão apavorado na vida.

14 Jennifer

— Agora você vai dizer que não precisa estar aqui — disse o psiquiatra.

— Uau, você é bom — exclamou Jennifer. A cadeira de plástico era desconfortável. A sala era pequena, escura, e não tinha vista. Ela fora dispensada, ou pelo menos pensava. O Governo estava insistindo numa avaliação psiquiátrica de saída. Jennifer só queria ir para casa.

— O perigo faz parte do seu serviço, certo? Você está perdendo tempo aqui quando poderia estar perseguindo criminosos.

— Espantoso — disse ela. — É como se eu nem precisasse vir aqui.

O psiquiatra pousou os cotovelos na mesa. Ela podia ver uma pasta de papel aberta e supunha que fosse sua.

— Jennifer, não vou perguntar sobre sua infância ou sua vida sexual, ou com que se parecem algumas manchas de tinta. Só estou aqui para ajudar você a lidar com o trauma. Impedir que ele domine sua vida.

— O único trauma foi minha estupidez. Eu estava lá para fazer um serviço. Ferrei tudo. Praticamente mereci levar um tiro.

— Realmente acha isso?

— Não. Eu merecia salvar aquela garota, e aqueles dois escrotos armados mereciam morrer em vez dela. Mas não se pode vencer todas.

O psiquiatra fez uma pausa. Era uma pausa significativa, suspeitou Jennifer: para lhe dar tempo de pensar na resposta e revisá-la. Ela manteve a boca fechada.

— Você sabe — disse o psiquiatra —, algumas pessoas, quando se recuperam do trauma, ficam obcecadas pelos criminosos. A vida delas começa a girar em volta do inimigo. Elas pensam constantemente em fazer justiça.

— Essas pessoas parecem sensatas.

— Elas se afastam dos seres amados. Só o trauma importa. Podem perder a sensibilidade em relação à violência, podem ficar agressivas. Alguma coisa dessas parece familiar?

— Bom, podemos falar dessas pessoas o dia inteiro — disse ela, levantando-se. — Mas como eu tenho trabalho a fazer...

— Sente-se.

Ela se sentou.

— Sabe, isso nem tem a ver comigo. Tem a ver com algum escroto da Nike que achou que podia subir na carreira usando adolescentes mortos. Você não sabe como essas pessoas são. Elas não param enquanto alguém não as fizer parar.

— É, eu sei de seu passado corporativo — disse o psiquiatra. Seus olhos foram até o código de barras tatuado no rosto de Jennifer. — Você tem contas a cobrar, não é?

— Ei. Aquilo não tem nada a ver com isso. Não sou eu que não consigo esquecer, são vocês.

— Você trabalha para o Governo para expiar o passado?

— Sim. Eu sou uma verdadeira idealista.

— "Do idealista obcecado ao fanático é apenas um passo", F. A. Hayek escreveu isso. "Do fanatismo à barbárie é apenas um passo." Essa é de Denis Diderot.

— Alguém deveria atirar em você e jogá-lo três andares abaixo. Você poderia escrever um artigo.

Ele suspirou e fez uma anotação na pasta. Ela não achou que fosse uma anotação boa.

— Está recomendando que eu seja suspensa? É isso?

— Jennifer, sem dúvida você poderia se beneficiar de um descanso antes de voltar ao serviço.

— Não preciso descansar!

Ele ergueu os olhos.

— Soube que você não namora. É verdade?

— Achei que não íamos discutir minha vida sexual.

— É relevante para a sua perda de perspectiva.

— Estou indo. — Ela se levantou, rápido demais. A cadeira tombou para trás e caiu no chão.

— Espere! Jennifer!

Ela saiu e bateu a porta. Pessoas no corredor se viraram. Ela as encarou de volta. Fora do hospital estava escuro e não havia táxis, por isso parou na rua e esperou. Só quando o queixo começou a doer é que percebeu que o estava trincando.

O táxi deixou-a na Peckville Street e ela foi com dificuldade até a porta da frente. Estava descobrindo como era difícil fazer qualquer coisa com um braço na tipóia, até mesmo entrar em casa. No fim tocou a campainha.

Jennifer possuía uma casa geminada em North Melbourne, um pequeno subúrbio dentro da cidade que até agora tinha conseguido resistir razoavelmente à invasão dos prédios de apartamentos. Tinha se mudado de Los Angeles para Melbourne há nove anos: precisara de uma escapada, a Austrália estava completando a absorção por parte dos Estados Unidos, e os anúncios de TV chamavam o lugar de nova Califórnia. "Melbourne é L.A. sem a poluição", disse-lhe um corretor de imóveis, o que ela achou que fosse verdadeiro, mas também era L.A. sem as amenidades. Ficou chocada ao ver como o lugar era pequeno. Isso havia mudado, claro. As construções eram tantas que ela mal reconhecia a cidade.

A luz da varanda acendeu. Um olho apareceu na vigia da porta.

— Ah! — disse uma garota. Em seguida destrancou a porta e abriu. — Eu estava pensando se você vinha para casa hoje.

— Eu... desculpe. Deveria ter ligado.

— Não, tudo bem — disse a garota. — Só estou estudando. — Ela levantou a bolsa. — Vou indo, a não ser que você queira alguma coisa.

— Hmm... não, obrigada.

— Ligue se precisar de mim de novo. — E a garota saiu.

Jennifer entrou e largou a bolsa no sofá. A luz do corredor estava acesa, mas o quarto de Kate estava escuro, por isso ela se esgueirou para dentro e ficou ali parada um instante, deixando os olhos se acostumarem.

— Mamãe?

— Oi, docinho. — Ela se ajoelhou ao lado da cama.

— Seu cabelo está engraçado.

— Eles tiveram de cortar. Olha, eu levei pontos.

Kate tocou o crânio de Jennifer, sentindo o cabelo.

— Eu gostava mais antes.

— Bem, acho que está mal cortado. Você foi boa com a babá?

— Fui.

— Muito bem. — Ela acariciou o rosto de Kate. — Quer tomar um copo de leite comigo?

— É muito tarde, mamãe.

— Eu sei.

— Certo. — Kate empurrou as cobertas. Jennifer segurou a mão dela enquanto iam para a cozinha. — Você machucou o braço?

— Um pouquinho, sim.

— Vai ficar bom?

— Claro. Tudo sempre acaba ficando bom.

15 Violet

Violet acordou e havia um homem sentado na sua cama.

— Oi — disse ele.

Ela se afastou, puxando os cobertores.

— Quem é você?

— Sou amigo de Hack. Mas ele não disse nada sobre você. É namorada dele? — O sujeito se recostou na cama. — Você tem ombros bonitos.

— Cadê o Hack?

— Foi dar uma volta. — O rosto do homem era liso. O terno era escuro e anônimo. — Ele vai demorar um pouco.

— Por favor, vá embora.

— Mas Hack me convidou. Qual é o seu nome?

— Quero que vá embora.

— Sou John Nike. — Ele sorriu, com os dentes brilhando levemente na semi-escuridão. — Quem é você?

— Violet.

— Violet de quê? — Ele chegou mais perto. — Está desempregada? Tudo bem. Algumas vezes acontece. Vou lhe dizer uma coisa, Violet desempregada. Eu lhe dou cem dólares por um beijo.

Ela apertou os cobertores com mais força.

— Saia. Agora.

Ele levantou as sobrancelhas.

— Isso é muito generoso. Considerando que não está em condições de negociar... — Sua mão tocou a coxa de Violet.

— Me solta!

— Você precisa ser empreendedora para ir em frente, Violet. Precisa aproveitar as oportunidades. — Ele apertou.

Violet tentou tirar a mão dele. Ele apertou seus pulsos e pressionou-os contra a parede. O cobertor caiu.

— Uuuu — disse ele, olhando para baixo. — Que peitinhos!

Ela mordeu a orelha do sujeito com o máximo de força que pôde.

— *Ahhh! Desgraçada!*

Ela rolou para fora da cama, caindo de quatro. Em seguida se levantou e correu. Tinha meio destrancado a porta da frente quando percebeu como essa era uma má idéia, sair correndo nua naquele bairro. Entrou correndo na cozinha e começou a abrir gavetas.

— Sua putinha — disse John, entrando. — Se eu precisar fazer uma plástica, você vai pagar.

Ela achou uma faca. Uma faca comprida.

— Fique longe de mim.

— Acho que não, Violet desempregada. — Ele chegou mais perto, olhando a faca. — Acho que não quer ficar mais encrencada do que já está.

— *Você* me atacou — disse ela.

Nesse momento ele agarrou seu pulso e bateu na bancada da cozinha. Ela gritou. A faca caiu no chão.

Havia uma torradeira na bancada, um negócio pesado e brilhante que Hack havia lhe dado no último aniversário. Tinha fendas de tamanhos variados para diferentes tipos de pão e um sensor automático para jamais queimar. Violet agarrou-a com as duas mãos e girou contra o rosto de John. O negócio ressoou como um sino. John caiu no chão.

Ele não se mexeu. Violet espiou. O cara não parecia estar respirando. Depois de um momento ela o cutucou com o pé.

— Você está...

Ele agarrou seu tornozelo. Ela caiu para trás e bateu com a cabeça no fogão. As mãos dele apertaram suas pernas. Ela gritou e o acertou com a torradeira. Quebrou os joelhos dele, depois acertou seu próprio joelho. Bateu com a torradeira nas mãos dele, na cabeça, no rosto, até perceber que ele havia parado de se mexer de novo. Não estava se mexendo há um tempo.

Saiu de debaixo dele, respirando com dificuldade. John estava frouxo. Ela olhou a torradeira. Havia manchas de sangue.

Largou a torradeira e rodeou o corpo dele. Fechou a porta da cozinha e foi para o quarto, vestiu uma camiseta e uma calça e se sentou na cama. Depois de um tempo começou a roer as unhas. Pensou que podia ter feito uma coisa terrível.

16 Hack

— Tem certeza que não deveríamos ir de carro? — disse John. Havia uns adolescentes adiante na rua, ouvindo música alta.

— Fica aqui mesmo — respondeu Hack.

— Por que mora aqui? Quanto ganha na Nike?

— Hmm... uns trinta e três.

— Meu Deus! Qual é o seu problema?

— Eu... acho que não sou muito bom em negociações. — Hack era uma porcaria nas negociações de salário. Todo ano seu chefe o fazia se sentar e falava sobre pressões competitivas e cortes de orçamento; no fim dizia uma quantia e Hack aceitava, agradecido por ainda estar empregado.

— Você pode fazer cursos. Treinamento de afirmação. Deveria cuidar disso. É aqui?

Hack levantou os olhos. A Polícia, a luz azul giratória.

— É.

John endireitou a gravata.

— Bom, você vai fazer o seguinte. Vai entrar, perguntar pela pessoa com quem falou da outra vez. Estabeleça *exatamente* quantos outros elos existem na cadeia. Depois sai. Só isso.

— Certo. — Os dois entraram. A mesma música, "Every Breath You Take", estava tocando. Isso deve ser bem chato, pensou Hack. — Posso falar com o sargento Pearson, por favor?

— Certamente, senhor. — Era a mesma recepcionista. Ela sorriu para ele. — Seu nome?

— Hack Nike.

Ela olhou para John.

— E?

— Um amigo — disse John.

A recepcionista o encarou. Ela era amigável desde que você não a sacaneasse, percebeu Hack.

— Sentem-se.

Eles se sentaram.

— Você deu o seu nome verdadeiro? — sussurrou John.

Hack ficou quieto. Estava pensando em Violet em casa com o outro John.

Pearson não os deixou esperando: em um minuto entrou no saguão. Esse tal de Pearson era uma verdadeira presença, pensou Hack. Pearson impunha respeito.

— Hack, que prazer em vê-lo. Por aqui. — Ele os guiou até a mesma sala de reuniões. — O que posso fazer por você?

— Estou aqui para falar do serviço.

— Ahã. — Pearson levantou as sobrancelhas para John.

— Eu sei sobre o serviço — disse John.

— Hmm, é, ele sabe — confirmou Hack. — Eu só queria perguntar a quem vocês... hmm... deram o serviço.

Pearson ficou quieto.

— Está feliz com os resultados, Hack?

— Feliz? — disse ele, e quase riu. — Eu... claro, acho.

— Esse foi um empreendimento significativo. Não sei se você avalia a complexidade da tarefa. O preço que oferecemos foi extremamente generoso.

— Hmm, claro. Eu só queria saber sobre alguma subcontratação.

— Sei. Você sabia que nós nos reservamos o direito de fazer isso, certo?

— Bem... acho que sim. Quer dizer, não importa se a NRA foi quem fez. Eu só queria saber...

As sobrancelhas de Pearson se levantaram.

— O que o faz pensar que foi a NRA?

— Ah... — Hack olhou para John, que ficou enojado. — Eu só... pensei.

— Mesmo? — disse Pearson. — Bem, é uma suposição muito interessante, Hack. Porque, como discutimos, nós tratamos as associações para negócios com sigilo absoluto. Sigilo *absoluto.*

— Por isso eu quero falar com você. Quero saber se houve algum outro... hmm... sócio nos negócios, além da NRA.

Pearson cruzou as mãos.

— Na nossa linha de trabalho, Hack, a discrição é fundamental. Estou surpreso por você já não saber disso. Eu lhe dei uma brochura?

— Ah...

— Vou lhe dar uma brochura. Temos salvaguardas para proteger o sigilo. Elas são irrefutáveis.

— Certo.

— Mas vejo que você quer uma garantia adicional. Coisa que, dada a natureza do serviço, eu posso entender. Muito bem. Posso lhe informar que a diretriz passou diretamente de nós para uma terceira parte, que realizou o trabalho. Nenhum intermediário foi envolvido.

— Certo — disse Hack, aliviado. — Certo, bem, obrigado...

— Espero que você tenha apreciado a magnitude do que realizamos aqui, Hack. Vai se lembrar disso quando fizer seus pagamentos mensais.

— Sim, sargento Pearson — disse Hack.

— Sargento sênior Pearson — corrigiu Pearson.

John estava animado na caminhada da polícia para casa.

— Eles são uma organização muito concentrada, são mesmo. — John estava cem por cento certo disso.

— Ahã — disse Hack. Estava pensando em Violet de novo.

John espiou a brochura.

— Cada caso tem um único contato. Tudo é criptografado, de modo que os funcionários não sabem em que seus colegas estão trabalhando. Cada gerente só pode acessar os números dos serviços, e não nomes. E é a maior empresa baseada na Austrália em todo o mundo! Sabia disso?

— Não.

— Quer saber por que os americanos tomaram o mundo, Hack? Porque respeitam a realização. Antes de este ser um país dos EUA, nosso ideal era a batalha da classe trabalhadora, pelo amor de Deus. Se os australianos comandassem o globo todo mundo iria trabalhar um dia por semana e reclamar do salário. — Ele balançou a cabeça. — E há os ingleses, que achavam haver alguma coisa errada em ganhar dinheiro. Não é de surpreender que tenham terminado lambendo os pés da colônia. Os japoneses acham que o pináculo da realização é um serviço público. Os chineses são comunistas, os alemães são socialistas, os russos estão falidos... Quem sobra?

— O Canadá?

— A América — disse John. — A porra dos Estados Unidos da América, o país fundado sobre o capitalizmo do livre-mercado. Vou lhe dizer, aqueles Fundadores da Pátria sabiam a merda que falavam.

Hack ficou quieto.

— E aqui está essa empresa australiana — disse John, balançando a brochura — fazendo a única coisa em que os australianos ainda têm uma vantagem competitiva: manter a boca fechada. De qualquer modo isso torna nosso trabalho mais fácil.

— É mesmo?

— Claro. Significa que só temos de matar Pearson.

— Ah.

— Se bem que, quando eu digo "nós"...

Hack baixou a cabeça.

— O contrato é seu — disse John. — Página oito. Uma cláusula chamada "extensões lógicas".

Hack balançou a cabeça com força.

— Não, eu não posso fazer isso de novo. Por favor. Não posso.

John suspirou.

— Meu Deus, Hack, você é o pior assassino do qual já ouvi falar. Queríamos uma pequena agitação, uma coisa que poderíamos considerar a loucura de um empregado se o Governo pegasse no nosso pé. Muito bem arrumadinho. Mas não, você tinha de terceirizar. — Ele suspirou. — Gente boa faz o serviço, Hack, independentemente de qualquer coisa. Lembre-se. É aqui o seu apartamento?

— É. — Quando chegaram ao topo da escada, Hack procurou as chaves.

John estendeu a mão e o impediu.

— Bata primeiro. Não queremos que John fique nervoso.

— Certo. — Ele esperava que John não fosse do tipo que ficava nervoso. Esperava que ele não tivesse explorado o apartamento.

Um olho apareceu na vigia.

— Hack? — Era a voz de Violet. Ele a ouviu destrancando. — Hack, há um homem aqui...

— Violet! Tudo bem, tem um cara comigo também. Está tudo certo.

Silêncio.

— Olá?

— Quem é? — disse John. Ele experimentou a maçaneta. — Este não é o John.

— É minha namorada, Violet.

— Me dá a chave — disse John. Em seguida lutou para abrir a porta. Finalmente conseguiu. Dentro estava escuro. — John? Está aí, meu chapa?

— Violet?

— Entre você primeiro — disse John, empurrando Hack.

Hack se moveu às cegas, com as mãos na frente. Não conseguia pensar num motivo para as luzes estarem apagadas. E por que Violet tinha atendido à...

— Argh! — disse John.

Ele se virou. John estava dois passos atrás, e Violet tinha uma faca enorme encostada em sua garganta. Ela devia ter se escondido atrás da porta.

— Violet! Ele é John Nike! Solte-o!

— Garota! — disse John. — Você vai querer me soltar. Agora. Vai mesmo.

— Hack — disse Violet —, junte algumas roupas. Nós vamos embora. — Ela o encarou. — Anda!

Ele partiu para a ação. Entrou no quarto e começou a abrir gavetas. Enfiou roupas numa sacola e mostrou a ela.

— E sapatos! Hack! E pegue meu computador.

Ele pegou alguns sapatos no armário do quarto e o notebook dela. Quando saiu, Violet estava apalpando os bolsos de John.

— Violet — disse Hack —, realmente acho que está cometendo um erro.

— Vá — disse ela. — Para fora. — Em seguida pegou um revólver no paletó de John e olhou para ele.

— Isso tem valor sentimental — disse John. Violet o empurrou para a sala. Ele ficou olhando-os do escuro. — Violet... esse é o seu nome? Esta é sua última chance. Se fizer isso vai se arrepender. Eu garanto. — Ele estendeu a mão. — Devolva minha arma.

Ela bateu a porta. Hack acompanhou-a escada abaixo e entrou no estacionamento.

— O que está acontecendo? Aonde vamos?

— Acho que matei um homem — disse ela.

— Ah. — Hack deixou um silêncio respeitoso no ar.

— Agora *dirija* — disse ela, e ele entrou.

17 Buy

Buy não conseguia dizer de que cor as paredes eram. Os sons da multidão eram abafados e densos, e ele ficava achando que sua cabeça tombava para o balcão logo antes de ele se apoiar. Buy estava muito bêbado. Estava afundando em chamas.

Não ia ao trabalho há quase uma semana. Tinha combinado a licença há um mês, sabendo que a última semana do ano financeiro iria deixá-lo exausto; claro, não sabia até que ponto isso seria verdade. Era a noite de quarta-feira, e no dia seguinte Buy deveria encarar a Mitsui com a mancha de uma garota morta na alma, e absolutamente, definitivamente, não estava pronto para isso.

Uma mulher junto ao balcão estava olhando-o. Ele forçou a vista e ela se levantou e veio em sua direção. Buy tentou sentar-se mais ereto no banco.

— Oi.

— Oi — disse Buy. Quando ela não disse mais nada, ele acrescentou: — Posso lhe pagar uma bebida?

— Um Manhattan, por favor.

Ele pediu a bebida.

— Eu sou Buy Mitsui.

— Sandy John Hancock. Você tem seguro de vida? — Ela riu. — Estou brincando. Você é corretor de ações?

— Sou. — Ele conseguiu discernir uma saia preta e um top verde apertado.

— Eu já quis ser corretora. Mas não gostava de matemática. A gente não precisa saber matemática?

— Às vezes — disse ele, mesmo que a resposta fosse não, realmente não.

— Obrigada. — Buy percebeu que ela não estava agradecendo a ele. O barman o olhava cheio de expectativa. Ele tirou um cartão da carteira e colocou desajeitadamente no balcão.

— Cartão de pontos?

— Não. — Buy tinha um, mas não achava que conseguiria encontrar.

— Você deveria arranjar um — disse Sandy. — Eu consegui um no ano passado, depois de terem formado a US Alliance. Tenho um cartão Team Advantage. A gente ganha um bocado de coisas grátis.

— Eu não preciso de coisas grátis.

— Você deve ser rico. É? — Ela riu. — Só estou brincando.

— Tenho um AmEx ilimitado. Mas você precisa ser capaz de... recitar os números... para usá-lo. — Ele sentiu a cabeça tombando para o balcão de novo.

— Ilimitado? Uau. Então você poderia, tipo assim, comprar um apartamento inteiro com dinheiro de plástico.

Buy ficou quieto. Tentou esvaziar o copo, mas nada saiu. Pousou-o no balcão com o máximo de cuidado que pôde.

— Seguro de vida — disse ele. — Isso não protege a vida da gente, protege? Só dá dinheiro em troca dela.

— Bom, o seguro de vida é para os seus dependentes. Se você tiver algum.

Buy achou que ela estava esperando resposta.

— Não tenho.

— Acho difícil acreditar. — Ele viu dentes.

— Mmm — disse Buy. O balcão estava balançando. — Quer ver meu apartamento?

— Ele tem vista?

— Hmm... Sim, ele...

— Só estou brincando. Vamos.

Na rua, ele perguntou:

— Você já fez alguma coisa generosa sem motivo?

— Claro. Todo mundo já fez.

— Uma vez eu dei cinco mil dólares a uma menina.

— Sem motivo?

— Porque ela queria.

— Sabe, *eu* quero cinco mil dólares. — Sandy riu. Buy ficou quieto. — O que ela fez?

— Morreu.

— *Morreu?* O quê, porque você lhe deu dinheiro?

— Acho que sim.

— Quer dizer que na única vez que você fez uma coisa boa sem motivo a pessoa *morreu*?

Buy cambaleou, e ela segurou seu braço.

— Deixe-me ajudar você.

— Não — disse ele, mas ela ajudou mesmo assim.

18 Jennifer

Era difícil acreditar até onde Kate podia espalhar o conteúdo de uma mochila de escola.

— Kate! — gritou Jennifer. — Onde colocou a garrafinha?

— Está na TV.

— Por que na TV? — Ela realmente não queria saber. Tinha passado vinte minutos tentando fazer sanduíches com um braço na tipóia, e, quando pegou todos, o queijo caiu. Era seu primeiro dia de volta no trabalho e Jennifer estava sendo atrapalhada por condimentos escorregadios.

Kate entrou na cozinha carregando sua mochila.

— Melhora a recepção.

— Bem... vá pegar, por favor. Nós duas estamos atrasadas.

Kate saiu. Jennifer embrulhou os sanduíches e os enfiou na mochila. Havia alguns papéis dentro, e Jennifer os pegou. Papéis geralmente significavam coisas que tinha de assinar para evitar cair numa tramóia de levantamento de verbas para a escola. No ano passado tinha terminado com uma caixa de bonecas Barbie para vender; elas ainda estavam embaixo da casa. A Mattel tinha boas escolas, mas o merchandising estava matando Jennifer.

Os papéis não eram sobre levantamento de verbas. Parecia o dever de casa de Kate, um trabalho sobre pingüins. Havia desenhos, textos e impressos da internet. Pareceu bem impressionante para Jennifer.

— Kate?

Kate entrou de novo.

— Eu peguei.

— O que é isso?

— O quê? Ah. Um projeto. Tenho de entregar hoje.

— Parece ótimo. Ótimo *mesmo*.

— Bom, eu gosto de pingüins.

— Quer uma pasta de papel para colocar? Vai amassar todo se você levar assim.

— A gente tem pastas?

Jennifer olhou o relógio.

— Para você, eu tenho pastas. — Ela levou Kate até o escritório e revirou a gaveta da escrivaninha. Havia um relatório do Governo sobre taxas de crime na cidade numa pasta cinza e elegante, e ela tirou-o de dentro.

— Que tal essa?

— Oba!

— Sabe, a gente deveria colocar as folhas em envelopes de plástico. Vai ficar chique.

— Mamãe, você disse que a gente estava atrasada.

— Um projeto tão legal assim deve ser posto em envelopes de plástico.

— Certo! — disse Kate, empolgada. Em seguida correu para pegá-los.

Ela estava tão atrasada para o trabalho que perdeu sua festa de boas-vindas e achou ótimo. Desde que tinha se machucado, sua secretária eletrônica tinha recebido quatorze mensagens de colegas desejando as melhoras. Não era totalmente por sua causa, ela sabia: era por causa de Taylor, que tinha ido trabalhar na manhã de sexta-feira e morrera num shopping. Jennifer não tinha feito nada além de permanecer viva. Mas isso era uma grande coisa para os agentes, que tinham a maior taxa de mortes de qualquer ocupação, a não ser pelos operadores de máquinas.

Havia um e-mail do Jurídico esperando-a, falando do processo da revendedora da Mercedes-Benz em cujo carro ela havia caído. Dizia:

> Cara Agente de Campo Jennifer
>
> Por favor justifique por que o dano à propriedade em questão (1 x MERCEDES-BENZ E420 SEDÃ) foi inevitável durante a realização de suas tarefas. Em particular, por favor, especifique:
>
> (1) se considerou algum plano de ação alternativa que não teria levado à destruição dessa propriedade;
> (2) nesse caso, por que não usou esses planos alternativos;
> (3) uma declaração sobre seu estado mental no momento.

Jennifer tinha um bocado de experiência em deixar memorandos do Jurídico envelhecer e morrer em sua caixa de entrada, mas este, decidiu, merecia uma resposta. Digitou:

> As alternativas que considerei foram:
>
> (1) pular embaixo de um ônibus que passava;
> (2) atirar nas minhas duas pernas;
> (3) arrastar alguns babacas do Departamento Jurídico e jogá-los do terceiro andar.
>
> Não usei as duas primeiras estratégias porque não me garantiam tantos danos pessoais quanto despencar num Mercedes. Não usei a terceira estratégia porque meu estado mental na ocasião devia estar muito prejudicado.

— Meu Deus — disse Calvin, entrando. — Você voltou mesmo. Como está o ombro?

— Oi. — Ela se virou. — Vocês pegaram Hack Nike?

Ele se deixou cair numa cadeira.

— Qual é, Jen, isto aqui não é a Europa. Eu não posso simplesmente pegar alguém. Não temos prova. Não temos *orçamento.*

— Eu *pedi* a você.

— Presumi que estivesse delirando. Olha, de qualquer modo, estive ocupado entrevistando as famílias, tentando levantar verbas. Até agora, chongas. E estou no último casal.

— Quem?

— Hmmm. — Ele deslizou com a cadeira até a mesa e remexeu alguns papéis. — Jim GE e Mary Shell. Pais de Hayley McDonald's. Morta no... — Ele ergueu os olhos.

— Chadstone?

— Talvez você devesse dar um tempo nisso.

— Não me embrome. Posso fazer uma entrevista.

Houve uma batida na porta. Um homem parou na entrada. Seu terno era tão barato que brilhava.

— Jennifer Governo — disse ele. — Talvez você se ache uma comediante. Talvez ache que toda esta situação é engraçada.

— Quem é você? — perguntou Calvin.

— Deixe-me adivinhar — disse Jennifer. — Jurídico?

— Meu departamento tem um serviço a fazer, Jennifer. Estamos tentando defender o *seu* orçamento. Podemos fazer isso sem que nos mande respostas insultuosas.

— Não me pergunte por que optei por cair num carro e venha falar de insulto, seu merda. Estou usando uma tipóia.

Ele ficou vermelho.

— Bom, mesmo assim precisamos dessa informação. Pode não parecer importante para você, mas esse é um processo sério.

Ela não pôde evitar: olhou para o terno dele.

— Sei — disse o advogado. — É tudo muito, muito divertido.

— Ah, olhe — disse Calvin. — Vamos mandar a informação que você quer. Agora temos entrevistas para fazer, certo?

— Ótimo — respondeu o advogado, e saiu.

— O que fez com ele?

— Nada. Vá pegar os pais de Hayley.

Ele saiu. Jennifer tentou puxar o cabelo para trás antes de se lembrar que não restava o que puxar: só um tufo grosseiro, escuro. Sentia falta do cabelo.

Calvin trouxe os pais de Hayley e fez com que se sentassem. Eles eram tímidos, segurando copos de poliestireno com café. Ela os encarou. Era difícil esquecer que tinha visto a filha deles levar um tiro. Calvin pigarreou.

Ela piscou.

— Jim, Mary, eu sou a Agente de Campo Jennifer Governo. Sinto muito pela perda de vocês. Não sei se estão familiarizados com os procedimentos do Governo nessas circunstâncias.

Mary parecia perdida. Jim falou:

— Vocês querem dinheiro.

Jennifer cruzou as mãos sobre a mesa.

— Para perseguir os bandidos, precisamos de verbas, sim. O orçamento do Governo só é suficiente para impedir o crime, não para puni-lo. Para uma investigação punitiva só podemos prosseguir se conseguirmos obter verbas. — Ela lhes deu um momento. — Peço desculpas pela pergunta. Vocês podem contribuir?

Mary se remexeu. Jim falou:

— Eu... eu tive três meses muito ruins. Perdi o emprego...

Silêncio. Calvin cruzou os braços.

— Ela jogava hóquei — disse Mary, depois mordeu o lábio.

— Havia agentes do Governo no shopping — disse Jim. Seus olhos estavam vermelhos. — Se vocês tivessem impedido aquelas pessoas na hora, Hayley estaria... nós não estaríamos aqui.

— Fizemos o melhor possível com as informações que tínhamos — disse Calvin. — Sentimos muito, Jim. Perdemos uma agente nessa confusão.

Jennifer se inclinou para a frente.

— Eu estava lá. No Chadstone. Se alguém pudesse tê-los impedido, era eu.

Os olhos dele foram rapidamente para a tipóia.

— E agora quer dinheiro?

— Quero.

Silêncio.

— Isso não foi um tiroteio de rua.

— Não. Nós achamos que foi planejado.

— Então vai ser difícil pegá-los.

— Vai.

Ele assentiu. Olhou para Mary, depois para as mãos. Em seguida olhou para Jennifer.

— Vocês vão tentar.

— Se eu tiver orçamento, vou pegá-los. Prometo.

— Certo — disse ele. — Então vou vender minha casa.

O alívio dela era amedrontador.

— Obrigada, Jim.

— Jen, aquilo pegou mal — disse Calvin, fechando a porta. — Sabe que não deve prometer resultados. Nenhuma investigação é garantida.

— Temos verba. — Ela não conseguiu impedir a perna de ficar balançando.

— E não sorria assim — disse ele. — Qual é o seu problema? Está me apavorando.

— Vamos pegar Hack.

19 Billy

Alguém o estava sacudindo.

— Nnn — disse Billy. — Pare com isso.

— Levante-se — disse o alguém. — Vamos embora.

Ele se sentou. Era um clone do NRA. Camiseta preta, calças de camuflagem, cabelo à escovinha, tempo demais malhando: Billy estava tendo dificuldade para identificá-los.

— Embora de onde?

— Está havendo uma reunião no refeitório. Vista-se e esteja lá em quinze minutos.

— Sim, senhor — disse Billy. Ele havia descoberto que todo mundo ficava muito mais relaxado se fosse chamado de senhor.

Tomou banho, passando tempo demais debaixo d'água. Quando terminou, voltou ao catre e se vestiu com a calça e a camiseta muito bem passadas, deixadas para ele. A camiseta era preta com um grande logotipo da NRA no peito: um AK-47 cruzado com um braço musculoso. Embaixo dizia: LIBERDADE É UM FUZIL DE ASSALTO. Isso atraía a atenção, pensou Billy. A NRA estava ficando maneira.

Havia um garoto montando guarda do lado de fora do alojamento e bateu os pés em pose de atenção. Billy tentou prestar continência, franzindo a vista ao sol.

— Bom dia, senhor! — disse o garoto. Sua cabeça era raspada tão brutalmente que parecia que alguém tinha-lhe decepado o crânio. — Fui informado de que talvez o senhor queira visitar a barraca 4A, senhor!

— Claro, tudo bem.

— Se quiser me acompanhar, senhor!

Billy foi atrás dele. O lugar parecia um acampamento de escoteiros mutante: todo de barracas, veículos e barris verdes enfiados no meio do nada. Viu uma tropa de soldados treinando num campo. Fizeram com que ele se lembrasse de jogadores de futebol americano no segundo grau, só que com armas. Então um tanque passou.

— Merda! O que foi isso?

— É um tanque de batalha Abrams M1A, senhor!

Billy olhou em volta com novo respeito. Agora entendia por que a taxa de sócio da NRA era tão cara.

O garoto levou-o até uma barraca na frente do acampamento, afastada de uma estrada poeirenta. Ele puxou a abertura para Billy entrar. Dentro, uma dúzia de homens levantou os olhos.

— Feche a porra da porta — disse o homem da frente. Era o sujeito mais velho que Billy tinha conhecido no mato; seu nome era Yallam. — Neste lugar os mosquitos parecem pássaros.

— Sim, senhor! — disse Billy. Ele se espremeu na ponta de um banco.

— Agora estamos todos aqui — disse Yallam. — Vamos sair do acampamento exatamente em seis minutos. Nosso destino é Melbourne, nosso alvo é um funcionário da Polícia, um tal de sargento sênior Pearson. Vamos eliminar o alvo rápida e discretamente e voltar à base. Alguma pergunta?

Um homem na frente levantou a mão.

— Armas?

— Serão entregues no vôo. Mais alguém?

No vôo?, pensou Billy.

— Sim — disse um soldado. — Qual é a da porra do cara novo?

— Bill é um bom homem — disse Yallam. — Foi realocado para cá depois de realizar uma ação secreta.

— Certo — disse o sujeito, assentindo para Billy. Billy levantou as sobrancelhas em resposta.

— Mais alguma pergunta?

Billy teve consciência de um ruído fora da barraca. Olhou em volta.

— Certo. Boa sorte, boa viagem, bons tiros.

Os homens começaram a sair. Billy imaginou se esta era uma boa hora para dar no pé. Nos últimos dias tinha se mantido com discrição, mas agora parecia que a NRA esperava que ele *lutasse*, e Billy definitivamente não estava...

Uma mão pousou em seu ombro.

— Você provavelmente está imaginando por que está sendo mandado de volta à ação tão cedo — disse Yallam. — A verdade é que só recebemos esta ação hoje cedo. O comando acha que mover você de novo pode levantar suspeitas. — Ele sustentou o olhar de Billy. — Talvez seja melhor assim. Voltar a montar no cavalo.

O ruído tinha se transformado num trovão.

— Hmm... sei

— É importante se integrar à equipe como qualquer outro soldado da NRA, Bill. Nossos inimigos estão procurando você. Agora vá se juntar ao seu esquadrão.

— Sim, senhor! — disse Billy. E passou pela porta da barraca, pensando: *estou rodeado por maníacos*. Então parou.

Havia uma grande aeronave de transporte militar, verde, escarrapachada na estrada. Gordos logotipos da NRA adornavam as laterais. O ruído dos motores era tremendo. O esquadrão da NRA estava empurrando uma rampa até a barriga do avião.

— Bill! — gritou um dos soldados. — Anda, mexa esse rabo!

Isto não é esquiar, pensou Billy. E foi correndo para o transporte.

20 Hack

Hack acordou com Violet andando pelo quarto, juntando roupas. Ele se sentou, esfregando o rosto.

— O que...

— Tenho de fazer a demonstração do meu programa. — Ela estava vestindo uma saia preta e curta; já tinha posto uma blusa creme. — Sabia disso, Hack.

Hack sabia.

— Mas... não vamos procurar a Polícia? Ou o Governo?

Ela soltou o ar entre os dentes.

— Você pegou *uma* calcinha para mim. E... — Violet balançou a cabeça. — Não tenho tempo de procurar o Governo. Vá você.

Ele mordeu o lábio.

— Tem certeza que não quer ir junto? Afinal, você matou aquele cara...

— Quer que eu me defenda de uma acusação de assassinato com duzentos dólares?

— Mas foi em legítima defesa. Não importa quanto dinheiro...

— Não seja ingênuo. Olha, se minha apresentação correr bem, vou ter dinheiro. Depois posso falar com o Governo.

— Acho que sim. Tudo bem.

Ela pegou o laptop.

— Me deseje sorte.

— Boa sorte. E... tenha cuidado, certo?

— Vou ter. Não acorde minha irmã.

Hack foi até a cozinha vestido com o roupão e preparou uma tigela de cereal. Não pôde achar o açúcar, por isso colocou um mel estranho, sem marca. Sentou-se à mesa de jantar e tentou comer em silêncio.

A irmã de Violet tinha um monte de livros. Enchiam três estantes, com títulos esquisitos como *Uma sociedade igual* e *Pensamento socialista.* Hack imaginou do que tratariam.

Às dez horas pegou um táxi para o centro da cidade, até o escritório do Governo, que ocupava dois andares num prédio velho que parecia não ter sido limpo desde 1980. Mas o saguão era enorme, e cheio de gente com ternos desalinhados que Hack só pôde presumir que fossem agentes do Governo. Sentia-os olhando para ele enquanto ia até a recepção e começou a suar. Isto não era como a Polícia, com revistas para distrair e mulheres bonitas vestidas com uniformes de policial.

O agente atrás da mesa estava fazendo alguma coisa no computador. Hack esperou com paciência. Depois de um tempo pigarreou.

— Só um segundo — disse o agente.

— Desculpe. — Ele esperou.

— Certo. — O agente olhou-o de cima a baixo. — Com quem quer falar?

— Hmm, não sei. Estou aqui porque eu... quer dizer, minha namorada... pode ter matado alguém.

— Marcou hora?

— Não. Veja bem, há um corpo na minha cozinha...

— Devia ter telefonado antes — disse o agente. — Para marcar hora. Não podemos largar tudo só porque você apareceu.

— Ah. Desculpe.

O agente batucou mais um pouco no computador. Hack imaginou se deveria pigarrear de novo. O agente disse:

— Tem certeza que o cara está morto?

— Minha namorada disse que achou que estava.

— Sua namorada?

— É. Ela não tinha certeza, mas...

— Por que *ela* não marcou hora?

— É... Não sei. Eu só queria informar...

— Certo, olha. Sente-se. Vou tentar achar alguém para falar com você sobre o seu suposto cadáver.

— Talvez eu devesse voltar depois.

— Só fique sentado.

Ele ficou sentado uns quinze minutos num banco de madeira dura. Então um agente veio e falou com o cara da mesa. O cara da mesa sinalizou para Hack, e o outro agente apareceu, coçando uma barba de dias.

— Hack Nike?

— Sim.

— Achou um cadáver em algum lugar?

— Hmm... não exatamente. O que aconteceu foi...

— É, certo. Venha comigo. — O agente guiou Hack por um monte de corredores até uma sala que tinha uma mesa, duas cadeiras, e só. As paredes eram de vidro, e Hack podia ver agentes em outras salas se movendo, olhando para ele. — Quer um café?

— Não, obrigado.

— Bem, eu preciso de um. Espere aí. — Ele saiu. Hack ficou balançando a perna, nervoso. Havia dois agentes numa sala do outro lado do corredor, e um deles, uma mulher, tinha uma mancha estranha debaixo do olho esquerdo. Não: uma tatuagem, uma tatuagem de código de barras. Estranho, pensou Hack. O Governo supostamente era contra essas coisas consumistas.

— Certo — disse o agente, entrando. — E quanto a esse cadáver? — Ele bocejou.

— Bem, ele atacou minha namorada. Eu estava fora e ele... ele tentou agredir minha namorada. Ela se defendeu e o acertou com uma torradeira multifuncional. Ela acha que matou o sujeito.

— Uma torradeira multifuncional?

— É.

— O que é isso?

— É... você sabe, é uma torradeira elétrica. Você pode colocar todo tipo de pão.

— Ah. Dá pra colocar bagels?

— Hmm, não. Os bagels não encaixam nas aberturas. Mas acho que se podem comprar torradeiras de bagels.

— Que coisa! — disse o agente. — Eu não fazia idéia.

— Bom, de qualquer modo... — disse Hack. A agente do código de barras e seu parceiro estavam agora no corredor, falando com alguém. A mulher ergueu os olhos e encarou Hack. Ele desviou o olhar rapidamente. — Foi legítima defesa e coisa e tal, mas eu achei que deveria informar... só pra garantir.

O agente coçou o rosto.

— Hack, isso é uma coisa que sua namorada vai ter de resolver com os advogados do falecido. Ela deve contatá-los, negociar algum tipo de compensação. Não é uma questão do Governo, a não ser que vocês não possam chegar a um acordo.

— Ah — disse Hack, aliviado. — Certo, claro, eu posso fazer isso.

A porta se abriu. A mulher com a tatuagem de código de barras e seu parceiro estavam ali.

— Hack Nike? — disse a mulher.

Ele levou um susto.

— Sim.

— Para fora — disse ela. — Agora. — Seus olhos se fixaram em Hack. Hack percebeu: tinha acontecido. Ele tinha cometido outro erro enorme.

O primeiro agente saiu e então ninguém falou. A mulher se sentou diante dele, do outro lado da mesa, e seu parceiro se encostou na parede, de braços cruzados. Finalmente Hack falou:

— Só vim informar...

— Hack Nike, sou Jennifer Governo, agente de campo. Este é Calvin Governo, agente de campo. Temos informações de que você é o responsável pela provocação ilegal de força mortal contra quatorze pessoas em várias lojas Nike Town. Entende?

— Aggg — disse Nike. Sentia a garganta se fechando. — Não, não...

— Sim, sim — disse Jennifer. — Você arranjou para a NRA atirar num punhado de garotos que compraram tênis Nike Mercury. Era algum tipo de promoção, certo? Saia com seus tênis vivo e ganhe uma viagem para dois?

Ele sentiu que ia desmaiar.

— Espere, eu... eu quero ligar para minha namorada.

— Ela é advogada, Hack? — perguntou Calvin.

— Não, ela é... — Ele não conseguiu se obrigar a dizer *desempregada*. — Ela vai saber o que fazer.

— Desculpe — disse Calvin. — Nada de namoradas.

— Ah, estamos gravando o que você fala — disse Jennifer. — O primeiro sujeito lhe disse isso, certo?

— Deixe-me economizar tempo para você — disse Calvin. — Sabemos que você é funcionário do Merchandising. Sabemos que está ansioso por uma promoção.

— Pareceu uma ótima idéia na hora, não foi? — disse Jennifer. — Matar alguns garotos, ganhar uma grana, levar tapinhas nas costas no trabalho.

— E um bônus no pagamento, talvez ligado ao crescimento nas vendas? Dez mil, cinqüenta mil dólares? Mais?

— Além de uma promoção, claro. Você sai do trabalho no Merchandising e entra na área de Criação. O trabalho burocrático é tão repetitivo, não é, Hack? Depois de um tempo você fica *doido*...

— Pára! Não foi minha idéia! Eu só fiz o que eles mandaram!

— Quem? — disse ela, inclinando-se para a frente. — Quem, Hack?

— Eram dois... eles me obrigaram...

— *Quem?*

Ele engoliu em seco.

— Acho que eu não deveria dizer.

Jennifer se recostou na cadeira. Olhou para Calvin.

— Eles poderiam me matar — sussurrou Hack — se eu contasse.

— Ah, nós vamos cuidar de você — disse Calvin. — Não se preocupe com isso.

— Vai ter de dizer quem são eles, Hack — insistiu Jennifer.

— Não posso! Eles... eles me obrigaram a assinar um contrato sem ler.

— Obrigaram? Usaram de força?

Hack ficou quieto.

— Não — disse ela. — Sem força. Então você assinou voluntariamente um contrato sem ler.

— Sei que foi um erro...

— Um erro — disse Jennifer, enojada. — Seu merda idiota, por que acha que alguém vai querer que você assine um contrato sem ler? Porque é *ruim*, Hack, é um contrato ruim.

— Vamos precisar de uma cópia — disse Calvin.

Hack baixou os olhos.

— Não o tenho comigo.

Silêncio. Quando ele levantou a cabeça, os dois o estavam encarando.

— Vocês não *entendem*. Eles me ofereceram um *emprego*, um emprego no Marketing. — Hack parou, engasgado.

— Hack. — Jennifer se inclinou para a frente. — Está na hora de tomar uma decisão. Você pode nos ajudar a ir atrás das pessoas responsáveis pelas mortes nas lojas Nike...

— O que vai expô-lo às penalidades que haja naquele contrato — disse Calvin. — E acho que você não vai precisar levar os copos para o próximo piquenique da empresa, se é que me entende.

— Ou pode ficar de boca fechada — completou Jennifer. — O que vai expô-lo a *nós.*

— Eu odiaria fazer quinze indiciamentos de uso de força mortal contra alguém que não merecesse, odiaria mesmo. Isso significa... — Calvin olhou para Jennifer. — Praticamente prisão perpétua, não é?

— Claro. E as penalidades financeiras... Bem, talvez você possa negociar para pagá-las a dez centavos por dólar, algo assim. Muitos criminosos fazem isso. Se trabalhar duro, pode pagar a dívida em vinte, trinta anos.

— Não sei, Jen — disse Calvin. — Os preços de hospedagem nas prisões cresceram muito ultimamente. Em alguns desses lugares você cumpre quinze anos de trabalhos forçados e sai devendo a eles a comida e a cama.

— Acho que no seu caso, de qualquer modo, essa é uma discussão inútil — disse Jennifer a Hack. — Já que você nunca sairia. — Ela se inclinou para a frente. — Pense nisso, Hack. Um cara como você, com habilidades razoáveis, empregável... de repente vai estar espalhando piche em Utah pelo resto da vida. E você sabe quais são os níveis de segurança para os trabalhadores de prisões. No mês passado mesmo, aqueles oito caras em... Onde foi?

— Wichita Falls — disse Calvin. — Texas. Se bem que um deles sobreviveu. Quer dizer, obviamente ficou todo ferrado com as queimaduras, mas acho que ainda está vivo.

— Você pode considerar sua liberdade uma coisa óbvia, Hack — disse Jennifer — até estar vivendo numa cela e ter de pedir permissão sempre que quiser dar uma cagada. Não acha?

— Uns caras do Marketing — sussurrou Hack. — Eram John e John, do Marketing de Guerrilha.

Jennifer se inclinou para a frente.

— *John Nike?* Vice-presidente?

Ele assentiu, atordoado.

— Olhos castanhos, cabelos castanhos, rosto chato, John Nike?

— É.

— Bom garoto, Hack — disse Calvin. — Não vai se arrepender disso.

Jennifer arrastou a cadeira para perto dele.

— Vamos começar do início. — Ela sorriu. Era a primeira vez que Hack a via fazer isso. Jennifer quase pareceu terna. — Conte tudo.

21 Violet

Quando Violet chegou ao prédio da ExxonMobil, eles lhe deram um crachá de FORNECEDOR, que ela prendeu na lapela do casaco. Seu acompanhante era um garoto vestindo camisa branca de mangas curtas e calças tão baratas que os joelhos brilhavam. Violet ficou desapontada. Os nerds não se vestiam mais assim, pelo menos os nerds bem-sucedidos. Até mesmo Violet sabia que valia a pena investir em roupas impressionantes.

— Ouvi falar do que você está fazendo — disse o garoto no elevador. — Parece bem legal. Mas não vai funcionar. Há oito meses talvez funcionasse. Tivemos um bocado de ataques, negação de serviço, e-bombas, alterações nos sites, a coisa toda. Então a gerência nos deu uma tonelada de dinheiro para fazer upgrade em tudo.

Ele guiou-a por um corredor e abriu uma porta.

Violet entrou. Havia computadores, fios e um monte de merda em toda parte. Quatro homens estavam sentados em volta da mesa gigantesca, todos diante de teclados, menos um, naturalmente o chefe. Era muito grande e não sorria.

— Violet. — Ele estendeu a mão. — Sou Rendell ExxonMobil. Esta é minha equipe: James, Peter, Saqlain, Hunter. — Ela assentiu para eles. — Se não se importa, vamos começar. Temos quinze minutos antes do próximo candidato.

Ela ocupou um lugar na mesa e abriu o laptop. Os nerds deslizaram as cadeiras para perto, prontos para a batalha. Ela ligou o laptop e prendeu um conector RJ45.

— Quer me dar um login ou devo fazer do modo mais difícil?

Rendell olhou para Hunter, um sujeito tão magro que parecia que Rendell estava roubando sua comida.

— Uma senha comum de empregado?

— É.

— Vou lhe dar de lambuja.

— Posso invadir, se vocês quiserem.

— É moleza.

— Por isso estou pedindo.

Hunter conseguiu parecer afável.

— Vou ficar de fantasma na sua máquina. O usuário é "candidato", a senha é a mesma.

As aplicações começaram a entrar no laptop de Violet, transformando-o num PC padronizado da ExxonMobil, administrado pela central. Enquanto esperava, ela olhou para a caixa bege que zumbia ao lado. Tinha as dimensões e a estética de uma geladeira: uma máquina Unix Hewlett-Packard.

— Este é o servidor de vocês aqui?

— É.

— E nós estamos isolados da rede da empresa?

— Estamos bem seguros.

— Sugiro que vocês isolem esta sala do resto da rede.

Eles se entreolharam durante um tempo. Violet teve de controlar a vontade de rir. Não estava interessada em disputar com nerds magricelas quem tinha o pau maior.

— Desconecte — disse Rendell.

O garoto, James, se arrastou para baixo da mesa.

— Certo, já fiz.

— Vamos lá — disse Violet, e fez o login. Havia um pequeno ícone em sua área de trabalho, chamado Fizz, na forma de uma lata de refrigerante. Ela clicou em cima.

Sua máquina disse: *bing!* Uma janela apareceu: *McAfee AntiVírus: AVISO! O McAfee detectou um possível vírus em seu computador. Tipo: desconhecido. Arquivo(s) infectado(s): Fizz.exe. Apagar—Consertar—Ignorar.*

— Acabou o jogo — disse Hunter do outro lado da mesa, empurrando a cadeira para trás. — Desculpe, você está morta, Violet. Obrigado por jogar.

— Você não deveria tê-lo deixado ficar de fantasma na sua máquina — disse James, que estava olhando por cima do seu ombro. — Ele instalou nosso antivírus.

Ela olhou para sua tela mais um pouco. Quando a atividade de rede parou, fechou a tampa e pousou os cotovelos sobre a mesa.

— E não somente pegamos o seu vírus — disse Hunter — como também temos uma cópia da assinatura, de modo que podemos identificar se ele aparecer em algum outro lugar. Você está acabada.

Violet olhou para o hub, uma caixa de plástico atarracada que roteava o tráfego entre o servidor e os PCs. Suas luzes verdes estavam piscando.

— Então meu vírus está sendo transmitido para o servidor.

— Não, não o seu vírus. A assinatura dele. A diferença é grande.

As luzes do cubo estavam cada vez mais ativas. Os nerds olharam. *Pisca-pisca-pisca-pisca-pisca.*

— Então o seu servidor transmite meu vírus para os antivírus de cada PC. Certo? — perguntou Violet.

— Não, não, não. — Os olhos de Hunt saltaram para o cubo.

— Os antivírus não guardam vírus inteiros. Guardam *padrões.*

— Meu antivírus está se atualizando — disse um dos outros nerds.

— O meu também.

— É o que deve acontecer! — disse Hunter. — Fiquem tranqüilos, pessoal. Não está nos infectando.

— Você tem muita fé no seu antivírus — disse Violet — para um produto com problemas de estouro de buffer.

Hunter a encarou.

— Última chance — disse ela.

Era um ruído pequeno, e para qualquer um que não fosse viciado em tecnologia praticamente imperceptível. Vindo de cada PC: *tic-tic-tic-tic...*

— Merda! — disse Saqlain. — Atividade de disco...

— No meu também...

As máquinas congelaram ao mesmo tempo. Os nerds olharam para telas escuras. Cada computador soltou um bip simultâneo, reinicializando-se. Violet sabia para o que eles estavam olhando agora, uma tela que dizia: *FALHA DE INICIALIZAÇÃO DE DISCO: INSIRA UM DISCO DE SISTEMA*. Isso significava que alguém tinha aberto cada computador e removido o disco rígido ou então que os discos tinham sido mexidos a tal ponto que os computadores não sabiam se eles ainda estavam lá.

— Meu Deus, ela apagou o registro mestre de inicialização!

— Você fez isso através do antivírus? — perguntou Saqlain, pasmo. — Você mandou um *worm* através do *antivírus*?

Ela girou na cadeira para ver as luzes no servidor HP pararem de se manifestar. Quando isso aconteceu, virou-se para Rendell.

— Interessado?

Rendell olhou do servidor para os PCs mortos.

— Poderia ter sido a empresa inteira — disse Violet. — Não somente esta sala. Diga: até que ponto vocês querem estar vulneráveis?

— Epa, epa — disse Hunter. — Sabe, eu odeio arruinar a festa, mas nós não precisamos comprar nada de você. Posso recuperar esta coisa. Foram só dois segundos de atividade de disco. Ele vai estar *em algum lugar*.

— Qualquer coisa que você conseguir recuperar desses discos — disse ela — pode usar à vontade.

Silêncio. Rendell levantou o queixo.

— James? Cancele os outros candidatos, por favor.

22 Buy

Buy acordou sentindo-se como se alguém tivesse rearrumado seus intestinos. Cambaleou para o banheiro. No espelho estava escrito em batom vermelho:

ESPERO QUE ESTEJA SE SENTINDO MELHOR,
DORMINHOCO! LIGUE PARA MIM!
♥ SANDY

Ele se deixou afundar até os ladrilhos frios. Não achava que iria ligar para Sandy John Hancock. Em vez disso, se arrastou para o chuveiro. Este não iria ser um bom dia.

Chegou à Mitsui muito tarde, o que para um corretor de ações não era somente inadequado mas obsceno. Hoje em dia as bolsas de valores funcionavam vinte e quatro horas por dia, e Hamish estaria furioso esperando que Buy o substituísse.

A porta do elevador se abriu e ele caminhou entre os cubículos. Hamish saltou de pé, fechando rapidamente sua pasta.

— Desculpe, Hamish, eu...

— Tudo bem. — Ele estava olhando Buy de um jeito estranho. Toda a sua reação era estranha. — Me contaram o que aconteceu. Você nem precisava estar aqui, a gente contratava um temporário...

— Não, estou bem.

— Tem certeza?

— Tenho.

— Certo. Bem, boa sorte.

Buy olhou Hamish saindo, depois sentou-se. Sentiu olhos observando-o e se virou. De repente um monte de corretores estava franzindo os olhos para as telas e espanando fiapos das calças. Ele se virou de novo para a tela.

Ficou olhando durante longo tempo. Alguma coisa estava errada, mas não sabia o quê. Clicou algumas páginas de resumos financeiros noturnos, mas ficava perdendo a concentração na tela. Sua atenção voltava para a noite de sexta-feira. O telefone tocou, e ele olhou para o aparelho, abruptamente amedrontado. Não queria atender.

Sentiu suor na testa. Às vezes os corretores tinham crises; todo mundo conhecia alguém que havia saído dos trilhos. Era uma idéia aterrorizante que se pudesse perder a motivação de ir em frente. Que tudo que definia e mantinha você pudesse desmoronar numa falta de significado.

Uma hora depois Buy sentiu uma mão no ombro. Estava olhando para o espaço.

Era Cameron.

— Quer conversar?

Ele só estivera no escritório de vidro de Cameron duas vezes. Todo mundo de fora podia ver você, de modo que você sabia que eles estavam especulando a seu respeito. Não era a sala certa para um paranóico, pensou Buy.

— Você não precisa ficar aqui hoje — disse Cameron. — Sabe disso, não é?

— Não sou pago se não ficar.

Cameron deu de ombros.

— Mesmo assim.

— Estou bem.

— Quantas transações fez esta manhã?

Buy tinha certeza que o computador na mesa de Cameron podia responder a essa pergunta. Tinha quase certeza que já havia respondido.

— Nenhuma.

— Vou ajudá-lo agora — disse Cameron. — Certo? Ouvimos um boato de que a ExxonMobil pode ser alvo de uma tomada de controle hostil.

— A ExMo?

— O boato é que a Shell gosta da idéia da ExMo até no máximo quarenta e sete.

Ele pensou.

— A Shell é... da metade do tamanho da ExMo. Não pode ser verdade.

— Eu acho que é.

Buy considerou. Essa era uma dica gigantesca, mais valiosa ainda do que a informação sobre a NRA que Sami tinha lhe dado. Pensando bem, a ExMo estava cotada por volta de trinta e um. Cameron estava lhe oferecendo dezesseis dólares por ação.

— Então, obrigado.

— Agradeça fazendo transações. Você é um bom corretor, Buy. Não se deixe abater.

— Não vou.

— Bom. Agora vá negociar.

Buy saiu da sala e desceu a escada, tentando ignorar os olhos voltados para ele. Sentou-se e clicou para saber do último preço da ExMo. Estava ainda mais baixo do que pensara: pouco mais de trinta.

Pegou o fone. O tom de discagem zumbiu em seu ouvido. Sua mão tremeu. Ele sentiu suor na testa. Tentou se obrigar a se concentrar no que era importante. *Dezessete dólares por ação, dezessete dólares por ação.*

Depois de um tempo pousou o telefone. Seus dedos pareciam de gelo. Podia sentir nas entranhas: tinha acontecido. Ele havia apagado. Buy tinha perdido o pique.

23 Jennifer

Ela requisitou um mandado de prisão imediatamente, mas não era tão fácil. Estava no carro com Calvin quando Elise, sua chefe, falou pelo rádio:

— Que pedido é esse? Está tentando criar burocracia?

— Não, Elise. Temos motivo para acreditar que John Nike...

— Só porque um suspeito disse? Você precisa de mais alguma coisa.

— Certo, mas vamos entrevistar esse policial e conseguiremos que ele confirme a reunião com John Nike. E aí...

— Então fale comigo depois disso. Certo?

— Certo — disse Jennifer, e desligou o rádio. — Merda.

— Bem, valeu a tentativa. Ei, sabe quem trabalha por aqui? Aquele corretor da Mitsui. Quer falar com ele?

— Quero. Claro.

Ele mudou de pista.

— Então, de onde conhece John Nike?

Ela piscou.

— O quê?

— Pelo modo como reagiu na entrevista, pareceu que conhecia o sujeito.

— Ah. Eu só... você sabe, já lidei com ele antes.

— Quando?

— Ei. Aqui vai uma pergunta: Aparentemente alguém disse ao psiquiatra do hospital que não estou mais interessada em namorar. Faz alguma idéia de quem foi?

— Hmm. Eu posso ter dito... você não namora há um tempo... — Ele a encarou. — Só estava tentando ajudar.

— Eu namoro o bastante.

— Certo, certo. Ótimo.

— Namoro.

— Eu não estava discutindo.

— Andei ocupada, só isso.

O rádio falou:

— Unidade três-três-nove, atenda.

Jennifer atendeu.

— Três-três-nove.

— É o Gary. Estamos naquele apartamento que você pediu para verificar, do Hack Nike. Não há nenhum cadáver aqui.

Ela olhou para Calvin. Ele deu de ombros.

— Tem certeza?

— Quer que a gente comece a cortar a mobília?

— Não. — Ela não tinha orçamento para substituir móveis. — Algum sinal de luta?

— A cama está desfeita.

— Na *cozinha*. Deveria haver um cadáver na cozinha.

— A cozinha está impecável. É o cômodo mais limpo do apartamento.

— Certo. Obrigada. — Ela desligou o rádio.

— Acha que Hack mentiu para nós? — perguntou Calvin.

— Ele não disse que viu o corpo. Disse que a namorada contou que estava lá. A tal de Violet.

— Então Hack está mentindo ou Violet está mentindo...

— Ou John Nike limpou o lugar.

— Hmm. Vou escolher a porta número três.

— Merda. Aquele escroto!

Calvin a encarou.

— O quê?

— De onde mesmo você disse que conhece John Nike?

— Importa?

— Estou tentando deduzir por que esse caso é importante para você. Por que não tira um tempo de folga, mesmo que...

— Ele matou quatorze pessoas. Isso não basta?

— Para explicar essa sua cara? Não.

— Não estou com nenhuma *cara*.

— Agora você está ficando irritada. *Eu* achei que você tinha trabalhado com ele. Antes de entrar para o Governo. E acho que sua fonte misteriosa é alguém com quem você costumava trabalhar também.

Jennifer apertou os dedos nas têmporas.

— Nunca trabalhei na Nike. Certo? Agora pára com isso.

— Hmm. Bem, certamente você não arranjou essa tatuagem no Governo.

Buy Mitsui demorou um longo tempo para descer. Jennifer se divertiu lendo os cartazes nas paredes. Havia casos dignos de estudo ali, com fotos de executivos se apertando as mãos sob manchetes como *Mitsui & Reebok: Estréia subindo 118%!* Fez com que ela se lembrasse das fotos que punham nos cassinos: casais idosos na frente de caça-níqueis com leituras improváveis. *PRÊMIO MÁXIMO!*

— Eu sou Buy — disse um homem, e ela se virou.

Ele era alto e bonito, o que a surpreendeu. *Fazia* um bocado de tempo desde que Jennifer tinha namorado pela última vez.

— Jennifer Governo. Obrigada por nos receber.

— Pensei que já havia passado por isso. No shopping. Não sei por que...

Calvin interveio.

— Há algum lugar onde a gente possa conversar?

Os ombros dele descaíram.

— Há uma sala aqui.

Foram atrás dele. A sala de reuniões era grande e iluminada com bom gosto, as cadeiras eram pesadas e de madeira. Não havia nada assim no Governo.

— Lugar maneiro.

— Nosso negócio vende produtos intangíveis — disse Buy. E ocupou uma cadeira diante dela. — Nada que se possa tocar. Por isso gostamos de parecer muito... — Ele bateu na mesa.

— Ricos?

— Sólidos. — Ele sorriu, mas era um sorriso estranho, desconectado; isso preocupou Jennifer um pouco. Buy Mitsui não estava com todas as engrenagens funcionando.

Calvin abriu seu caderno.

— Você estava no Wal-Mart de Chadstone na sexta-feira passada?

— Estava.

— Mas não viu nada.

— Cheguei tarde demais. A garota... ela...

— Não se apresse — disse Jennifer.

— Desculpe. Eu não... A garota morreu. Não pude ajudar, mas tentei.

— Viu quem atirou nela?

— Não vi nada. Falei isso ao pessoal do Governo na sexta-feira.

— Certo — disse Calvin, folheando mais um pouco. — Deu dinheiro à garota? Por quê?

— Porque quis.

— Mas não a conhecia?

— Não.

Calvin fez uma pausa. Estava esperando que ela entrasse no jogo, Jennifer sabia: que viesse com uma informação de flanco, que espremesse do outro lado. Em vez disso, ela falou:

— Eu estava lá naquela noite.

As sobrancelhas de Buy subiram.

— No Chadstone?

— Eles tiveram de me descolar do teto de um Mercedes.

Os olhos dele se arregalaram. Depois riu.

— Desculpe. Não reconheci você. Você... melhorou muito.

Ela baixou os olhos, meio sem jeito.

— É uma porra de uma coincidência bem estranha, você dar dinheiro a Hayley para comprar o tênis pelo qual ela foi morta, não acha?

Jennifer se arrependeu imediatamente da pergunta. O rosto de Buy ficou arrasado.

— Eu gostaria acima de tudo de nunca ter me encontrado com ela.

— Viu algum dos agressores naquela noite? — interveio Calvin.

— Não.

— Alguém que parecesse suspeito? De algum modo?

— Não.

Silêncio.

— Então a única coisa suspeita que você viu naquela noite foi você mesmo. Certo?

— Acho que sim.

Calvin olhou-a. Ela assentiu.

— Certo — disse ele. — Então terminamos. Por enquanto.

Jennifer se levantou. Buy estava olhando para o tampo da mesa. Num impulso, ela se sentou de novo.

— Ei — falou.

Ele ergueu os olhos.

— Entendo como você se sente. — Ele não disse nada. Ela empurrou o cartão para ele, por cima da mesa. — Se houver mais alguma coisa, ligue para mim. Certo?

Buy assentiu sem palavras, olhando o cartão.

Ela tocou a mão dele por cima da mesa. Depois os dois agentes foram embora, passando pelo saguão e saindo à luz forte do sol. A porta chiou pneumaticamente atrás deles.

— Que droga, Jennifer Governo — disse Calvin finalmente. — Talvez ainda haja esperança para você.

— Ah, cale a boca. Vamos falar com Pearson.

24 Billy

O plano de Billy NRA era simples: no segundo em que pudesse, ia correr feito o diabo. Quanto mais tempo essa charada continuasse, mais fodidas as coisas iriam ficar.

O interior do avião não tinha poltronas, e sim bancos e tiras para se segurar, e quando estavam no ar, em vez de ganhar amendoins e cocas com gelo demais eles receberam fuzis de assalto Vektor R4. Era a arma mais pesada que Billy já havia segurado. O fato de alguém achar que ele precisaria daquilo o deixava se cagando de medo.

Pousaram em algum lugar rural, saíram do avião e entraram na traseira de dois caminhões Ryder alugados. Mais bancos e tiras. Houve algum papo, nada que fizesse muito sentido, e Billy ficou olhando suas botas pretas. Estava começando a achar que estaria melhor se continuasse perdido no mato.

O caminhão ficou parado durante duas horas, depois partiu com um tranco tão grande que Billy caiu em cima do sujeito ao lado.

— Desculpe — disse Billy, e o cara falou:

— Tudo bem, meu chapa.

Mas Billy não estava bem. Não estava nem um pouco bem.

O líder do esquadrão se levantou.

— Agora estamos em T menos dois minutos! Nosso objetivo primário quando chegarmos ao alvo é manter um perímetro operacional seguro, dentro do qual a equipe B vai atuar! Está claro?

— Sim, senhor! — gritaram os homens. Billy não gritou nada, mas a palavra "perímetro" era a coisa mais interessante que tinha ouvido o dia inteiro.

O caminhão reduziu a velocidade, depois parou. O líder entreabriu as portas e olhou para fora enquanto todo mundo se retesava sentado, segurando seus Vektors. Estava ficando claro para Billy que ali iria acontecer uma séria violação da lei.

— Vão, vão, vão! — disse o líder, e escancarou as portas.

Billy viu imediatamente duas coisas: primeiro, estavam numa rua cheia de árvores, razoavelmente urbana, e segundo, alguém iria ter um acidente de trânsito bastante ruim. O carro era um Ford de último tipo, e o segundo caminhão Ryder trombou nele, pegando a traseira. O Ford fez dois círculos inteiros queimando pneus, depois se dobrou em volta de um poste telefônico.

— Mexa-se! — gritou alguém, e Billy percebeu que estava parado que nem um idiota. Alguns dos soldados da NRA corriam abaixados para o carro acidentado, como se esperassem que o sujeito de dentro pulasse com as armas cuspindo fogo. Dois outros carregavam alguma coisa do segundo caminhão Ryder, alguma coisa que parecia um equipamento para rasgar metal. O maior grupo de soldados estava arrastando barreiras de metal pelo lado sul da rua. Billy começou a correr para o norte.

— Ei, você! Lado sul, lado sul!

— Vou cobrir o norte! — gritou de volta. — Só vou verificar!

Ouviu passos atrás. Aumentou a velocidade, mas, com o Vektor, era como correr com uma motocicleta pendurada no pescoço. Um soldado agarrou seu braço. Era um sujeito jovem, como Billy, mas sem o terror.

— Qual é o problema? Lado sul, cara!

— Rapaz, eu realmente tenho de ir — disse Billy. — Sem ofensa, mas...

Atrás dele o instrumento para cortar metal guinchou. Billy deu um pulo. Os caras da NRA estavam rasgando o Ford ou o que restava dele. Pela primeira vez Billy notou um símbolo da Polícia na lateral. Viu alguém se mexendo dentro.

— Yallam vai ficar sabendo disso. Agora leve esse rabo de volta para o perímetro!

— Olha, isso tudo é um grande equívoco — disse ele, e então houve tiros, e Billy se jogou no chão. Levantou a cabeça. O soldado jovem estava olhando-o cheio de desprezo. Os caras da NRA corriam para longe do Ford arrebentado, enfiando as armas no coldre. Billy percebeu que eles tinham acabado de cumprir a missão. Sentiu-se enjoado.

— Hostis vindo do sul! Hostis chegando!

— Venha! Eles precisam de nós! — O jovem soldado correu de volta para junto dos outros.

— Não, obrigado — disse Billy. Em seguida ficou de pé. — Vejo você mais tarde, cara.

Três carros azul-escuros chegaram à crista do morro. Eram rápidos e baixos, e tinham algum tipo de canhão rotativo nos capôs: ele se lembrou vagamente de tê-los visto nos anúncios da Polícia pela TV. Os soldados da NRA abriram fogo. Então os canhões da Polícia estrondearam e subitamente havia balas em toda parte, ricocheteando nos carros, comendo a rua e passando perto demais do corpo de Billy.

— Porra, porra! — gritou um dos caras com a máquina de cortar metal. Estava correndo para o segundo Ryder, o que pareceu boa idéia a Billy também. Ele pulou na traseira do veículo com o cara da máquina e mais dois suados soldados da NRA. Balas batiam como uma tempestade de granizo contra as laterais do caminhão, criando reentrâncias alarmantes. Alguém na cabine ligou o motor e o veículo saltou para a frente.

— Equipe A, volte, volte — disse o cara da máquina no rádio.

— A equipe A acabou, cara — disse um soldado. — Aqueles carros da polícia! Eles nos aniquilaram!

— Eles não podem passar pelo nosso bloqueio — disse o cara da máquina. — Vão ter de rodear, circular um quarteirão inteiro. Temos uns noventa segundos para despistar.

Billy decidiu que ia ficar perto do cara da máquina. Ele sabia o que estava fazendo. O caminhão estremeceu e saltou. Billy agarrou uma tira. Depois sentiu que estavam diminuindo a velocidade.

— O que está acontecendo? — disse o cara da máquina.

— Não me pergunte — disse Billy, mas o sujeito estava falando ao rádio. O rádio disse alguma coisa como: *Crrsshuvfss ssahvunt.*

— Certo — disse o cara da máquina. Em seguida olhou para o resto deles. — Bem. Estamos com um problema.

25 Jennifer

— É um bom negócio — disse Calvin, ultrapassando um Chrysler. — Não é que eu gaste mais. Eu compro o que compraria de qualquer modo, mas de empresas da US Alliance.

— Mmm — respondeu Jennifer.

— Você compra o seu computador da IBM, a gasolina da Shell, usa a AT&T para telefonar... e logo vai estar recebendo bônus equivalentes a, digamos, cinqüenta pratas. E se comprar um carro...

— Não gosto de programas de lealdade.

— Bom, você poderia ser da Team Advantage. Mas a US Alliance tem o dobro de empresas que são número um em seu ramo de atividades.

— O que é isso? Está no panfleto deles?

O rádio do carro falou:

— Agentes de campo Jennifer e Calvin, por favor identifiquem sua posição.

Ela atendeu.

— Centro, King com Flinders.

— Vão até a esquina das ruas Chapel com Inkerman, St. Kilda. Crime acontecendo, aconselha-se cautela extrema.

— É para lá que vamos. Qual é a situação?

— Pedido de socorro da Polícia. Um tal de sargento sênior Pearson Polícia está sob ataque. Os instigadores podem ser da NRA.

— Porra! — Ela largou o rádio. — Vá!

Calvin acelerou, costurando no tráfego. Ligou a sirene, e os dois foram rugindo pela St. Kilda Road.

— A gente não deveria ter parado para falar com aquele corretor.

— A Inkerman Street fica... onde?... na...

— Mais dois quarteirões — disse ela. — Está vendo de onde aquele caminhão Ryder está saindo?

— Estou. — Ele reduziu a velocidade e desligou a sirene.

O caminhão passou por eles, indo na direção oposta. Sua frente havia sofrido algum dano, dava pra ver: a grade estava amassada. Ela franziu a testa.

— Vire.

— O quê?

— Vamos parar aquele caminhão.

— Por quê, por ter tido um acidente?

— Só faça isso. — Ele girou o volante. Ela mordeu o lábio. O caminhão tinha passado por mais do que um acidente de trânsito: a lateral estava marcada e furada. — Nossas luzes estão funcionando?

— Estão.

— Então por que eles não pararam?

— Não sei. Vou ultrapassar e cortar.

— É, certo — disse ela, e a porta do caminhão se abriu.

— Ah, merda — disse Calvin.

Ela viu homens com calças de camuflagem e camisetas pretas. Calvin virou o volante para a esquerda. Balas acertaram o carro. Ela ouviu um pneu estourar. O volante pulou por entre as mãos de Calvin. Ripas brancas de uma cerca ricochetearam no pára-brisa e então ela vislumbrou rapidamente uma árvore grossa.

Depois de um tempo percebeu que Calvin estava falando pelo rádio. Jennifer levou a mão ao cinto de segurança.

— Jen. Você está bem?

Ela achou o fecho e tombou para fora do carro. Sua cabeça estava pesada. Olhou em volta e viu uma árvore no meio do capô do carro. Andou insegura na direção da rua.

— O apoio está vindo, Jen! Vamos esperar aqui!

Ela parou no meio da rua.

Calvin veio atrás.

— Jen, venha sentar-se. Está sangrando.

Ela pôs a mão na testa. Seus dedos voltaram vermelhos e pegajosos. Isso significava sangue coagulando.

— Acha que eles pegaram o Pearson?

— Acho que sim.

Um Taurus branco chegou na crista do morro. Jennifer estendeu sua identidade até que o carro parou. O motorista era um rapaz barbado. Seus olhos se agitaram nervosos.

— Sim?

— Quero requisitar seu veículo para assunto do Governo. Pagamos trezentos dólares por hora de uso, além de qualquer conserto necessário. Além disso, você terá a satisfação de saber que ajudou a impedir o crime em sua comunidade.

— Trezentos adiantados?

— Não — disse Jennifer. — Desculpe, não ando com grandes quantias só para o caso de ter de requisitar o carro de alguém.

— Jen — disse Calvin. — Por favor, não vamos estourar nosso orçamento com isso.

— Não, espere. — O garoto saiu do carro. — Certo, tudo bem. Trezentos por hora?

— Isso — respondeu ela. — Calvin, anota os dados dele?

— Jen! Você nem tem condições de dirigir!

Ele estava quase certo: ela mal podia dirigir. Mas o carro era automático, e ela podia usar o braço ruim para segurar o volante, se não pudesse girá-lo. Pisou no acelerador.

Achava que os caras da NRA estariam pondo o máximo de distância entre eles e o local do crime, mas iriam evitar as vias expressas, que tinham pontos de engarrafamento. Isso praticamente só deixava a Dandenong Road, e ela confiava em que eles estariam saindo da cidade, e não entrando. Acelerou em meio ao tráfego.

Dentro de um minuto viu o caminhão. Chegou atrás dele e esperou até chegarem a um trecho reto da estrada. Depois baixou a janela, segurou o volante com os joelhos e se inclinou para fora com sua 45.

O motorista devia ter visto: desviou antes que ela pudesse atirar. Se o cara tivesse freado, ela estaria ferrada, teria batido direto na traseira. Mas ele tentou ziguezaguear, e, como os caminhões de aluguel Ryder não eram os veículos mais manobráveis do mundo, ela pôde acertar três pneus, um depois do outro. O caminhão subiu a calçada e atravessou uma vitrine.

Jennifer passou por ele e começou a fazer o retorno. Seu ombro ruim tornou a coisa mais difícil do que ela havia previsto, e quando tinha conseguido dar a volta os caras da NRA estavam se derramando para fora do caminhão.

Apertou o freio e se abaixou, e o pára-brisa implodiu. Balas mastigaram o banco do motorista, enchendo o carro com uma nevasca de espuma de borracha amarela. Ela se espremeu entre os pedais. Depois levantou a pistola sobre o painel e disparou aleatoriamente. Os tiros pararam. Ela segurou o retrovisor, soltando-o, e o agarrou junto ao peito, respirando ofegante.

Ainda estava tudo silencioso. Ela levantou o espelho e girou. Havia três caras da NRA perto do caminhão... e um correndo abaixado na direção do carro. Largou o espelho, pegou a pistola e deu três tiros. Um homem gritou. Ela levantou as sobrancelhas. De volta ao espelho: um cara da NRA, arrastando-se para longe e agarrando a perna.

— Beleza — disse ela.

O tiroteio começou de novo, pipocando no carro. Jennifer achou o rádio e conseguiu chamar agentes do Governo, depois partiu para uma troca de tiros, esperando manter todo mundo entretido. O importante era disparar com freqüência suficiente para todos terem certeza de que estavam numa batalha de armas de fogo e não sentissem necessidade de fazer qualquer coisa abertamente tática, como avançar sobre ela.

Quando ouviu carros, levantou o espelho de novo. Uma fileira de Cadillacs pretos estava parando perto do caminhão Ryder acidentado. Portas se abriram e fecharam.

— Onde está o meu apoio? — gritou ela pelo rádio. — Eles estão indo embora!

— Tempo estimado para chegar, quatro minutos, agente de campo. — Jennifer largou o rádio, enojada. Quando ouviu os carros se afastando, abriu a porta e caiu na rua.

Já era tarde demais. Mirou os pneus do último carro e atirou repetidamente. Acertou a estrada duas vezes, estourou o vidro traseiro e abriu o porta-malas, o que seria um tiro espantoso se fosse isso que ela estivesse tentando fazer. Mas não era.

— *Merda!*

Alguma coisa se moveu à sua direita. Ela se virou. Um homem vinha correndo por um beco: ela viu as calças de camuflagem e um fuzil pesado.

— Parado! Aqui é o Governo!

Ele continuou correndo. Ela mirou acima da cabeça e atirou.

O cara mergulhou no asfalto com tanta força que ela pensou que o havia acertado acidentalmente. Mas foi correndo até lá, e ele estava vivo. Estava cobrindo a cabeça com as mãos.

— Por favor, não atire!

Ela executou uma chave de braço aprovada pela academia e terminou com os joelhos nas costas dele e a arma encostada na cabeça.

— Você matou alguma garota na sexta-feira passada? Visitou alguma loja Nike Town? Você é amigo de John Nike?

— Eu não estou com eles! Juro, eu não estou com eles!

— Isso nós veremos.

TERCEIRA PARTE

26 Egressão

Hack respirou fundo, engolindo o ar. Era tão bom estar do lado de fora! O que aquela tal de Jennifer Governo tinha dito era verdade: você só aprecia a liberdade quando é tarde demais. Uma experiência assim realmente punha as coisas em perspectiva. Fazia você perceber o que era importante.

Não podia se sentir deprimido, mesmo sabendo que havia boa chance de perder o emprego, e que a dívida com a Polícia não iria sumir. Hack se sentia feliz por estar vivo.

Pegou um táxi para a casa da irmã de Violet, mas mudou de idéia no meio do caminho e desceu na Sears em Fitzroy. Queria comprar um presente para Violet: uma coisa para mostrar como se sentia. Essa experiência tinha juntado os dois, pensou.

Parou. A Sears tinha uma seção de joalheria. Fileiras de pedras e anéis dentro de caixas de vidro brilhavam para ele. Hesitou, depois entrou.

— Em que posso ajudá-lo? — perguntou uma vendedora. Tinha cabelos ruivos encaracolados.

— Hmm... Você tem algum...

— Deixe-me adivinhar. Anel de noivado?

— Como sabia?

— Você está nervoso — disse a garota, e sorriu.

Ele segurou o embrulho com força, na fila do caixa atrás de uma mulher grande que estava comprando um triciclo.

— *Certamente* você pode embrulhar — disse a mulher ao rapaz da entrega. — Vocês têm um *serviço de embrulhos*; eu quero isso *embrulhado.*

— Só posso embrulhar aqui as mercadorias menores — disse o rapaz com paciência. — Uma coisa desse tamanho tem de ser levada aos empacotadores do terceiro andar.

— Na propaganda não dizia isso.

— Lamento muito — disse o rapaz.

A mulher passou por Hack, cutucando-o no braço com o guidão do triciclo. Hack protegeu seu embrulho. Tinha ido primeiro ao setor de embrulhos, mesmo a sua mercadoria sendo pequena.

O rapaz escaneou a caixa de Hack. O preço se materializou no leitor laranja: *$649,95.*

— O senhor tem cartão US Alliance?

— Tenho. — Ele entregou.

— Tem cartão Team Advantage também?

— O quê?

O garoto apontou para um crachá azul no peito. Dizia: JOGUE FORA SEU CARTÃO T.A. E ECONOMIZE! PERGUNTE-ME COMO.

— Se o senhor abandonar o programa Team Advantage ganha quinze por cento de desconto em todas as lojas afiliadas à US Alliance nos próximos dois meses. Tem cartão T.A.?

— Não. Trabalho na Nike.

— Tudo bem. Se o senhor ficar com a US Alliance e não tiver cartão T.A. também pode ganhar pontos.

Hack piscou. Isso parecia bom.

— Como me inscrevo?

— Assim — disse o garoto, e apertou um botão. A caixa registradora imprimiu duas linhas extras no recibo de Hack. — Obrigado por comprar na Sears. Tenha um bom dia.

— Obrigado. — Hack pegou seu pacote e saiu da loja. Num impulso, virou-se para olhar de novo os caixas. Havia trinta ou quarenta, enfileirados como ameias numa muralha. Cada um tinha um rapaz ou uma moça bem-arrumados, com uniforme da Sears. Seus crachás azuis piscavam para ele.

Claire, a irmã de Violet, estava assistindo à TV quando ele chegou. Na verdade Hack tinha conhecido Claire primeiro: conheceu Violet através dela. Claire era alta, tinha cabelos compridos, olhos castanhos e um belo sorriso. Era mais tímida do que Violet; mais parecida com ele. Durante um tempo Hack pensou que estava apaixonado por ela. Mas então Violet apareceu. Violet era bem determinada.

— Oi.

— Ah! Oi, Hack. Onde esteve?

— Tive de ir ao Governo.

Os olhos de Claire se arregalaram.

— Está com algum problema?

— Não. Na verdade, não. Violet está em casa?

Claire balançou a cabeça.

— Pensei que ela estava com você.

— Violet tinha uma reunião de negócios hoje. Se não voltou... talvez tenha corrido bem. — Ele olhou o relógio. Era tarde.

— Você comeu? Posso preparar alguma coisa, se quiser.

— Ah... não, obrigado. — Ele ficou sem jeito. Claire vivia se oferecendo para fazer coisas. — Posso ligar para o meu apartamento? Talvez ela esteja lá.

— Claro.

— Obrigado. — Ele entrou na cozinha e ligou. O telefone tocou e tocou.

27 Deslocação

Violet nunca tinha andado de avião, e Rendell, o gordo gerente da ExxonMobil, achou isso hilariante.

— Nem dentro do estado? — perguntou e balançou a cabeça, perplexo. Rendell tinha dois milhões de milhas acumuladas.

Ela desejou poder viajar sem Rendell, que ocupava toda a largura de sua poltrona extragrande classe-executiva e se inclinava para ela quando queria falar, o que acontecia o tempo todo. Violet estava com um romance de bolso, escolhido entre os que a aeromoça tinha trazido, mas Rendell não queria deixá-la em paz com o livro. Depois de quatorze horas, ela só queria que Rendell morresse engasgado com um amendoim oferecido pela companhia aérea.

Ele se inclinou.

— Você pode se conectar na internet daqui, sabe? Há um conector no braço da poltrona.

Violet olhou. Havia mesmo.

— Se bem que, com o seu vírus... quer dizer, você está com esse negócio sob controle, não é? Talvez você não devesse plugar.

— Duvido que a rede dos clientes esteja conectada aos controles de vôo.

— Mesmo assim. — Rendell deu um sorriso nervoso.

— Ótimo. — De qualquer modo ela não queria mexer nos e-mails com ele olhando por cima do seu ombro. Levantou o romance.

O braço dele encostou no dela.

— Mas há telefones. Se você quiser.

Ela o encarou.

— Se houver alguém com quem você precise falar a caminho do Texas. Não se preocupe com o custo, está tudo resolvido.

— Não preciso ligar para ninguém. — Violet também não queria ligar para casa com ele ali.

Ficou surpresa com a feiúra de Dallas. Mesmo com o sol nascendo por trás, a cidade parecia ter sido construída para suportar um bombardeio. Ela nunca tinha visto tanto concreto num lugar só.

— O que acha? — perguntou Rendell no táxi. — Legal, hein?

— Onde estão as árvores?

— Há alguns parques. — Ele esticou o pescoço. — Acho que dá pra ver um... — Um caminhão pesado passou rugindo. O táxi escureceu como se estivesse afundando na terra. Violet pôs os dedos nos ouvidos. — Logo depois daquele acidente de trânsito.

Ela olhou. Havia um emaranhado de trevo rodoviário adiante, e caminhões-reboque estavam extraindo carros e picapes uns dos outros. O motorista de táxi diminuiu a velocidade para evitar um pneu destroçado que tinha rolado para a pista. Violet não viu nenhum parque.

— Está vendo?

— Sim — disse ela. — Qual é o prédio da ExxonMobil?

— A ExMo fica fora da cidade, em Irving. São uns trinta minutos de carro.

— Ah.

— No fim disso tudo você vai estar enjoada de mim — disse ele, sorrindo. Ela tentou sorrir de volta. — Pensei que gostaria de ver Dallas. Foi aqui que o presidente foi assassinado, você sabe.

Ela o encarou, surpresa.

— O presidente da ExxonMobil?

— Não. O presidente do Governo. Kennedy.

— Ah — disse ela, virando-se de novo para a janela.

— Você provavelmente é jovem demais para ter ouvido falar dele — disse Rendell, e Violet mordeu o lábio até doer.

O homem da ExxonMobil era alto, com olhos azuis luminosos. Ele se levantou, sorrindo, e estendeu a mão. Sua boca mostrava dentes, mas os olhos jamais mudavam.

— Violet. Por favor, sente-se.

Ela ocupou uma cadeira ornamentada do outro lado da mesa, diante dele. Rendell ocupou um lugar ao lado. Violet não conseguia escapar dele em lugar algum.

— Sou Nathaniel ExxonMobil, executivo-chefe. — Atrás dele havia uma porta com um tigre rugindo, o logotipo da ExMo, gravado em vidro fosco. — Agradeço a você ter vindo tão rápido.

— Sem problema. — Ela estava com sede.

— Vamos ter uma conversa agora. Mas primeiro quero que você entenda as regras básicas.

— Ficarei feliz em assinar um contrato de sigilo.

— Não quero que você assine um CS. — Ele sorriu. — Prefiro fazer isso através de um acordo verbal.

— Ah. — Violet sentiu o coração apertar. Isso já estava se desviando do pouco que ela sabia sobre como esse negócio funcionava.

— Os contratos forçam as pessoas a fazer coisas, Violet, e nada de bom vem através da força. As pessoas alcançam grandes coisas trabalhando juntas voluntariamente para ganhos mútuos. Isso parece bom para você?

— Claro — disse ela, mas podia sentir a ponte rachando sob os pés, as tábuas lascando. Um CS era o padrão; todo mundo usava. Violet não achava que Nathaniel falaria com ela a não ser que tivesse um modo melhor de garantir seu silêncio.

Ele cruzou as mãos sobre a mesa.

— Soube que tem um programa que pode derrubar a rede de uma empresa. Certo?

— Sim.

— A rede de qualquer empresa?

— Praticamente.

— Se você quisesse atacar minha rede num momento particular, num dia particular, poderia fazer isso?

— Hmm, não. O programa só pode se espalhar quando os clientes pedem atualização do servidor. Isso poderia acontecer imediatamente; poderia acontecer na semana que vem.

Rendell se inclinou para a frente.

— Mas em Melbourne aconteceu tão rápido...

— Vocês foram ultraparanóicos, estavam com todos os antivírus acionados. Quanto mais ativo o antivírus for, mas rapidamente meu programa se espalha.

— Ah — disse Nathaniel.

— Não percebi isso — observou Rendell. — Desculpe, Nathaniel, só presumi...

Nathaniel o ignorou.

— Violet, para que esse programa fosse útil para mim, eu precisaria controlar o momento em que ele é ativado.

— Mas se vocês quiserem simular um ataque, podem...

— Vamos simplesmente concordar com que eu preciso controlar o momento — disse Nathaniel. — Certo?

E Violet percebeu que Nathaniel ExxonMobil não estava interessado em simular nada. Não queria seu programa com objetivos de defesa. Não queria melhorar sua segurança interna. Ela sentiu uma pontada de medo.

— E se nós pudéssemos obter acesso a um servidor central? — perguntou Nathaniel. — Então você poderia controlar o momento?

— Então... sim, seria possível carregar o programa e dizer ao servidor para fazer uma atualização. Mas se você pode acessar um servidor, por que se daria ao trabalho de...

— Poderíamos ter acesso temporário. Se for preciso.

Ela respirou fundo.

— Bem, se vocês podem fazer isso, podem controlar o momento.

Silêncio.

Rendell falou:

— Você gostaria de ser empregada da ExxonMobil, Violet?

Ela deu um pulo.

— Não estou aqui para ser empregada de ninguém. Só quero licenciar meu programa.

— Vamos licenciá-lo — disse Nathaniel. — E vamos lhe pagar bem por isso. Mas quero seus serviços para implementá-lo também.

As entranhas dela se retesaram.

— Implementar como?

— Nós obtemos acesso ao servidor, você carrega o seu programa e espalha pela rede.

— Quer dizer, remotamente? — disse Violet, mas não achava que ele tivesse dito isso.

— Não vou me arriscar a fazer nada remotamente. Terá de ser no lugar.

— Mas... no lugar... como é que...

— Um pequeno grupo do nosso pessoal de segurança vai entrar no prédio-alvo e garantir que você tenha acesso ao servidor.

Ela segurou os braços da poltrona.

— Pensei que vocês não acreditavam em realizar nada pela força.

— A-ha-ha — disse Nathaniel, achando divertido. — Você enxergou através de mim, Violet ExxonMobil.

28 Espreita

Billy NRA estava dando dor de cabeça a Jennifer. Ela coçou a testa.

— Está me dizendo que esses caras da NRA simplesmente *presumiram*?

— Eles tinham armas. Eu não ia dizer que eles tinham cometido um erro. E então eles me colocaram no avião, eu não tive chance de fugir. — Ele olhou de Jennifer para Calvin. — Vocês têm de acreditar.

— Essa é a maior besteira que eu já ouvi na vida — disse ela.

— Disse que a NRA abordou você por sua habilidade no tiro — disse Calvin. — Estamos falando de um atirador de elite? Quem eles queriam que você assassinasse?

— Pearson Polícia, obviamente — disse Jennifer.

— Não! — reagiu Billy. — Aqueles eram *outros* caras da NRA. Esses caras achavam que eu era outro sujeito, achavam que eu era um sujeito chamado Bill!

— Então onde está o verdadeiro Bill? — perguntou Calvin. — Quem é ele?

— Como é que vou saber?

— E nunca ouviu ninguém mencionar o nome John Nike?

— Pela quinta vez, porra, nunca ouvi falar de John Nike! Só fui colocado num avião e mandado para aqui, e então as pessoas começaram a ser retalhadas por carros com metralhadoras na frente e...

— Quieto! — disse Jennifer. — Calvin?

Ele arrastou a cadeira para perto. Billy coçou o rosto.

— Olha, posso fumar? Eu estou...

— Fecha a matraca. — Ela se inclinou para perto de Calvin. — E o cara da NRA que Taylor acertou?

— Ele não se chamava Bill.

— Alguma das vítimas?

— Não há nenhum Bill morto.

— Então esse cara está falando merda. Está escamoteando.

Calvin deu de ombros.

— Talvez o Bill verdadeiro tenha decidido dar no pé assim que apagou um agente do Governo.

— Ou talvez esse cara seja o Bill de verdade, e matou Taylor.

Eles o encararam.

— Eu gostaria mesmo de um cigarro — disse Billy. — Verdade.

— Sabe o que a Polícia vai fazer com você? — perguntou Jennifer. — Faz alguma idéia? Eles controlam suas próprias prisões, você sabe.

— Epa, epa...

Houve uma batida na porta. Ela se virou. Era Elise Governo.

— Oi, chefe — disse Jennifer.

— Uma palavrinha?

— Claro. — Jennifer saiu e fechou a porta.

— Adivinhe o que acabo de receber... — disse Elise. — Uma avaliação psicológica.

Ela achou que sabia que isso estava por vir.

— Ah, ei, Elise, eu estava brincando com aquele psiquiatra. Não achei que ele fosse me levar muito a sério. Cá entre nós, aquele cara precisa de férias.

— Você vai tirar férias. A partir de agora. Vá para casa.

— Não, espera, não. Elise, eu estou fazendo uma grande descoberta. Peguei um assassino com a boca na botija; podemos fazer com que ele fale do John...

— Isso não é uma descoberta. O laboratório terminou de verificar a arma do seu suspeito. Ela não foi disparada.

Jennifer piscou.

— Nenhuma vez?

— Ouça. Você precisa de uma folga. Esse caso vai ser resolvido sem sua participação. Você não é minha única agente com competência.

Ela hesitou.

— Me dê um mandado de prisão para John Nike, e eu vou para casa.

— Não.

— Elise! Hoje John matou uma das pessoas que poderiam ligá-lo aos assassinatos nas Nike Town. Se não o pegarmos, Hack será o próximo. John está *queimando arquivos.*

— Não posso lhe dar um mandado a partir da afirmação de uma pessoa.

— Eu... eu tenho mais provas chegando.

— Alguma coisa substancial?

— Sim. — Ela mordeu a língua.

— Logo?

— É.

— Não mentiria para mim, mentiria, Jen?

— Elise!

Elise a encarou.

— O trato é o seguinte: eu aprovo um mandado de prisão com a condição de que outra pessoa o implemente. Você vai para casa, vai assistir à TV, resistir à necessidade de ligar a cada cinco minutos. Vamos cuidar de John Nike. Certo?

— Certo — disse Jennifer, achando que poderia seguir com a prisão de John sem que Elise descobrisse. — Trato feito.

— E faça um corte decente nesse cabelo. O que usaram em você, tesoura de podar?

— A-ha — disse ela, e voltou para dentro. Calvin tinha dado um cigarro ao cara da NRA. Ela se sentou e o encarou durante um tempo.

— O que foi? — perguntou Billy.

— Você não disparou sua arma. Nenhuma vez.

— É o que estou tentando dizer. É o que eu estou *dizendo.*

Jennifer ficou até tarde no escritório formulando um plano. Quando saiu, tinha uma boa idéia do que ia fazer com Billy NRA. Achava que ele seria útil, afinal de contas. Significava que ela teria de voltar ao trabalho no dia seguinte, mas tudo bem. A orientação de Elise para ir para casa era provavelmente mais uma sugestão do que uma ordem.

Quando chegou em casa, Kate estava rabiscando num papel de desenho na mesinha de centro.

— Olá! — disse Jennifer.

— Oi, mamãe! Como foi seu dia?

— Fantástico! Peguei um bandido.

— Uau!

— Eu sei. Foi muito legal. E você?

— Também tive um bom dia. — Kate remexeu na mochila da escola e pegou uma pasta cinza.

— O que está fazendo com um relatório interno do Governo? — perguntou Jennifer. Pegou-o e abriu a primeira página. Dizia: PINGÜINS! No canto, a professora de Kate tinha escrito: *Excelente trabalho, Kate! Você obviamente dedicou muito tempo e esforço nele. 10/10*.

— Kate! Isso é fantástico!

— É.

— Uau! Venha cá! — Ela se ajoelhou e abriu os braços, e Kate entrou neles. Jennifer beijou-a. — Você é *muito* inteligente.

— Depois vou fazer um sobre dálmatas. É um tipo de cachorro.

— Ouvi falar. Você realmente gosta de animais, hein?

— Gosto, mamãe. Quando crescer quero ser veterinária.

— Sei disso. Eu amo você. Você vai ser a melhor veterinária do mundo. — Kate abraçou-a de volta. — Sabe, é uma pena que...

— O quê?

— Bem — disse Jennifer. — Se vai ser uma veterinária tão famosa, é uma pena não ter com que treinar.

— O que quer dizer?

— Estou reconsiderando minha política de veto aos bichinhos de estimação. Diante desse excelente trabalho sobre pingüins.

— Mãe! Tá falando sério?

— Que tal um cachorro? A gente poderia pegar um no abrigo.

— Sim! Sim! A gente pode ter um cachorro? A gente pode ir este fim de semana?

— Pode. Este fim de semana.

Kate guinchou e envolveu o pescoço de Jennifer com os braços.

— Eu amo você! Eu amo você!

— Eu amo você também. — Jennifer abraçou-a com força.

29 Clemência

O homem do leito 18C a estava chamando de novo, e Georgia tinha perdido a paciência. Ignorou o som da campainha do melhor modo que pôde e ajudou uma adolescente a vomitar num balde.

A garota cuspiu e gemeu. Georgia acariciou o cabelo dela.

— Shhh.

— Não sei se consigo... — Ela se dobrou de novo, soltou um jorro de bile amarela no balde. — Quero sair!

— Não, não quer. Há uma lista de espera para a sua cama.

— Eu odeio isso...

— Vou pegar outro cobertor. — Georgia puxou a cortina em volta da cama da garota (isso não dava muita privacidade mas era melhor do que no ano anterior, quando nem tinham cortinas) e foi para o quarto 18. — Então o senhor está acordado.

— Onde é que estou, porra? — disse o homem.

— No Hospital de Caridade da Igreja dos Santos dos Últimos Dias, em King's Cross.

— *O quê?*

— É um hospital de Sydney. Sabe em que ano estamos?

— Claro que sei... — Ele bateu nos tubos que lhe saíam do corpo. — Que merda é essa?

— O senhor foi achado inconsciente na rua, com ferimentos a bala. Não tinha identificação, por isso nós o pegamos. Os cirurgiões o operaram há dois dias e...

— *Cirurgiões!*

— Senhor, por favor, acalme-se.

— Não vou me acalmar! Eu tenho seguro, não preciso da porra dos seus médicos religiosos me cortando!

— Os administradores ficarão felizes em saber que o senhor tem seguro — disse Georgia com paciência. Ela trabalhava ali há quase três anos. — Podemos cobrar deles o custo de salvar sua vida.

O homem tentou sair da cama.

— Eu vou embora.

Seu rosto ficou branco.

— O senhor não está com forças para ir a lugar nenhum. Sente-se e eu digo aos médicos que o senhor acordou.

— Não! Espere. Se eu lhe disser quem sou, você contata minha empresa?

— Se o seu seguro for feito através da empresa, sim.

— E meus detalhes são confidenciais, certo?

— Claro — disse ela, não querendo discutir. A verdade é que a partir dali ele iria receber um bocado de correspondência de propaganda da igreja.

— Certo. Certo. Meu nome é Bill NRA. Agora diga pra eles me tirarem deste buraco.

30 Ascendência

As paredes do hospital eram azul-claras, e John gostou. O único motivo para os hospitais terem paredes brancas era porque as pessoas associavam isso à limpeza: na verdade era marketing e não havia sentido em fazer marketing para um marqueteiro. John pintaria de preto um hospital para os marqueteiros.

A porta do 412 estava aberta. Era um bom quarto, com vista para a silhueta da cidade. Ele se sentou na cadeira ao lado da cama e verificou se John estava acordado.

Era difícil dizer, com todas as bandagens. Aquela tal de Violet tinha realmente pegado pesado: os médicos ainda não tinham certeza se houvera danos cerebrais. Pessoalmente John achava que o maior problema era o rosto. Esperava que os inchaços fossem temporários. Não havia lugar no Marketing para um homem com aquela aparência.

Os Mercury tinham vendido como se fossem artefatos religiosos, mas para John toda a campanha assumira um gosto azedo, graças à incapacidade de Hack de ser um pistoleiro decente. Agora ele e sua namorada psicótica tinham desaparecido, e era somente questão de tempo, John tinha certeza, antes que Jennifer Governo aparecesse. Ela estivera farejando antes da campanha; agora quase tinha interceptado a equipe que a NRA mandara para eliminar aquele policial. John estava encrencado.

Decidiu rabiscar um bilhete para John — *Está indo bem, garotão! Todo mundo na Nike está torcendo por você* —, quando o celular tocou. Tirou-o do bolso do paletó e foi até a janela, para o caso de os sinais interferirem com o equipamento de John. John não precisava de mais problemas.

— John Nike — disse uma voz. — O que o faz pensar que pode organizar uma campanha assim a partir da porra da Austrália?

— Quem é?

— Gregory Nike, vice-presidente de Vendas Globais.

John se enrijeceu. Verificou a tela do telefone, para o caso de alguém estar de gracinha. O número sugeria que não.

— Senhor! Nem posso dizer o prazer que é o seu telefonema.

— Você acha que estava distribuindo bonés de beisebol? É melhor ter um motivo muito sério para expor a empresa assim.

Da cama, John gemeu e murmurou.

— Bem, não quero antecipar meu relatório, senhor, mas acho que as vendas falam por si. Vendemos quatrocentos mil pares em três dias, e em dólares isso...

— Vou explicar uma coisa agora, e você vai calar a boca e ouvir. Certo?

— Sim, senhor.

— Não dou a mínima para as suas vendas. Temos iniciativas estratégicas que fazem quatrocentos mil pares parecer titica de galinha. E eu fico puto, John, quando essas iniciativas são prejudicadas por gente como você em Melbourne, Austrália, gente que acha que pode liderar a política mundial da empresa.

— Foi radical, admito — disse John. — E talvez eu devesse ter consultado...

— Presumo que nem mesmo o escritório australiano saiba da importância do programa US Alliance. No entanto você vai e envolve uma empresa do Team Advantage numa... numa campanha tremendamente arriscada.

De repente ele percebeu do que Gregory estava falando.

— A Polícia... é, isso estava além do meu controle, senhor. Isso... — Ele mordeu a língua. O que estava fazendo? — Não vou pedir desculpas. Cometi um erro, mas o senhor ficará satisfeito em saber que tomei atitudes em relação a isso. A conexão fora da US Alliance está sendo resolvida.

— Como?

— Provavelmente eu não deveria responder isso numa linha sem segurança.

Respiração pesada, originando-se em Portland, Oregon. Transmitida via satélite para Melbourne, Territórios Australianos, recriada pela AT&T no ouvido esquerdo de John.

— Se você fez merda para a gente, John, vai estar desempregado. É melhor perceber isso.

— Senhor, talvez devêssemos nos encontrar. Podemos discutir as iniciativas que assumi e o senhor pode me colocar mais inteiramente a par da situação da US Alliance. Acho que demonstrei minha capacidade de tomar ações decisivas e pensar fora dos padrões convencionais, e o senhor poderia usar minhas capacidades de melhor modo me mantendo num círculo mais elevado.

— Meu Deus — disse Gregory. — Você tem coragem.

John esperou.

— Pegue um avião. Vou estar em L.A. amanhã. Encontre-se comigo lá.

— Sim, senhor!

Gregory desligou. John ficou diante da janela, empolgado. Que telefonema! Isso é que é ação decisiva!

Pegou a pasta e ligou para seu advogado. Na saída, olhou para John. Ainda não tinha escrito aquele recado.

— Desculpe, meu chapa — falou, ajeitando a gravata. — As iniciativas estratégicas estão encaminhadas. — E fechou a porta ao sair.

31 Declividade

Buy era um cadáver. Sentava-se em seu cubículo na Mitsui e era como se tornasse o lugar fétido. Os corretores passavam longe, como se o que ele tinha fosse contagioso. Era um cadáver de terno.

Na terça-feira Cameron falou:

— Buy, já chega.

Buy levantou os olhos. Sabia há um tempo que seria demitido. Pensou que seria mais empolgante.

— Minha sala. — Buy seguiu-o ao aquário. Cameron esperou até que estivessem sentados e mesmo então fez uma pausa. Buy esperou com paciência. — Eu lhe ofereci uma folga. Você se lembra disso.

— Sim. — Sua voz saiu áspera. Ele não a estava usando muito ultimamente.

— Vou sugerir de novo. Desta vez quero que você pense nisso cuidadosamente. Pode salvá-lo.

Buy sentiu vontade de rir. A idéia de que uma semana de TV diurna iria torná-lo feliz de novo era engraçada.

— Não, obrigado.

Cameron suspirou.

— Quer que eu o demita? É isso? Seu pacote de encerramento não está tão bom assim, você sabe.

— Eu sei.

— Certo. Aqui vai sua última chance. Uma transferência.

— O quê?

— Você está acabado como corretor. Mas há uma corda de salvação, se quiser. O elemento de ligação da Mitsui com a US Alliance quer um assistente australiano. Poderia ser você?

— O elemento o quê?

— A Mitsui faz parte da US Alliance, o programa de lealdade dos clientes. Temos uma pessoa para representar nossos interesses lá, ele é chamado de elemento de ligação. Você poderia ser assistente dele.

— Ah. Certo.

— Não é um serviço ruim. Pode ser uma área de crescimento, nunca se sabe.

— Obrigado. — Ele queria se sentir mais agradecido, mas simplesmente estava exausto. Estendeu a mão.

Cameron piscou, depois apertou-a.

— Você vai para uma sala nova, no oitavo andar. A manutenção vai lhe dar tudo de que precisa. Você deve liberar sua mesa.

— Quando?

— Não há tempo melhor do que o presente.

— Certo — disse Buy. Ele achava que os outros queriam tirar o fedor.

Foi para o oitavo andar e lhe mostraram sua nova sala. Era pequena, mas tinha uma grande janela com vista para o resto da cidade. Não tinha certeza se isso era bom. Estivera pensando muito na cidade, ultimamente. Em como a cidade comia pessoas.

Pegou o elevador de volta à corretagem e começou a pegar suas coisas pessoais: uma caneca de café, uma foto de um cachorro que ele tivera e algumas canetas. Só isso.

— Ei, ouvi falar de sua grande mudança — disse Lisa. Buy levantou os olhos. Ela estava sorrindo, mas seus olhos eram afiados e vigilantes, como se não estivesse descartando a possibilidade de ele saltar sobre ela. — Parece feito para você, Buy. Parabéns.

— Obrigado.

Os olhos dela se suavizaram.

— Nós todos estamos torcendo por você, Buy. Lembre-se disso.

— Obrigado, Lisa. — Agora ele tinha quase certeza de que ia se matar.

32 Agência

O homem na cela era Jesus Cristo, ou pelo menos era o que ficava dizendo a Billy. Isso não tinha sido muito engraçado quando ele chegou, e foi ficando cada vez menos nas três horas seguintes. Sentou-se no catre no canto da cela e dobrou os joelhos junto do peito.

— O fogo dos justos! — gritou Jesus. — A danação para... todos vocês, seus escrotos!

Billy fechou os olhos. Imaginou se poderia bater a cabeça de Jesus na parede da cela e alegar legítima defesa.

Alguém virou uma chave na fechadura. Billy sentou-se rapidamente. A porta se abriu. Era a mulher de antes, Jennifer. Estava sozinha.

— Oi — disse ela. — Teve tempo de pensar?

— Eu sou o Cordeiro de Deus! — disse Jesus. — O Cordeiro, o Cordeiro!

— Você, não. Billy, pensou na minha oferta?

— Você não pode me manter aqui. — Billy tentou falar isso com a maior calma possível, mas sentiu as mãos tremendo. Realmente precisava de outro cigarro. — Sou cidadão dos EUA. A Nova Zelândia não pode me prender só porque eu estava no lugar errado na hora errada. Quero falar com alguém do governo americano ou da NRA.

Jennifer o encarou.

— O quê?

— Você está nos Territórios Australianos, Billy, e não na Nova Zelândia. Você nem sabe em que país está?

— Eu... eles me levaram de avião. Certo, Austrália.

— E eu *sou* do Governo americano. Este é um país dos EUA. Eu o deixo passar a noite aqui e isso é o melhor que você consegue?

— Hmm...

— Volto mais tarde.

— Não! Espere! Certo, vamos conversar!

— Chega de conversa. Eu lhe ofereci um acordo, você diz sim ou não.

— Escrotos! — gritou Jesus. — A porra do nnnn-nnnn...

— Quieto! — disse Jennifer.

— Certo — respondeu Billy, sentindo a esperança se esvair. — Tire-me daqui.

Ela manteve a porta aberta. Ele saiu da cela, sentindo que afundava cada vez mais.

— Fico feliz por você ter feito a escolha certa, Billy. Acho que vamos trabalhar bem juntos.

— Você vai carregar isso o tempo todo — disse ela. — Não deixe onde possam ver. Não deixe ninguém pegar.

— Um maço de cigarros?

— Há um transmissor dentro. Posso falar de volta, se você puser fones de ouvido naquele conectorzinho ali. Quando ele vibrar, significa que quero falar com você. Fuma Marlboro?

— É, claro.

— Não fume todos esses.

Ele olhou os cigarros.

— Estão com droga?

— Não, Billy, são cigarros. Mas se acabar com eles, não haverá motivo para guardar o maço. Se deixar isso numa lata de lixo por aí... eu não vou ficar feliz.

— Certo — disse ele e lambeu os lábios. — Imaginou se poderia fumar um daqueles cigarros agora.

Jennifer o encarou.

— Talvez você não seja feito para isso.

— Eu sou, verdade! É só que... — Ele estendeu a mão para o maço.

Ela pareceu enjoada.

— O que você é, um daqueles viciados?

— Estou parando. — Ele acendeu um com os dedos trêmulos. O gosto era incrível.

— Está se sentindo melhor?

— Ahhh... — As coisas estavam muito melhores com a fumaça. Até Jennifer Governo parecia bonita, de um jeito barra pesada.

— Agora vamos deixar isso claro. Você entra, grava algumas pessoas falando sobre John Nike e os serviços da NRA, sai e fica limpo. Mas se você jogar esse equipamento fora e voltar correndo para o Mississippi ou para sei lá de onde você veio, eu vou atrás. Sou do Governo, Billy, não pode escapar de mim. Entende?

— Sim.

Ela ficou quieta um momento. Billy sugou o cigarro.

— Ele matou quatorze crianças. Pensou nisso, planejou, fez acontecer. Eu não vou tolerar. Acredita?

— Sim.

Ela assentiu.

— Você está com um vôo marcado para Invercargill, Nova Zelândia, dentro de duas horas. Não faça besteira.

— Pode contar comigo. — Todo o corpo dele estava pinicando. Nesse momento, falava sério.

33 Obnubilação

Ela andava rapidamente, mas mesmo assim foi apanhada do lado da fora de sua sala.

— Jennifer!

Ela ergueu os olhos. Elise e Calvin estavam perto do bebedouro.

— Ah, ei, Elise.

— Explique por que está neste prédio.

— Só estou pegando umas coisas para levar para casa...

— Há duas semanas sua cabeça estava sendo costurada. Agora saia da minha delegacia.

— Sabe, estou me sentindo realmente recuperada. Fui ao psiquiatra de novo e ele disse que eu fiz um verdadeiro progresso para processar a experiência negativa e resolver meu papel nela.

Elise olhou para Calvin.

— Ela foi ao psiquiatra de novo?

— Ahn — disse Calvin.

— Saia — ordenou Elise. — Eu juro, Jennifer. Nem mesmo telefone para cá.

— Fico comovida com sua preocupação, mas...

— Parece que eu estava lhe dando opção?

Ela conteve um suspiro.

— Não.

— Então vá para casa.

— Ótimo. — Ela se virou.

— Para que precisa ir à sua sala?

— Vou pegar minha *jaqueta*! — gritou ela. — Posso?

— Eu levo você em casa — disse Calvin.

— Então — disse ela no carro — agora que temos esse mandado de prisão...

— Nem peça.

— O quê?

— Você não vem junto, Jen.

— Não é isso que eu estou dizendo. — Ela estava exasperada. — Nem é isso que eu queria dizer.

— Ah. Bom.

Houve silêncio.

— Então, com quantos agentes você vai?

— Depende de quem estiver disponível.

— Vai me contar como a coisa aconteceu?

Ele parou num sinal e se virou para ela.

— Vou mantê-la informada, Jen.

— Bom. Obrigada.

— Sabe, a folga pode ser boa para você. Dê um tempo para recuar, esfriar, ter um pouco de perspectiva. Fique com Kate.

— Eu *tenho* perspectiva. Tenho uma porrada de perspectiva. Por isso não quero ficar em casa enquanto John Nike ainda está aí fora. Quero que ele vá para a cadeia. Quero saber que quando Kate for fazer compras, ninguém vai *atirar* nela. Esta é a minha perspectiva.

— Certo, certo. Entendi.

— Se deixá-lo escapar, vou ficar muito puta.

— Jen, sou um ser humano competente.

— Eu sei. Desculpe. — Ela coçou o rosto. Sentia-se frustrada. — Não pegue a rua Church.

Kate estava esperando o ônibus no portão da escola.

— Mamãe!

— Olá — disse Jennifer. — O que é isso no seu rosto?

— Um adesivo. Veja, tem uma estrela.

— Ah, é.

— Por que chegou tão cedo?

— Estou de folga.

— Ah, legal!

— Pensei que a gente podia ir ao parque jogar um pouco de futebol. Quer?

— E depois a gente pode ir ao abrigo de cachorros?

— Está meio tarde hoje, querida. Venha, Calvin vai levar a gente em casa. — Ela segurou a mão de Kate.

— O cachorro de Alex rola de costas sempre que a gente chega perto — disse Kate. — É estranho.

— Nosso cachorro vai ser muito mais legal.

— A gente pode ir ao abrigo amanhã?

— Amanhã ou no fim de semana — prometeu Jennifer. Os códigos do transmissor de Billy estavam em seu bolso. — Primeiro tenho umas coisas importantes para fazer, querida.

34 Competição

John Nike estava lendo um romance chamado *Os mercadores do espaço*; tinha sido reeditado e ele havia lido uma resenha na *Companhia Rápida*. O livro era chamado de "profético e hilariante", com o que John estava tendo dificuldade para concordar. Todos aqueles velhos livros de ficção científica eram iguais: achavam que o futuro seria dominado por algum governo duro, opressor. Talvez isso fosse plausível nos anos cinqüenta, quando o mundo parecia a ponto de virar comunista. Certamente, não agora.

Em *Os mercadores do espaço* o mundo era dominado por duas empresas de publicidade, o que era mais próximo da verdade. Mas mesmo assim havia tantas leis que as empresas tinham de seguir! Se aqueles caras tinham todo o dinheiro, imaginou John, quem iria impedi-los de fazer o que quisessem?

— Vamos começar a descida, senhor — disse-lhe uma comissária de bordo. John olhou o decote dela. — Há mais alguma coisa que eu possa lhe oferecer?

Alívio manual, pensou John, mas não disse; esse avião era da United Airlines, não da American.

— Não.

Começou a pôr o romance na pasta, depois enfiou-o na bolsa da poltrona. O negócio estava começando a virar uma declaração marota, antilivre-mercado, e a ironia o irritava. Não havia lugar para ironia no marketing: fazia as pessoas procurarem significados mais profundos. E também não havia lugar para isso no marketing.

Estava num táxi menos de dez minutos depois de pousar. Tinha visitado os Estados Unidos duas vezes antes que as últimas barreiras ao livre comércio tivessem caído, e houvera incômodos com taxas, com o que você tinha na mala, com troca de dinheiro — era ridículo. E, quando você passava, a cultura era tão diferente que você nem sabia pedir uma cerveja direito. Agora as coisas eram muito melhores: o único sinal de que estava em Los Angeles e não Sydney era o ar mais sujo.

O escritório da Nike em L.A. era um único andar num prédio anônimo no Santa Monica Boulevard. Los Angeles não era grande coisa para a Nike: a Nike tinha nascido em Portland, Oregon, e nunca deixou o lar. Ele imaginou por que Gregory iria se encontrar com ele ali.

Pagou ao motorista e entrou no prédio. A recepcionista mandou-o ao oitavo andar, onde uma mulher lhe disse que Gregory ia demorar alguns minutos. Isso era bom sinal: "alguns minutos" significava que Gregory ainda pretendia vê-lo. John tinha se preparado para "teve de sair inesperadamente".

Agora desejou ter guardado aquele romance. Seria bom ser visto lendo-o: relevante mas ao mesmo tempo na esquerda, demonstrando iniciativa e uma abordagem criativa à solução de problemas. Folheou as revistas à mostra. A melhor disponível era a *Sports Illustrated*. Suspirou.

Vinte minutos depois Gregory apareceu numa porta lateral.

— John, vice-presidente de Marketing de Guerrilha, Territórios Australianos?

John se levantou.

— Gregory, é um prazer...

— Desculpe o atraso.

— Você não está atrasado — mentiu John. — Acabei de chegar.

Gregory olhou-o irritado. Talvez isso tivesse sido demais.

— Venha.

Ele seguiu Gregory por um pequeno labirinto de cubículos com o que deveriam ser gerentes de nível inferior — possivelmente até mesmo funcionários de merchandising. Talvez Gregory estivesse tentando humilhá-lo.

— Desculpe o ambiente — disse Gregory, mantendo aberta a porta de sua sala. — Só estou na cidade para uma reunião com a US Alliance.

John sentou-se. Não seria oferecido café, aparentemente.

— A US Alliance é baseada em Los Angeles?

— É. — Gregory plantou-se atrás da mesa e se inclinou para a frente. Era uma mesa barata, mas Gregory compensava, decidiu John: era maligno até mesmo usando adereços ruins. — Este é um momento crítico para nós. Por isso suas extravagâncias não foram apreciadas.

John imaginou se esse seria um bom momento para mostrar seus relatórios de vendas.

— Peço desculpas de novo, senhor. Estou ansioso por ficar a par da visão da Nike.

Gregory cruzou as mãos.

— O que vou lhe dizer é estritamente confidencial. Está coberto na cláusula de segredos comerciais do seu contrato de emprego.

— Entendo.

— É melhor que sim. Nós não levamos na brincadeira os vazamentos de segredos comerciais.

John tinha arruinado alguns ex-empregados em seu tempo.

— Entendo, senhor.

— Certo. Você sabe da participação da Nike no programa US Alliance de lealdade do cliente. O que acha dele?

John pensou. Achava os programas de lealdade inúteis, especialmente para uma empresa de bens de consumo centrados na imagem, como a Nike. Mas obviamente esta não era a resposta esperada por Gregory.

— Acho que eles podem ser muito valiosos na aplicação correta.

— Os programas de lealdade não valem porra nenhuma para a gente — disse Gregory. John xingou em silêncio. Tinha caído na armadilha. — Acha que alguém compra tênis Nike porque ganha milhas aéreas? Me poupe.

John foi fundo.

— Senhor, eu acho o mesmo. Nossa marca se enfraquece com os descontos e as promoções. No mínimo, quanto maior nosso preço, mais vendemos.

— No entanto a Nike considera o programa de lealdade US Alliance a iniciativa estratégica mais importante que tomou em vinte anos. Por quê?

John ficou de boca fechada.

— Sabe como a US Alliance começou, John?

— Algum tipo de... milhagem aérea?

— Isso. Você enchia o tanque de gasolina com American Express e ganhava milhas aéreas para a American Airlines. Se você não tivesse um AmEx, bem, pensava em conseguir um rapidinho. E nesse ponto o ambiente competitivo mudou para sempre. Porque de súbito as empresas de cartão de crédito estavam competindo com as companhias aéreas.

— Certo.

— Assim a Visa decidiu fazer um acordo de milhagem. Eles pensaram: "Ei, o que podemos fazer para tornar nosso programa mais atraente?" E perceberam...

— Mais modos de ganhar pontos. Mais serviços. Mais empresas.

— E dez anos depois temos a US Alliance e a Team Advantage, e não há mais de cinco grandes empresas no mundo que não tenham assinado com uma delas. Quanto mais empresas se juntam, mais clientes participam, e por isso mais empresas entram. No fim do mês passado a US Alliance tinha quinhentos milhões de sócios. A T.A. tem duzentos e noventa milhões.

— Quinhentos milhões... eu não sabia.

— Acredite. A US Alliance só aceita uma empresa de cada ramo de atividade, mas nós temos as maiores e melhores. General Motors, IBM, AT&T, Boeing... Estão todas aqui.

John hesitou.

— Mas a Boeing só tem clientes industriais. O que ela ganha?

— As linhas de batalha foram estabelecidas. Cada empresa da Alliance compete com cada empresa da Team Advantage. Cada cliente que voa por uma companhia aérea da T.A. vai comprar um computador da Compaq, e não da IBM. A Boeing está conosco porque caso contrário a United Airlines não vai comprar com ela.

— E a Polícia...

— Não está conosco. Está com a Team Advantage.

— Ah — disse John. — Sabe, eu quero enfatizar que essa situação foi resolvida...

— Bom. Porque nós temos preocupações maiores. Há uma semana as empresas que fazem parte da US Alliance, inclusive nós, começaram a oferecer recompensas para clientes que jogarem fora seus cartões Team Advantage. Estamos forçando todo mundo que é sócio dos dois programas a escolher.

John se recostou.

— Isso é muito impressionante. Eu não tinha idéia de que iniciativas desse... âmbito... estavam sendo tomadas.

— É uma guerra. Não estou exagerando. Até agora só vimos escaramuças, mas a guerra começou. E você não vai querer fazer negócios com o inimigo. Entende?

— Completamente.

— Fico feliz por termos esta conversa. Estou impressionado em ver como você percebe rapidamente a situação.

— Diga como devo agir.

— Exatamente. É exatamente o que eu quis dizer.

35 Coincidência feliz

Um punhado de estudantes universitários pôs na cabeça protestar num café Starbucks do centro da cidade, de modo que Calvin não tinha apoio para ir à Nike. A Starbucks era um grande cliente do Governo: quando eles tinham problema, os agentes iam.

— Pode esperar se quiser — disse Elise. — Vamos substituir Johan e Emma às três...

— Não se preocupe — disse ele, sabendo que Jen estouraria uma artéria se ficasse sabendo.

Foi até a Nike e estacionou numa vaga de visitante. A porta da frente se abriu, envolvendo-o no ar condicionado. A recepcionista era bonita e parecia praticar atletismo nas horas livres.

— Bem-vindo à Nike. Em que posso ajudá-lo?

— Tenho hora marcada com John, vice-presidente de Marketing de Guerrilha.

— Seu nome, senhor?

— Calvin McDonald's. — Ele sorriu. A invasão era uma agressão contra a propriedade, e portanto um crime, mas a fraude, não: a fraude era praticamente um direito constitucional, como a liberdade de expressão.

— Só um momento, senhor. — Ela murmurou num microfone. — Sinto muito, a secretária de John não tem registro do senhor. Tem certeza que a hora é esta?

— Tenho. Que droga, o que está acontecendo aqui?

— Não sei, senhor, terá de perguntar a ela.

— Acho que vou fazer isso. — Ele pegou o livro de visitas. — Eu assino aqui? Em que andar ela está?

— Ah... décimo quarto.

— Qual é o nome dela?

— Georgia.

Ele pegou um crachá na caixa. O elevador soltou música pop. Calvin cantarolou junto. No décimo quarto andar passou pela porta de vidro e entrou numa grande recepção decorada com bom gosto, cheia de fotos de esportistas que Calvin reconhecia dos comerciais de refrigerante. Uma mulher de pouco menos de trinta anos se levantou.

— Calvin McDonald's?

— Onde, diabos, está John Nike? Tenho hora marcada.

— O vice-presidente John saiu do país numa viagem de negócios. Ele não tem compromissos marcados.

— Fora do país! — disse Calvin. Jennifer não ia ficar feliz. — Onde?

— Senhor, não creio que tenha marcado hora para falar com John.

— Talvez eu esteja ficando confuso. Há outro John no Marketing de Guerrilha?

— Há o John funcionário, mas ele está no hospital. Se o senhor tivesse hora marcada com ele, teríamos telefonado.

— Num hospital! Espero que esteja bem. O que aconteceu?

— Senhor, devo pedir que se retire.

A fraude só leva a gente até um certo ponto, pensou Calvin. Ele abriu sua identidade do Governo.

— Certo, eu não sou realmente da McDonald's.

Ela ficou boquiaberta. Calvin piscou. Geralmente o plástico não causava tanto efeito.

— O senhor não deveria vir aqui! O senhor não deveria... guarde isso!

— Ah, merda — disse ele, percebendo. — Você é a fonte de Jen.

— Eu... — Ela se imobilizou enquanto alguém passava no corredor. Em seguida sibilou: — O trato não foi esse!

Ele desapareceu com a identificação.

— Sou parceiro de Jennifer Governo. Onde está John Nike?

— Los Angeles. Saiu hoje cedo.

— Onde ele está hospedado?

Georgia baixou a voz ainda mais, de modo que ele mal podia ouvir.

— Não posso falar aqui. Ligue para mim depois, de um telefone público.

— Certo. Vou ligar. — Calvin se virou para sair, depois parou. — Mas, a propósito, de onde você conhece Jennifer?

— Trabalhei para ela na Maher. Por favor, precisa ir.

— Maher?

Georgia o encarou.

— A empresa de publicidade. Ela era Jennifer Maher. Você não sabia?

— Jennifer Maher... — O nome parecia vagamente familiar.

— Ela era uma das melhores na maior empresa de publicidade do mundo. Fez campanhas para a Coca, Apple, Mattel... Era capaz de vender qualquer coisa. Por que acha que ela usa a tatuagem?

— Bem, já pensei nisso.

— Se você fizesse parte da América corporativa há dez anos, já saberia. As pessoas ainda falam dela.

— E o que aconteceu? Por que ela saiu?

— Aconteceu John Nike. Olha, você precisa ir. Se alguém souber que está aqui...

— O que quer dizer com aconteceu John?

— Por favor. Tem de ir. *Por favor.*

— Certo. Obrigado pela ajuda, Georgia Nike.

— Santos-Nike. Trabalho em meio expediente para a Igreja dos Santos dos Últimos Dias.

— O que faz?

— O que for preciso.

— E eles pagam?

— Não. Mas mesmo assim sou Santos-Nike.

— Certo. Então obrigado, Georgia Santos-Nike.

36 Transposição

Hack tinha certeza: Violet estava morta. Não tinha vindo para casa depois da reunião de negócios, e só havia uma explicação plausível: alguns barras-pesadas da NRA a acharam e acabaram com ela. Talvez o próprio John Nike a tivesse descoberto. De qualquer modo, Hack tinha cometido erros demais, e isso havia matado Violet.

Ele ainda estava com o anel. Que amargura! Seus olhos se enchiam de lágrimas a cada vez que pensava no anel. Tinha-o enfiado na gaveta do quarto, mas agora pegou-o e ficou girando nas mãos. Foi assim que Claire o encontrou: sentado na cama, um farrapo balbuciante. Ela hesitou na porta, usando seu uniforme da Sears.

— Você está legal?

Hack estendeu o anel.

— Ela *se foi.*

— Violet?

— Eu matei ela! — *Com isso eram quinze,* percebeu Hack. Tinha assassinado quinze pessoas. Era um assassino em série.

— Soube de alguma coisa?

Ele balançou a cabeça.

Claire se sentou ao lado da cama.

— Hack... até termos certeza, você deveria se esforçar por não se preocupar tanto. Violet... Violet nem sempre pensa nas outras pessoas. Ela pode simplesmente estar ocupada.

— Não, não! — Ele não queria ouvir falar nos defeitos de Violet. Violet fora gentil e sensível.

— Ei, qual é... — Claire o envolveu com os braços. Abraçou-o com força. Por um segundo Hack ficou perdido no perfume de seu cabelo. Mas isso, sem dúvida, era porque Claire o fazia se lembrar *dela.* — Tenho certeza que ela está bem. Você é um sujeito doce, Hack. Você se preocupa demais.

Ele aceitou isso em silêncio. Seu nariz encostou no crachá dela. Dizia: CLAIRE SEARS. Ela começou a acariciar seu cabelo. Hack fechou os olhos. Devia ter apagado, porque em seguida ela estava dizendo:

— Tenho de ir. — E ele percebeu que o tempo havia passado. Sentou-se. — Desculpe — disse Claire. — Estou atrasada meia hora para o trabalho, vou ser descontada.

— Tudo bem.

— Eu ficaria, se pudesse. — Ela puxou o braço.

— Eu sei.

— Fique frio. — Claire bateu com o dedo no nariz dele. Hack olhou-a sair. Claire era muito boa com ele. Hack não sabia por que ela não tinha um namorado. *Qualquer cara com a cabeça no lugar agarraria Claire e não soltaria,* pensou.

Olhou para baixo. Ainda estava segurando o anel. Sentiu-se rasgando-se ao meio de novo.

— Ah, Violet — falou para o quarto vazio, e ninguém respondeu.

Passou uma hora e meia se lamentando pela casa. Depois sentiu fome e preparou um café da manhã. Enquanto comia, imaginou o que o pessoal na Nike estaria dizendo sobre o fato de ele não ter aparecido de novo no trabalho. Havia um punhado de cartazes que deveriam ir para uma loja em Sydney, e Hack imaginou se alguém tinha cuidado deles.

Depois percebeu que, se fosse para a Nike, estaria em segurança. Seu contrato de emprego exigia que a Nike proporcionasse um local de trabalho seguro, e sem dúvida John não iria querer interferir nisso. O que significava que Hack poderia confrontar John com total impunidade. Poderia exigir justiça. Mordeu o lábio. Era uma idéia ousada. Começou a se vestir.

Quando o táxi o deixou na Nike, suas pernas estavam tremendo. A garganta estava seca. Decidiu primeiro ir até sua mesa e tomar um copo d'água. Depois poderia confrontar John.

Seu chefe, o gerente de Merchandising local, pegou-o no bebedouro. O bebedouro tinha sido enchido depois do dia em que Hack foi ao andar do Marketing: já estava cheio de novo quando ele voltou.

— Hack! Tirou licença médica ontem?

— Hmm.. foi.

— Hack, você precisa telefonar avisando. Não pode simplesmente deixar de aparecer no trabalho. Para se qualificar para o pagamento da licença, precisa telefonar.

— Certo. Desculpe.

— Não posso aprovar o pagamento para o dia de ontem. Desculpe, mas está no seu contrato. Talvez na próxima vez você lembre.

Hack sentou-se à mesa. Havia uma pilha de mensagens, mas ele ignorou. Tomou um gole d'água, depois discou para a recepção e pediu para falar com a secretária de John.

— Georgia Santos-Nike, bom dia.

Ele respirou fundo.

— Preciso falar com John. É Hack, do Merchandising.

Houve uma pausa.

— Ah, Hack... sinto muito, John está fora do país.

— Ah. — Isso era uma surpresa. — Quando ele volta?

— Não sei. Vai demorar um tempo.

— Ah. Obrigado.

Hack desligou e ficou olhando para sua mesa. Isso é que era confronto. Isso é que era denunciar John publicamente. Sentiu-se aliviado e com vergonha de si mesmo.

— Ei, Hack — disse seu chefe, parando junto à mesa. — Sabe alguma coisa sobre uns cartazes para uma loja de Sydney? Eles ficaram ligando sem parar.

— Sei. Eu cuido disso.

— Bom rapaz — disse o chefe.

Havia um punhado de carros parados diante da casa de Claire, e Hack sentiu uma pontada de medo. Talvez John tivesse pessoas vigiando-o. Talvez a NRA o tivesse rastreado até aqui! Mas mesmo à luz da rua ele podia ver que os carros eram minúsculos, enferrujados e tinham adesivos de pára-choque que diziam coisas como O MUNDO NÃO ESTÁ À VENDA. Hack não achava que a NRA andaria por aí desse jeito.

Entrou em casa. Claire estava no corredor, carregando algumas xícaras de café. Havia vozes vindo da sala: altas e estridentes. Claire falou:

— Ah, Hack! Como está?

— Ótimo. Violet...?

— Ela não ligou.

— Ah — disse alguém na sala de estar. — Foi esse tipo de mentalidade que permitiu ao setor corporativo dominar a sociedade, para começar!

Claire hesitou.

— Estou com algumas pessoas. Talvez você prefira ficar fora da sala.

— Que pessoas?

— Só um grupo... nós falamos sobre capitalizmo, sociedade e outras coisas.

— Ah. — Hack achou que ficaria fora da sala.

— Quer dizer, pode se juntar a nós, se quiser.

Ele quase concordou. Não queria dizer não a Claire. Mas disse:

— Não, tudo bem. Obrigado.

Entrou na cozinha e pegou suco na geladeira. A porta da sala estava escancarada, e a conversa dos amigos de Claire escapava.

— É com isso que eles *contam* — disse uma garota. — Eles sabem que ninguém quer se envolver. Mas enquanto a gente não enfrentá-los eles vão pressionar o máximo possível. A Nike é um exemplo claro.

Hack levou um susto. Por um segundo pensou que estavam falando dele. Depois percebeu que não. Depois percebeu que estavam.

Levantou-se e foi até a porta levando o suco. Eram cinco.

— Oi — disse ele. — Desculpe, vocês... se importam se eu entrar?

— Aqui. — Claire deu um tapinha no sofá. Hack achou o sorriso dela muito lindo.

37 Inadvertência

Bill quase perdeu o transmissor antes mesmo de chegar ao avião. Aqueles Marlboro não eram tão satisfatórios quanto sua marca regular, e ele fumou um depois do outro até acabarem todos. Cuidadosamente pôs o maço vazio no bolso do paletó, depois, quando o táxi o deixou no aeroporto, pegou-o e jogou no chão. Estava dentro do terminal quando percebeu o que tinha feito e saiu correndo. O maço estava caído no concreto. Ele pegou-o e pôs de novo no bolso, onde seus dedos inquietos tentavam amassá-lo quando não estava concentrado.

Havia uma passagem para Billy NRA no balcão, como Jennifer tinha prometido. Ele olhou o quadro de Partidas. Abaixo de seu vôo para Invercargill havia um para Dallas, Texas.

— Está tudo bem com sua passagem, senhor?

Billy hesitou.

— Quanto custa para mudar meu vôo para Dallas?

A garota atrás do balcão batucou no teclado.

— Posso colocá-lo nesse vôo por mais trezentos e doze dólares.

— Ah — disse ele, desanimado. — Não importa.

Arrastou sua mala até a sala de espera e ficou olhando para a TV. Passaram-se uns dez minutos quando ocorreu que Jennifer Governo devia ter ouvido cada palavra que ele disse.

Caminhou pelo aeroporto de Invercargill até achar um ponto de ônibus que anunciava serviços para Bluff, a cidadezinha que a NRA mais ou menos administrava ultimamente. Havia apenas mais uma pessoa ali, um homem barbado, de aparência áspera, guardando uma bolsa de lona. Billy se encostou na parede e acendeu um Camel de um maço que tinha comprado no avião.

— Cara — disse o homem. Billy se virou, desprevenido. — Posso filar um?

— Claro. — Ele pegou um cigarro e acendeu para o sujeito.

— Obrigado, cara. — O sujeito estendeu a mão. — Sou Bill NRA.

Billy piscou.

— Está brincando.

— O quê?

— Sou *Billy* NRA! — Ele riu.

— Ei, irmão! Cara, é bom achar um colega. Você está estacionado em Bluff?

— Estou!

— Acabo de voltar de Sydney. — Ele chegou mais perto. — Você estava viajando a negócios ou prazer?

— Negócios — disse Billy.

O sujeito riu.

— Eu sei. Eu sei dessas coisas.

— Viu alguma ação?

— Cara, olha isso. — Ele levantou a camisa. Havia uma cicatriz vermelha e feia na lateral do corpo; parecia bem recente. — *Isso* é ação.

— Nossa! — Ele pensou: *poderia ter acontecido comigo...* — Você não estava no serviço da Polícia, estava? Acho que não vi...

Bill balançou a cabeça.

— Não, cara. Outra coisa. — Ele piscou.

— Legal. — Billy imaginou se Jennifer Governo estaria captando tudo aquilo. Parecia o tipo de coisa que iria interessá-la.

— Ei, quer dividir um táxi até a base? A gente pode se apresentar juntos.

— É, grande idéia!

— Talvez a gente acabe trabalhando juntos. Ia ser um barato, não é?

— Seria incrível — disse Billy. — Merda, é muito engraçado a gente ter o mesmo nome.

— Ah, é. Eles vão ficar pirados tentando dizer quem é quem.

Billy riu. O maço de Marlboro estava no bolso da camisa e ele sentiu o objeto vibrar abruptamente. Empurrou-o para o lado. Jennifer provavelmente queria lhe dar uma bronca por ter pensado em se mandar para L.A.; bem, ela podia esperar, porra.

— Isso é verdade — disse ele a Bill. — Cara, é muito engraçado.

38 Descontinuidade

Da janela de sua nova sala, Buy Mitsui podia ver uma loja de armas. Era afiliada à NRA. O que era adequado, ou irônico, ou alguma coisa. Buy decidiu que no fim do dia visitaria aquela loja de armas, compraria uma arma de fogo e daria um tiro em si mesmo.

As pessoas iriam dizer que ele tinha pirado, que tinha se abalado com o sofrimento. Mas não era isso. A verdade era mais simples: nada que Buy pudesse fazer jamais seria tão importante quanto salvar a vida daquela garota, Hayley. Não podia ver uma garota sangrar até a morte e depois ganhar 3 por cento das transações na bolsa. A idéia era monstruosa. Assim Buy estava acabado como membro produtivo da sociedade, a não ser que conseguisse perder tanta perspectiva que as margens de lucro passassem a ser importantes de novo. De qualquer modo, Buy estava preparado para pôr uma arma na boca e puxar o gatilho.

Estava decidindo qual era o maior desperdício, comprar almoço ou economizar o dinheiro, quando seu telefone tocou. Ficou tão surpreso que atendeu.

— É... alô?

— Konitchiwa-alô — disse o telefone. — Por favor, aguarde para falar com Kato Mitsui, elemento de ligação.

— Para quem?

— Buy, alô! — disse uma nova voz. — Como vai? Ouvi dizer que o tempo está lindo.

— Quem é?

— Kato Mitsui, ligação. Está trabalhando para mim, certo?

— Ah, certo. Sim.

— Excelente! É muito bom falar com você. Espero que esteja empolgado com o novo cargo, Buy. Está empolgado?

— É... Bem...

— Ótimo! — Kato deu um riso caloroso. Buy teve de afastar o fone do ouvido. — Temos muito que fazer. Nossos amigos do Marketing de Consumo estão lançando programas de excelente potencial. Se não quisermos que a Mitsui seja relegada a uma posição secundária, também devemos pensar em estratégias de marketing inteligentes. Espero que você seja bem-equipado nessa área.

— Estratégias de marketing? Não sei nada sobre...

— Ah, você é modesto. Para começar, devo falar de um programa que pertence aos nossos amigos da IBM. Eles estão recompensando os clientes que trazem um produto da concorrência e o submetem à sua máquina de esmagamento. Ela o esmaga dentro da loja, sabe?

— Sim, sei...

— Uma estratégia extremamente brilhante, relegar a concorrência ao status de lixo. Você deve entender que é difícil para nós, japoneses, pensar nessas linhas de competição cabeça a cabeça. Por isso acabamos correndo atrás de nossos enérgicos amigos americanos. Mas os tempos estão mudando, não estão?

— Estão.

— Muito bem! Agora você experimente uma.

— O quê?

— Estou precisando de suas valiosas idéias, Buy, para melhorar e estabelecer nosso papel na US Alliance.

— É... Posso pensar nisso e depois falar com você?

— Claro! Estou contando com o seu apoio, Buy. Vamos falar de novo quando você tiver algumas idéias.

— Vou trabalhar nisso. — Buy desligou o telefone. Depois olhou para ele. *Vou trabalhar nisso.* Era o tipo de coisa que Buy costumava dizer. *Vou trabalhar nisso, vou dar tudo, deixe-me descobrir de que se trata e falo com você depois.* Por que tinha dito isso? Porque o que Kato estava falando era interessante?

Vou trabalhar nisso, pensou. Já estava acontecendo. Sentia nojo de si mesmo.

Eram quase duas horas. Bem perto. Buy pegou sua pasta e fechou a porta do escritório depois de sair.

Havia muitas armas, e Buy não se incomodou em olhar as prateleiras.

— Quero uma pistola — disse ao homem atrás da mesa. — Alguma coisa adequada para pôr na boca e puxar o gatilho.

O homem levantou as sobrancelhas.

— O senhor quer apagar alguém?

— Eu mesmo.

— Certo, certo — disse o homem, sorrindo. Buy demorou um instante para captar a insinuação. — Alguma coisa poderosa mas descartável. Certo?

— No sentido de que só preciso usar uma vez, sim.

Ele abriu um armário entre os dois e pegou uma pistola.

— Esta é uma Vektor Z88 nove milímetros. Poderosa a curta distância, simples de operar, não faz muito barulho e é barata. É o que o senhor procura?

— O preço não importa.

O homem fez a Vektor desaparecer.

— Então deve olhar este neném aqui. — Ele bateu com uma arma no balcão. Era mais esguia e parecia mais poderosa do que a Vektor. Buy pegou-a e sopesou. — Uma Colt 45, totalmente automática. Extremamente confiável, feita na América, pode fazer a cabeça de um homem desaparecer a trinta metros.

— Eu não preciso...

— Sei, você não precisa de longo alcance. Mas, se quer potência e confiabilidade, esta neném tem de sobra. A precisão é um bônus.

— Quanto?

— Para o senhor, três mil. E dou de brinde uma caixa de balas e um pouco de líquido de limpeza.

Buy entregou seu AmEx.

— Fique com o líquido.

O homem embrulhou a Colt em papel branco, depois colocou numa caixa.

— E, para o caso de o senhor estar se perguntando, este modelo não tem número de série. — E piscou.

— Só me dê a arma.

Estacionou o Saab na garagem subterrânea do prédio e saiu. Sem pensar, trancou-o; só no elevador lhe ocorreu como isso era sem sentido. Devia tê-lo deixado na rua, com o motor ligado.

O apartamento estava bem-arrumado e silencioso: seu serviço de limpeza tinha passado. Buy arrastou uma enorme poltrona de couro até a janela que ia do chão ao teto e olhou para as luzes da cidade. Elas olharam de volta para ele. Começou a desembrulhar a arma.

Subitamente lhe veio o pensamento de que o assassino — quem quer que tenha matado a garota, Hayley — devia ter feito isso, devia ter comprado uma arma e carregado com balas. Para Buy não parecia certo ser tão fácil. Olhou para a Colt, sentindo-se enojado. Depois colocou o cano na boca.

Havia um avião descendo do norte, com as luzes vermelhas e brancas piscando para ele. Buy olhou até que ele desapareceu atrás do prédio da AT&T, depois puxou o gatilho.

39 Pertinácia

O dedo de Jennifer estava ficando dolorido de apertar o V, a tecla que mandava o comunicador de Billy NRA vibrar. O sinal ia de seu teclado ao modem, seguia pela linha telefônica até o Centro de Comunicações do Governo em Sydney, de lá até um satélite geossincrônico, e daí para o falso maço de cigarros no bolso de Billy. Era um monte de tecnologia pela qual o governo ainda estava pagando, e era tudo inútil graças à espantosa estupidez de Billy NRA.

Ela tinha um plano: Billy dominaria Bill e iria levá-lo a um posto do Governo. Este era sem dúvida o homem com quem a NRA tinha confundido Billy. Por que só agora ele estava voltando à Nova Zelândia, Jennifer não sabia, mas isso era somente um detalhe. O importante era que ela havia ganhado essa oportunidade de prendê-lo e substituí-lo por Billy, que então poderia juntar provas para ligar a coisa toda a John Nike. Mas Billy não queria atender, Billy estava indo para a NRA na ignorância abençoada e imbecil, e, caso se apresentasse junto do homem que estava fingindo ser, o inteligente plano de Jennifer estava acabado, e provavelmente Billy também.

— Mamãe? — disse Kate, entrando no escritório. — A gente pode ir ao abrigo de cães agora?

— Daqui a pouquinho. — Ela pegou o telefone, mas ele sibilou e guinchou. Tinha esquecido do modem. — Pode pegar meu celular na mesa da cozinha, querida?

— Achei que a gente *ia*.

— Kate, mamãe está muito ocupada.

— Então quando a gente...

— *Depois*. Quanto eu terminar, certo? Por favor, o meu telefone. É muito importante.

Kate saiu. Jennifer esperou, segurando a tecla V. Sua cabeça doía.

— É esse?

— Obrigada. Não vai demorar muito, querida, talvez uns vinte minutos, certo?

— Isso você disse há uma *hora*.

— Não faz uma hora — disse ela, mas olhou o relógio e talvez fizesse. — Kate, por favor, vá... achar alguma coisa para fazer.

Kate saiu sem dizer nada. Jennifer trocou de mãos no teclado — estava para abandonar aquilo — e digitou no telefone com a mão livre.

— Centro de Comunicações do Governo.

— É Jennifer, agente de campo. Estou usando aquele comunicador Marlboro e preciso mandar uma mensagem ao usuário.

— Sabe aquele vibrador de que eu falei? Se você for à tela de transmissão e apertar o V...

— Estou apertando o V agora. De que outro modo posso mandar uma mensagem a ele?

— Hmm... você poderia tentar transmitir uma mensagem de qualquer modo.

— Ele vai ouvir?

— Não, a não ser que esteja com os fones de ouvido.

— Por que ele estaria com os fones?

— Não sei, só estou dizendo...

— Porra!

— O aparelho é projetado para não se revelar — disse o sujeito, magoado. — Um agente disfarçado não quer que seu transmissor comece a falar: "Volte, agente Grimes." Talvez o seu agente tenha um bom motivo para não atender.

— O motivo do meu agente para não atender é que ele é um idiota. Você está dizendo que não há como... — Seu celular soltou um bip. Ela olhou. Dizia: RECEBENDO CHAMADA.

— Afora vibrar? Não, não há.

— Vou deixar você na espera e quero que pense num modo de eu contatar meu agente. Certo?

— Sinto muito, não existe...

Ela trocou de linhas.

— Alô?

— Jen! — disse Calvin. — Como vai a vida no lar? Eu não interrompi você enquanto preparava biscoitinhos, interrompi?

— Não. Conseguiu falar com John Nike?

— Ah... não, não exatamente.

— *Não?*

— Antes que você se chateie...

— Eu estou chateada!

— Ele viajou para Los Angeles.

— Filho da puta!

— Já contatei o escritório de Los Angeles. Vão designar dois agentes. Vão cuidar disso.

— Não. Não vão. John não vai ser apanhado por dois agentes que procuram por ele no tempo livre. Meu Deus!

— Bom, acho que você terá de confiar na capacidade deles. A propósito, o outro John está em coma.

— O quê?

— Há dois John, certo? O John vice-presidente está em L.A. O outro está em coma. Não sabem se vai se recuperar.

— Ah. Certo. — Isso era meio que uma boa notícia.

— Não vai perguntar como eu sei?

— Como é...

— É uma história curiosa. Na Nike eu conheci uma tal de Georgia Santos-Nike. Mulher interessante. Contou que trabalhou com você e John em seus belos dias de publicitária na Maher. A princípio tive problemas para visualizar você de saia e saltos altos, mas agora penso nisso...

— Tenho alguém esperando na linha. Essa história tem alguma razão de ser?

— Você mentiu para mim. Disse que nunca trabalhou com ele.

— Disse que nunca trabalhei na Nike.

— Isso é uma coisa dissimulada, Jen. Muito dissimulada. O que aconteceu? John roubou uma conta suculenta sua? Beliscou sua bunda na festa de Natal do escritório?

— Realmente espero que você arranje algum tempo para trabalhar no caso enquanto xereta o meu passado.

— Estou começando a imaginar se existe alguma diferença entre as duas coisas.

— Olha. Eu sou do Governo. Ele é um criminoso. Importa se eu o conhecia? — Na sala de estar, ela ouviu a TV sendo ligada. — Kate! — gritou. — Tá alto demais!

— Se você tem um interesse anterior em John Nike, não vai ajudar o Governo guardando segredo. Ele poderia usar isso na defesa.

— Calvin, por favor. — O telefone dela soltou um bip, lembrando-lhe da ligação em espera. — Ninguém mais sabe do que John é capaz. Eu sou a *melhor* pessoa para encontrá-lo. Só porque trabalhei com ele não posso participar do caso? Não. Isso é estúpido.

— Jen...

O telefone soltou um bip outra vez.

— Espere aí, estou com alguém na outra linha. — Ela pôs Calvin na espera, gritou: — Kate, desligue a TV! — e passou para o outro telefonema. — Você ainda está aí?

— Alô? É... é a tal de Jennifer Governo?

Jennifer piscou. Não era o sujeito que estava na espera: era um novo telefonema.

— Quem é?

— É Buy Mitsui. Você me entrevistou na terça-feira, lembra?

— Ah, Buy, claro. Olha, eu posso ligar para você depois? Estou meio...

— Eu tenho uma pergunta.

— É rápida?

— Acho que sim. Eu tenho uma... uma pistola Colt, e não consigo fazer com que ela dispare. Há... algum tipo de trava, eu acho.

— Há uma trava de segurança logo na frente do gatilho. Você carregou a câmara?

— Sim, pus umas balas dentro.

— Se a câmara não estiver cheia, você tem de encher com a primeira bala. Fez isso?

— Ah — disse ele, e riu. — Não, obrigado.

— Sem problema. — Ela já ia apertar o botão para desligar quando percebeu o que ele estava dizendo. — Espere um minuto. Para que é isso?

— Hmm... prefiro não dizer.

— Por favor. Diga.

— Bem. Certo. Eu vou me matar.

— Teve um dia ruim na bolsa? — Ele ficou quieto, e Jennifer se arrependeu das palavras. — Buy, desculpe. Me dá um segundo, certo?

— Certo.

Ela clicou o telefone.

— Alguma idéia?

— Você poderia tentar mandar as vibrações em código Morse — disse o cara do Centro de Comunicações. — Seu agente sabe Morse?

Jennifer riu antes que pudesse evitar.

— Isso é um não?

— Obrigada pela ajuda. — Ela cortou a ligação. — Calvin, eu vou aí amanhã. Vejo você no escritório.

— Jen! Não!

— Buy?

— Estou aqui.

— Onde você mora?

— Isso... realmente não é necessário. — Ele pareceu sem jeito. — Por favor...

— Esse negócio tem a ver com a garota. Hayley. Certo? Diga onde você mora.

Ele disse. Jennifer tirou o dedo da tecla V para anotar o endereço.

— Vou estar aí em dez minutos.

— Eu... certo. Certo.

— Você tem vinho?

— Vinho? Tenho.

— Bom. — Ela desligou e olhou para a tela do computador, para o monte de tecnologia que a deixava incapaz de falar com Billy NRA. Depois desligou-o.

Kate estava assistindo a um programa sobre pandas gigantes. Jennifer se agachou na frente dela. Kate levantou os olhos.

— Aquela última babá foi legal, não foi?

— *Não!* Você disse que a gente ia ao abrigo de cachorros!

— Kate, eu realmente sinto muito. — Ela se sentou e abraçou a filha. Kate estava chateada e resistiu; era como abraçar um gato. — Sei que disse que a gente ia hoje. Mas podemos ir amanhã, e mesmo assim é antes do fim de semana, certo? — Kate não respondeu. — Querida, desculpe. Mas às vezes você tem de ser corajosa e colocar suas necessidades na fila de espera, para ajudar outra pessoa. Entende?

— Eu não quero que você vá!

— Sei que não, meu doce. Olha, você é a pessoa mais importante do mundo para mim. Eu disse que é importante que eu vá. Mas, se você realmente não quer, eu fico. Certo? O que você diz?

— Fica!

— Kate! — disse ela exasperada. — Eu tenho de ir!

— Eu não quero!

— Você não se importou que eu saísse quando estava com aqueles vídeos novos para assistir! Você nem notou quando eu fui!

— Eu *notei*!

— Certo! — gritou ela. — Certo, certo! Eu sou uma mãe terrível! Arruinei sua vida! Sinto muito, mas eu *tenho de ir*! — Ela apertou a palma da mão na testa. Quando tirou, Kate estava olhando-a. — O que foi?

— Você não é uma mãe terrível, mamãe.

— Você... Bom, foi legal você dizer isso.

— Tem certeza que a gente pode ir amanhã ao abrigo de cães?

— Tenho. Querida, eu prometo. Vou pegar você na escola e vamos direto lá. Vamos escolher o cachorro perfeito.

— Certo. E... depois você não vai ficar ocupada demais, certo? Quando tiver apanhado os bandidos.

— Isso... isso mesmo. Eu gostaria de poder passar todo o tempo com você. Eu amo você, Kate. Mamãe só está sofrendo pressão demais agora.

Kate assentiu.

— Ela era legal. A última babá.

— Boa garota. — Jennifer lhe deu um beijo. Sentia-se orgulhosa e cansada.

40 Aculturação

Quanto mais fácil o trabalho, melhor o salário. John tinha suspeitado disso há muito tempo, mas aqui estava a prova: ganhando quinhentas pratas por hora para sentar-se ao sol da tarde no topo de uma torre de escritórios em L.A. Estava usando terno e óculos escuros, reclinando-se numa cadeira de varanda enquanto uma brisa suave soprava da baía. Achou que talvez tivesse encontrado o emprego perfeito.

— Ei — disse ele ao chefe de seção. — Tenho um inventário. É melhor que nada disso desapareça.

O chefe de seção olhou para ele. Não estava muito relaxado: recebia muito menos do que John e fazia um serviço muito mais difícil.

— Nada vai desaparecer.

— É melhor que não. — Ele fechou os olhos, desfrutando do sol. Estava ganhando um belo bronzeado.

— Nada vai desaparecer — repetiu o chefe de seção. Em seguida hesitou. — Eu não conheço o seu serviço, mas... o senhor quer essas coisas apontando para o norte, certo?

— E daí?

— Bom, o norte é o centro da cidade. O senhor vai terminar com um punhado de mísseis apontando para as outras torres de escritórios. Se está preocupado com a segurança...

— Você está certo — disse John. — Você não conhece o meu serviço.

Depois de um tempo o chefe de seção foi embora. John cruzou as mãos no peito e fechou os olhos. Amanhã, pensou, traria umas cervejas.

Seu cargo era elemento de ligação com a US Alliance. Não sabia exatamente o que isso significava; tinha algo a ver com certificar-se de que a Nike fizesse sua parte para a equipe e que a equipe fizesse sua parte para a Nike. Na noite passada ele havia conhecido os ligações da General Motors, Microsoft e Johnson & Johnson. Era incrível pensar que estavam todos do mesmo lado. O que poderiam fazer com todos aqueles orçamentos de marketing juntos!

Ele e Gregory se encontravam toda noite, ou quase toda noite, num bar da Sunset. Quando Gregory não aparecia, John tomava uísque e pegava mulheres. Mas na maior parte das vezes Gregory aparecia. John estava em sua terceira dose e olhando uma garota de cabelos castanhos encaracolados quando Gregory se sentou.

— John.

— Oi, meu chapa.

— Fez a instalação?

John engoliu a bebida.

— Metade. Vamos colocar o resto amanhã.

— Mande alguém fazer isso. Você vai a Londres.

— O que há lá?

— Nossos interesses. Você vai receber mais informações quando chegar.

— Certo — disse John, mas estava chateado. Em Londres não estaria fazendo vinte e seis graus com brisa suave; Londres não proporcionaria oportunidades de se encontrar com o tipo de pessoa que ele queria conhecer.

— Você vai trabalhar com o ligação da Shell. Faça o que ele mandar. Entendido?

— Agora nós estamos recebendo ordens da Shell?

— Isso se chama trabalho de equipe.

— Cer-to.

— Tenho de ir. Pegue sua passagem no escritório e me ligue de Londres. — Ele examinou John. — Alem disso, talvez seja boa idéia manter a discrição. Eu soube que o Governo está procurando você. A questãozinha de quatorze adolescentes mortos.

— Ei. Você sabe que eu só ordenei dez.

— Pode explicar isso ao Governo — sugeriu Gregory, olhando o relógio — se eles pegarem você.

— Não é todo o Governo — disse ele, enojado. — É só Jennifer. A vaca nunca desiste.

Gregory levantou as sobrancelhas.

— Jennifer?

— Uma longa história. Não se preocupe, eu cuido disso.

Gregory pensou.

— Não espere que a empresa ajude você, John, se o governo pegá-lo por causa disso. Ela não vai aceitar responsabilidade por um ato criminoso.

— Então talvez a empresa devesse entregar o bilhão de dólares que meu ato criminoso rendeu para ela.

Gregory ficou quieto.

— Ahn — disse John. Em seguida sorriu para a garota de cabelo encaracolado.

— Isso o incomoda, John? Ser responsável pela morte daqueles garotos?

John o encarou.

— O que quer dizer?

— Esquece.

— Ei — disse John, irritado. — Meu serviço é aumentar as vendas. É culpa minha se aquele foi o melhor modo? Se o Governo tivesse energia para fazer valer as leis, isso não faria sentido econômico, mas não tem, e fez. Este é o mundo onde nós vivemos. Se você não se aproveita das regras, é um babaca.

— Sei. — Gregory estava desapontado, percebeu John. Nunca se podia fazer o bastante por certas pessoas. Não importando o quanto você rendesse, elas sempre queriam mais. — Por enquanto cuide do seu problema com o Governo. E me ligue de Londres.

— Claro. — Ele tentou terminar num tom positivo. — Pode contar comigo.

Olhou as costas de Gregory até ele desaparecer na rua. Tinha passado do ponto. Tinha aberto a boca demais. A fala sobre Jennifer Governo o desequilibrou. A idéia de ela ainda estar atrás dele lhe dava arrepios.

— Outro? — perguntou o barman.

— Claro. — John olhou o bar em volta. A garota de cabelo encaracolado continuava ali, falando com a amiga. Ela olhou para ele, sorriu e desviou o olhar. Devia ter uns dezesseis anos. John sorriu de volta. Poderia terminar com L.A. num tom positivo também.

Georgia atendeu ao primeiro toque. John ficou satisfeito: eram oito da manhã em Melbourne, e a maioria das secretárias estaria se aproveitando de sua ausência. John gostava de Georgia Santos-Nike; usava-a desde a Maher. A única coisa que faltava a ela era um corpo de arrasar e uma queda por roupas curtas, mas John tinha tentado essa estrada antes e não dera certo. Outros gerentes sentiam ciúme, a agenda nunca ficava organizada, e depois de você estar fodendo com elas por alguns meses elas ficavam lamurientas e desobedientes.

— Georgia, boa menina, chegou cedo. Tenho um trabalho para você.

— Oi, John. Como está L.A.?

— Ótima. — Ele estava ligando do portão do aeroporto; estava com o dedo enfiado no outro ouvido. — Vou a Londres hoje. O Governo andou por aí?

— O Governo?

— Você sabe: ternos baratos, expressões chatas, sempre pedindo dinheiro.

— Não, John.

— Não teve notícias de Jennifer?

— Jennifer Maher? Não, John.

— Certo. — Superficialmente isso era bom; fundamentalmente significava que Jennifer o estava caçando mas sendo furtiva, o que era ruim. — Se eles aparecerem, estou em Cuba.

— Cuba?

— Ou algum país que eu pudesse visitar, não sei. Invente algo.

— Certo, John. Pode me dar um número de onde você vai estar em Londres? Um endereço?

— Não sei onde me hospedo. Use o celular. — O embarque tinha começado: mulheres atraentes de saias curtas pegavam os bilhetes da classe executiva. — Preciso ir. Se alguma coisa não estiver clara, peça para o John resolver.

— Ele ainda está em coma.

John piscou.

— Ainda? Quanto tempo esse cara vai demorar para voltar ao trabalho?

— O hospital disse que é difícil saber.

— Meu Deus. Esses lugares não são confiáveis. Olha, eu ligo pra você de Londres.

— Com um endereço?

— Claro, sim. Entendeu direito minhas instruções?

— Sim, John.

— Boa garota. Eu sempre posso confiar em você.

— Classe executiva? — gritou uma das mulheres. — Classe executiva?

— Aqui — disse John, entregando a passagem. Em seguida olhou nos olhos dela e sorriu.

Dez horas depois estava andando pelo saguão de Heathrow procurando alguém com uma placa onde estivesse escrito JOHN NIKE. Deu duas voltas e depois se sentou num banco de plástico com a pasta no colo.

Depois de longo tempo um garoto com calças largas e paletó frouxo veio caminhando pelo saguão.

— Você é John?

— Sou.

— Desculpe o atraso, cara. O aeroporto fica, tipo, a duas horas dessa cidade.

— Verdade? Bem, que tal dar a volta e voltar para lá?

— O quê?

— Está vendo essas coisas nos seus pés? Isso é da minha empresa. Há algumas pessoas que você pode deixar esperando trinta minutos, e eu não sou uma delas. Não costumo ser recebido por estagiários, especialmente quando estão uma hora atrasados. Então volte a Londres e diga ao seu chefe que, quando uma pessoa de verdade quiser falar comigo, estarei no Hilton. — Ele se levantou.

— Cara — disse o garoto —, não precisa ser hostil. Eu também sou ligação.

John levou um susto.

— Você é o ligação da Shell?

— PepsiCo. Vamos trabalhar junto com a Shell.

— Pepsi.

— Então, tudo em cima?

— Você é o ligação da Pepsi.

— Isso mesmo.

John suspirou. O marketing para o consumidor podia ser cansativo.

— E aí, podemos ir? — disse o garoto. — Minha Ferrari está parada em fila dupla.

— Eu nunca estive na Inglaterra antes — disse o garoto da Pepsi. Ele tinha dito seu nome, mas John não se incomodou em lembrar. — Vou dizer uma coisa: estou desapontado. Pensei que o lugar seria cheio de chalés, campinas e merdas assim. Mas é só outra cidade.

— Mmm. — John olhou pela janela enquanto eles rugiam passando por um Mini.

— Quer dizer, fico feliz porque não é tudo... você sabe... tipo União Européia e polícia. Mas achei que haveria *alguma* diferença.

— Onde conseguiu o carro?

— Eu só pedi à minha secretária que arranjasse alguma coisa maneira. — Ele olhou para John. — É uma Barchetta 550. Gosta?

— É legal. — John decidiu pedir que Georgia alugasse um Porsche para ele

— Quer dirigir?

— Não.

— Doze cilindros, cara, é que nem um crocodilo brigando.

— Quantos anos você tem?

— Vinte e quatro. Mas, pode crer, sou competente. — O garoto mudou de pista. — Ei, vi um filme inglês antigo, todo mundo falava de outro jeito, mal dava para entender. Mas aqui todo mundo fala americano tão bem quanto você e eu. O que acha?

— Hoje em dia o mundo é menor. Aonde nós vamos?

— Ah, desculpe, cara. Vamos direto para a bolsa de valores. Eles não disseram? A Shell está comprando a ExxonMobil. Lançaram uma proposta hostil de controle acionário há... — Ele olhou o relógio. — Trinta minutos.

— É por isso que estamos aqui? Para olhar um punhado de banqueiros?

— Corretores, meu chapa. É um acontecimento sério. Se der certo, a US Alliance controla dois terços dos combustíveis pesados do mundo.

— E o que a gente vai fazer?

— Controle de multidão. — O garoto riu.

— Eu realmente gostaria de falar com o ligação da Shell.

— Vamos nos encontrar com ele lá.

John ficou quieto. Isso era muito esquisito. Imaginou se deveria ligar para Gregory.

— E o que há com essas placas de rua? — disse o garoto. — "Via motorizada"? O que há de errado com "interestadual"?

— Eles não têm estados. Chamam as divisões de condados.

— Por quê?

— Por nada.

— Ah. — O garoto ficou quieto um tempo. — Bom, acho que isso é diferente.

41 Interseção

Buy estava vestindo uma camisa nova quando a campainha tocou. Abotoou e correu para a cozinha. Podia ver Jennifer na tela turva do interfone, usando casaco comprido.

De repente decidiu não atender. Para começar, não devia ter ligado para ela: tinha sido patético. Era como se tivesse dito: "Oi, Jennifer, aqui é o Buy com um grito de socorro." Sentiu-se embaraçado com o fracasso em se matar com competência.

A campainha tocou de novo. Na tela do interfone, Jennifer se remexia impaciente. Ele apertou o botão.

— Oi.

— Ah, bom. Você ainda está aí.

— Hmm... É. Suba.

Ele apertou o botão para abrir a portaria. Seu apartamento parecia simples e embaraçosamente de solteiro. Buy desejou ter algumas flores, ou penduricalhos, ou alguma coisa.

Ela bateu. Buy respirou fundo e abriu a porta.

— Olá — disse ela.

— Oi! Entre, deixe-me pegar seu casaco.

— Obrigada. — Jennifer entrou e olhou em volta, quase profissionalmente. — Bela vista. Quanto custa um lugar assim?

— Você não quer saber. Quer uma bebida? — Ele tinha vinho resfriando na geladeira e duas taças no aparador.

— É, seria ótimo. — Ela se deixou cair no sofá.

— Já volto. — Buy entrou na cozinha, pegou o vinho e as taças, tentou se acalmar e entrou de novo. Jennifer estava folheando uma revista que ele tinha deixado na mesinha de centro. *Investidor.*

— Esse negócio realmente interessa a você? — perguntou ela. — Todos esses números e gráficos?

Buy sentou-se na poltrona ao lado do sofá. Era difícil não olhar para a tatuagem no rosto dela. Ficava imaginando o que apareceria se fosse passada por um leitor de códigos de barras.

— Não mais.

— Ah. — Ela deu um sorriso torto. Buy suspeitou que Jennifer Governo tivesse um tremendo repertório de sorrisos tortos; na verdade, eles poderiam ser o único tipo que ela usava. — Por isso a Colt.

— É... certo.

— Posso vê-la?

— Tudo bem. — Ele pegou a pistola na gaveta da escrivaninha no quarto e trouxe de volta. Jennifer virou-a, depois pôs na bolsa. — O que está fazendo?

— Não quero que faça nada de que possa se arrepender depois.

Ele se sentiu ruborizar.

— Você deve me achar patético.

— Não.

— Eu não deveria ter ligado para você.

Ela tocou a mão dele.

— Buy, eu estava naquela Nike Town. Sei como é a sensação de fracassar. Sei mesmo.

Ele a encarou durante um tempo.

— Pelo menos você saiu disso com um corte de cabelo decente — disse Jennifer.

Ele riu.

— Venha — disse ela. — Estou morrendo de fome. Vamos comer alguma coisa.

Pediram comida chinesa para viagem e espalharam no tapete diante da janela. Jennifer ficava olhando a cidade, e quando fazia isso Buy a espiava disfarçadamente. Ela pegou-o uma vez, e ele desviou o olhar, sem jeito.

— Quase não consigo segurar essas costeletas — disse ela. — Você sabe, o meu ombro.

— Dói muito?

— Não está mais tão ruim. O cabelo é o pior.

— Não, não. Está muito... notável.

— Epa!

— Eu gosto. É francês. Curto e desarrumado é chique.

— É, bem. Você é muito generoso. — Jennifer engoliu o resto de bebida. — E então, como é a França?

— Diferente. As pessoas pagam impostos, e o governo é... muito mais forte.

— Meu tipo de lugar — disse Jennifer.

— Não existe a pobreza daqui. Nem a riqueza. Existe desemprego, mas a França é muito bonita. Os grandes prédios de Paris, e as cidadezinhas que parecem pinturas... — Ele a viu sorrir, e pareceu um sorriso de verdade. — É um lugar realmente romântico.

— Mmm. Isso serviria para mim.

— Infelizmente não pareceu ajudar, quando eu morei lá.

— Não?

— No mínimo fez com que os rompimentos fossem mais pungentes. Uma vez eu rompi com uma garota perto da Notre-Dame. Ela me deu um tapa e saiu correndo e chorando. Me senti o bandido num filme. — Jennifer deu um risinho. — Ah, e você nunca teve um rompimento ruim?

— Acho que tive.

— Não fique aí parada — disse Buy, enchendo o copo dela. — Conte.

Jennifer franziu a testa.

— Eu estava na sala da diretoria de uma torre de escritórios em L.A. Uma sala enorme, com paredes de vidro e vistas da cidade, e nós dois tínhamos acabado a reunião mais importante de nossa vida. Pedi que ele esperasse um minuto.

— Epa.

— Ele não tinha idéia de que a coisa estava para vir. Pensou que estávamos ótimos. Eu disse que estava grávida.

Buy ficou quieto. Os olhos escuros de Jennifer o observaram.

— Ele pirou. Pirou de verdade. Não queria um filho. Não queria que eu tivesse um filho. Eu posso entender, de certo modo. Éramos jovens e estávamos tentando estabelecer a carreira. Mas quando ele disse isso eu o odiei. — Ela balançou a cabeça. — Assim que descobri que estava grávida, soube que não abriria mão do meu bebê. Parece estúpido, mas isso muda a vida da gente. Faz a gente perceber quem é.

"Então ele e eu... entramos em guerra. Foi uma coisa insana. No fim larguei o emprego e me mudei para cá. Ele achou que isso significava que tinha vencido. Mas tenho uma filha linda, e ela é tudo que eu quero. Ela é tudo."

Os dois sustentaram os olhares. Buy pensou loucamente. *Será que devo beijá-la? Devo beijá-la?*

Jennifer baixou os olhos.

— Se importa se eu der um telefonema?

— Tudo bem — disse ele, tentando se recuperar. — Vou tirar os pratos.

Ela pegou um celular, e Buy levou os restos do jantar para o lixo. Quando voltou, Jennifer estava no sofá. Ele se sentou cuidadosamente ao lado dela.

— ... você, Billy. Você tem de se livrar dele, de qualquer modo possível. É melhor entender o que estou dizendo. — Jennifer fez uma pausa. — Entendeu tudo? Certo. Obrigada. — E desligou o telefone.

Buy levantou uma sobrancelha.

— Trabalho — disse Jennifer.

— Certo — respondeu Buy e, como um idiota, beijou-a.

Ela ficou tensa. Por um segundo Buy pensou que Jennifer iria girá-lo e enfiar o joelho nas suas costas. Mas então ela devolveu o beijo. Foi estranho e hesitante. Depois ele sentiu a mão dela nos ombros, puxando-o. Os lábios dela se curvaram sob os seus.

Jennifer se afastou.

— Foi por isso que você me telefonou, certo?

— Foi — confessou Buy.

— Bom. — Ela sorriu de novo, quase tímida. — Era o que eu estava esperando.

42 Revelação

O acampamento da NRA tinha crescido um bocado desde que Billy estivera ali. Havia mais barracas, mais soldados e faróis varrendo o terreno. Não parecia mais tão temporário.

— Uau — disse ele. — O que está acontecendo?

— Campanha militar — respondeu Bill. — Estão trazendo mais sócios comuns da NRA para o aprisco.

Billy não sabia o que isso significava.

— Uau.

O motorista de táxi estava nervoso. Parou a seis metros do portão, onde guardas da NRA o olhavam por trás de fortificações de metal.

— Vocês saem aqui. Certo? Não vou mais longe.

— Eles não vão machucar você — disse Bill, levando a mão à carteira. Em seguida riu para Billy.

Assim que fecharam as portas, o motorista girou o táxi e partiu rapidamente pela estrada de terra. Billy e Bill foram até o portão.

— Nome e cargo!

— Bill NRA, Agente de Equipe de Ataque, Operação Instigar.

— Billy NRA — disse Billy. — Hmm, Agente de Equipe de Ataque, Operação... Polícia.

Os guardas eram garotos, nem mesmo da idade de Billy.

— Têm identidade?

— Filho — disse Bill —, com o trabalho que fazemos, nós não andamos com identidade.

— Hmm — disse o guarda. — Vou ter de verificar.

— Olha — disse Bill —, a única pessoa no campo que vai saber quem eu sou é o cabo Yallam. Ou vocês podem acordá-lo ou deixarem que eu e meu chapa entremos para dormir um pouco.

Os guardas se juntaram, conferenciando. Billy franziu a testa. Era outra coincidência: Bill também trabalhava para Yallam! Mas isso não fazia sentido. Por que Bill não estava no esquadrão de Yallam para o serviço da Polícia?

— Posso colocá-los numa área segura para passar a noite — disse o guarda finalmente. — Trancar vocês até que Yallam possa verificar os dois de manhã. Certo?

— Tremendas boas-vindas — disse Bill, mas em seguida pegou sua bolsa e Billy fez o mesmo. Os guardas os levaram a um alojamento seguro, um prédio baixo e atarracado, de madeira, sem janelas e com porta de metal, e os trancou.

Billy achou o interruptor de luz. Havia seis catres e uma porta para o banheiro. Ele largou a bolsa numa cama.

— Cara, estou morto.

— Eu também. Vamos apagar.

Na cama, Billy ficou pensando em Yallam. Alguma coisa o estava incomodando. Então imaginou se conseguiria sair e falar de novo com aquela recepcionista da NRA, a que tinha o corpo fantástico. Seria legal. Seria muito legal.

Acordou pouco antes do amanhecer, com a bexiga cheia. Tinha apenas luz suficiente para ver Bill dormindo no catre do outro lado. Saiu da cama e foi para o banheiro.

Enquanto mijava, pensou em Jennifer Governo. A dona tinha ficado muito a fim de falar com ele na véspera, com todo aquele zumbido. Talvez ele devesse verificar.

Fechou o zíper e voltou à cama. Bill continuava dormindo. Remexeu na bolsa até achar a jaqueta e o maço de Marlboro no bolso. Precisava daquele pequeno fone de ouvido também, mas estava no fundo da bolsa. Tentou não fazer barulho. Bill não se mexeu.

Voltou ao banheiro e se sentou num reservado, empurrando a porta com o pé. Aquele maço esquisito continuava vibrando, se bem que apenas em jorros curtos. Talvez a bateria estivesse fraca. Conectou os fones de ouvido e ficou surpreso ao ouvir a voz de Jennifer Governo.

— ... se vocês chegarem juntos, eles vão demorar uns dez segundos para saber o que está acontecendo. Depois vão matá-lo, Billy. Você tem de se livrar dele, de qualquer modo possível. É melhor entender o que estou dizendo.

— Alô? — sussurrou ele.

Houve um estalo e então ela começou de novo. Era uma gravação.

— Billy, aqui é Jennifer. Seu merda idiota, o cara com quem você está *é o cara que você está fingindo ser*. Você disse que a NRA estava esperando alguém chamado Bill NRA. *É esse cara.* Se vocês chegarem juntos eles vão demorar uns dez segundos...

Billy sentiu o corpo congelar.

— Ah, merda!

Ele ouviu a porta do banheiro se abrir com um rangido.

— Ei, meu chapa — disse Bill. — O que está fazendo aí?

— Eu... — As palavras praticamente não faziam som. — Só estou dando uma cagada, cara.

Ele ouviu os passos de Bill. Olhou para a porta. Não tinha tranca! Não havia tranca na porta!

— O quê, outra vez?

Sua garganta ficou tensa até que ele mal podia respirar.

— O quê?

— Você se levantou, veio aqui, voltou para a cama, voltou para cá. O que houve? — A voz dele baixou. — Está com alguma revista de mulher pelada?

— É! Eu...

— O que você está fazendo, falando com elas?

— Hmm. É... às vezes eu gosto de... é...

— Bom, não seja egoísta, meu chapa — disse Bill, e empurrou a porta. Os dois se olharam durante um tempo.

— Que porra é essa? — perguntou Bill.

— É...

— Algum tipo de rádio? Você pega beisebol aí?

— O quê? Eu... é! É, estou ouvindo um jogo agora.

— Cara, isso é incrível! Quem está jogando?

Billy tossiu para se dar tempo de pensar.

— Os Yankees e os White Sox.

— Tá me sacaneando! O Sox é o meu time! Posso ouvir um pouco?

— É... claro. — Ele desligou o fone de ouvido e entregou o maço a Bill.

Bill virou-o.

— Nunca vi nada assim. Parece um maço comum! Onde conseguiu? — Ele pôs os fones no ouvido e escutou.

Talvez a gravação tenha parado, pensou Billy. *Talvez Jennifer tenha nos ouvido e desligado.*

— Ei — disse Billy. — Isso não é beisebol.

Billy chutou a porta do cubículo com o máximo de força possível. Ela acertou Bill no rosto e voltou. A porta bloqueou a visão de Billy durante um segundo, depois ele viu Bill encostado na parede oposta debaixo da pia, parecendo surpreso e dolorido. Bill cuspiu sangue no peito.

— Você é do *Governo*.

— Desculpe — disse Billy. Em seguida se levantou e foi até lá, procurando alguma coisa com que acertar Bill.

— Invasor! — gritou Bill, e chutou as pernas de Billy. De repente o braço grosso de Bill estava enrolado no seu pescoço. Billy tossiu e lutou. — Me ajudem! — gritou Bill. Sua voz ricocheteava nas paredes de ladrilhos. — Segurança! Preciso de ajuda!

Billy livrou um cotovelo e empurrou a cabeça de Bill contra a parte de baixo da pia. A louça se despedaçou, chovendo em cima dele.

— Ai! — disse Bill. — Você... nnnn...

— Desculpe — disse Billy de novo. Depois sentiu uma coisa quente e molhada na barriga.

— Tome isso, seu escroto — disse Bill.

Billy olhou para baixo. Havia um caco comprido e fino de louça se projetando de sua cintura. Ficou tão horrorizado com o sangue que se esqueceu de Bill, não viu o punho dele chegando. Sua cabeça balançou para trás e acertou a parede. Então Billy parou de pensar em qualquer coisa durante um tempo.

Devia ter caído e batido com o caco de louça no chão: isso fez sua atenção voltar. Gritou. Estava sozinho no banheiro. Sentia-se tonto. Suas mãos e os pés estavam entorpecidos.

Sabia que deveria provavelmente deixar o caco enfiado, mas não podia suportá-lo mais ali. Puxou; um relâmpago estourou em sua visão; sentiu o sangue jorrar pelo lado do corpo. Tentou cobrir o ferimento com a mão.

— Invasor! — A voz de Bill ecoava no alojamento. — Depressa, pessoal, há uma porcaria de um invasor do Governo aqui, tentando me matar!

Billy ouviu chaves chacoalhando. Alguém — provavelmente várias pessoas — estava destrancando a porta da frente. Ele se levantou, tombou, depois se levantou de novo. A porta do banheiro estava muito longe. Cambaleou para a frente e segurou o portal.

Bill estava montando uma arma, sentado no catre. Era uma FN M249 automática, se Billy não estava equivocado: não era muito precisa a longa distância, mas certamente iria fazê-lo em picadinho a três metros. Bill levantou-a. Billy fez a única ação evasiva que podia e se deixou cair no chão. A madeira explodiu acima de sua cabeça.

A porta da frente se abriu. Quatro homens com trajes de combate entraram. Estavam carregando submetralhadoras.

— Invasor — grasnou Billy, e apontou para Bill.

Eles abriram fogo, e Bill deu um salto mortal para trás pelo quarto. Por um segundo, Billy achou que Bill devia ser um acrobata incrível. Depois percebeu, e se virou para o outro lado.

— Você está bem? — perguntou um sujeito da NRA, e outro gritou:

— Um médico! Precisamos de um médico aqui!

— Argh — disse Billy, e dormiu durante um tempo.

43 Apostasia

Hack sentiu-a tocar seu cabelo. Sentiu a mão dela no rosto.

— Violet? Violet!

— Shh — disse Claire. — Sou só eu.

Ele se sacudiu, acordando.

— Que horas...

— Passa das seis. Telefone para você. É Violet.

Hack jogou as cobertas para trás. O alívio varreu-o. Violet estava viva! Correu até a cozinha e pegou o fone.

— Alô? Violet?

— Oi. — A voz soou pequena e distante. Havia muito ruído de fundo, como se ela estivesse num carro numa rodovia movimentada. — Não posso falar muito. Estou ligando de um avião.

— Um o quê?

— Só queria dizer que vou ficar longe um tempo. Arranjei um trabalho.

— Que avião?

— Estou indo para Londres.

— Londres? — Ele ficou confuso.

— É.

— Mas... como... quando você volta?

— Não sei. Talvez daqui a umas duas semanas.

— *Semanas?*

— Vendi o meu programa. Para a ExxonMobil.

— Ah, Violet, isso é fantástico! Como foi...

— Preciso desligar. Telefono de novo mais tarde.

— Espere! Por que não ligou antes?

— Estive ocupada. Tive de ir a Dallas.

— Dallas?

— Hack, eu tenho de ir.

— Por que não ligou de Dallas?

— Estou ligando agora, não estou? Anda, não pega no meu pé.

— Não estou pegando no seu pé. — Hack ouviu o gemido na própria voz. Virou as costas para Claire, que estava esperando na porta. — Só achei que você poderia ter ligado, para eu não ficar pensando que você tinha sido morta.

— Sabe, esqueça que eu liguei. Achei que você ia ficar feliz por mim.

— Eu estou, Violet, mas...

— Você é que nem uma corda amarrada nas minhas pernas, sabe? Tudo que eu faço você tenta me segurar. É demais.

— Violet! Eu nunca segurei você! A gente viveu do meu salário durante um ano!

O telefone estalou em seu ouvido.

— Violet? Violet?

Hack não pôde se mexer. Depois de um tempo sentiu os braços de Claire envolvendo sua cintura, abraçando-o por trás.

— Você está bem?

— Ela... — Ele não conseguiu falar.

— Ela não merece você, Hack — disse Claire baixinho. — Nunca mereceu.

Hack foi para o trabalho, mas não conseguia se concentrar. Passou a maior parte do dia olhando pela janela e mordendo a caneta. Ultimamente muitas coisas tinham acabado sendo o que ele não achava que fossem. Primeiro Violet, que não apareceu afetuosa nem morta como ele tinha acreditado. Depois havia as coisas que os amigos hippies de Claire tinham dito, coisas que faziam mais sentido do que ele queria que fizessem. Como o modo como ele estava sendo explorado pela Nike. Isso era mais verdadeiro do que qualquer um deles imaginava.

Mas o mais confuso era Claire. Era possível que ela estivesse sendo simplesmente gentil, Hack sabia. Claire era doce. Mas também era possível que ainda gostasse dele. Era possível que nunca tivesse deixado de gostar dele, durante todo o tempo em que ele esteve com Violet. Esse pensamento ficava girando e girando em sua cabeça.

— Oi, Hack — disse uma mulher do outro lado do corredor. — Ainda está conosco?

— O quê?

— Você está olhando para o nada.

— Ah. Sim, estou bem.

Ela revirou os olhos. Hack ficou chateado. Estava sentado ali, e ela achava que ele não podia vê-la? Ninguém respeitava Hack na Nike. Ninguém o respeitava em lugar nenhum.

Levantou-se.

— Vou indo.

Ela ficou espantada.

— São só cinco horas.

— É, bem. Mesmo assim eu vou. — Ele tinha coisas a fazer.

O motorista de táxi achou muito engraçado Hack não saber onde seu carro estava. Hack achava difícil ver o humor da situação, mas talvez fosse porque estava lhe custando um dólar por minuto circular inutilmente pelo estacionamento do aeroporto. Depois ocorreu-lhe que Violet talvez não tivesse ido no carro dele para lá: certamente ela não havia pago a passagem aérea. Mandou o táxi levá-lo ao prédio da ExxonMobil e foi até a recepção.

— Por favor, onde fica o estacionamento de visitantes?

— Para usar o estacionamento de visitantes o senhor precisa marcar com antecedência. — A recepcionista deu um sorriso simpático.

— Eu não quero usar. Só quero saber onde fica.

— Mas, senhor, não há sentido em dizer onde fica se o senhor não tiver marcado.

— Mas eu... ah, certo. — Hack iria andar por ali até achá-lo. Começou a se afastar. A recepcionista falou: — Ah... o senhor é o dono de um Toyota vermelho?

Ele parou.

— Sou.

— Nós mandamos rebocar.

— Para onde?

— Não sei... há uma empresa que nós usamos, o senhor terá de ligar para eles. — Ela empurrou um cartão por cima da mesa.

— Posso usar seu telefone?

Ela olhou para ele, em dúvida. Hack resistiu à ânsia de baixar os olhos. Em vez disso, encarou-a com o que esperava que fosse força e autoridade natural.

— Hmm... claro — disse a recepcionista. Em seguida empurrou o telefone por cima da mesa. — Mas na verdade eu não deveria deixar. — Ela sorriu.

— Obrigado. — Ele tentou não demonstrar a surpresa. Que reação! Nunca tinha conseguido resultados assim na vida. Havia alguma coisa nesse negócio de auto-afirmação. — Não vou demorar.

— Demore quanto quiser — disse a recepcionista.

A empresa de reboque só devolveria o carro de Hack se ele fosse até lá, mostrasse alguma identificação e pagasse quinhentos dólares. Não era uma grande melhoria. Hack não tinha quinhentos dólares, nem de longe. O homem da empresa de reboque não quis ceder, não importando quanta força e autoridade natural ele usasse.

Mesmo assim ficou animado no táxi de volta à casa de Claire. Sentia-se como se tivesse descoberto alguma coisa importante. Gente como John Nike não o vinha fazendo de bobo sem motivo, percebeu: ele é que tinha deixado. Ele *esperava* que fizessem isso. Bom, tudo isso iria mudar. Hack ia assumir o controle.

Claire ainda não estava em casa. Hack sentou-se no sofá e ficou balançando a perna. Mal podia esperar para falar com ela. Queria perguntar sobre aquele seu grupo. Queria saber se eles faziam algo mais do que falar.

44 Colaboração

Violet apertou FIM DA CHAMADA no telefone do avião. Ele tinha um fio comprido que deveria se retrair para dentro da poltrona, mas ela não conseguiu que funcionasse. Pegou Nathaniel ExxonMobil olhando-a do outro lado do corredor.

— Problema em casa?

— Tudo bem. — Violet não queria conversar com Nathaniel agora.

— É difícil para os entes queridos entender por que você tem de deixá-los. Por que você precisa fazer certas coisas. Isso é algo que eu aprendi.

— As coisas estão bem. — Ela achou o botão certo. O telefone se retraiu.

— Você não falou a ele sobre o acordo?

Violet olhou para o contrato. Ele dava à ExxonMobil o uso total do seu programa, além de seus serviços para ativá-lo. Dava a Violet, se o produto funcionasse, pouco menos de três milhões de dólares.

— Não tem nada a ver com ele. Isso é coisa minha.

— Certo — disse Nathaniel, e voltou ao seu jornal.

Estava chovendo em Londres. Violet pôs as mãos acima dos olhos e espiou pela janela, mas tudo que podia ver através do vidro fumê e da névoa eram silhuetas cinzentas e prédios baixos. Estendeu a mão para o controle, para baixá-las, mas a mão de Nathaniel se fechou sobre a dela.

— Desculpe, não é possível.

— Por quê?

— Não quero ser visto. Você pode bancar a turista depois de atacar a Shell.

— Quando vai ser isso?

Ele olhou para o relógio.

— Dentro de três horas.

— Ah. — Ela sentiu as entranhas se apertarem.

— Tudo vai dar certo. Só espere e veja.

— *Você* não precisa entrar lá.

— Nem você. Quer desfazer o contrato?

Violet desviou o olhar. Não gostava muito de Nathaniel.

— Não.

Violet era a única técnica no grupo. Fora instruída sobre o servidor ao qual teriam acesso, mas mesmo assim não era uma especialista em Solaris. Caso se perdesse no sistema operacional, tudo com que teria de contar era um fone de ouvido com microfone e alguns caras na sede da ExMo em Londres. Achou que deveria ser o contrário: técnicos da ExMo entrando enquanto ela ficava num prédio com ar condicionado usando um rádio.

Mas era assim que Nathaniel queria: Violet mais doze membros da Polícia — que na verdade eram soldados, com uniformes, armas, cintos com um monte de coisas. Foram até a Shell na traseira de um furgão da UPS. Violet tentou ver se eles pareciam competentes. Não estava acostumada a trabalhar em equipe. Começou a ficar meio pirada de nervosismo.

— Dois minutos — disse o líder. Os policiais começaram a vestir balaclavas e engatilhar as armas. — Senhora, estaremos entre a senhora e eles o tempo todo. Só vá aonde nós a levarmos.

— Vocês vão cuidar de mim, certo? Não vão me perder?

— Não, senhora. — Violet olhou o crachá dele. Só dizia: UM. — Confie em mim.

O furgão diminuiu a velocidade e todo mundo dentro ficou quieto. Depois ele se moveu e finalmente parou. Esta era a dica que todos, menos Violet, sabiam: os soldados da Polícia pularam e abriram as portas. Violet foi cercada imediatamente. Alguém lhe deu uma joelhada na bunda; ela acidentalmente bateu com a cabeça nas costas de um homem. Sua única visão era em frente: a torre de escritórios onde iriam entrar.

Escutou vidro se partindo, depois um soldado empurrou-a por uma porta giratória quebrada. Alguém disse:

— Abaixar! Abaixar! No chão!

Ela captou o vislumbre de um segurança de rosto branco. Ele não parecia ter vontade de atacar uma dúzia de soldados muito bem armados. Violet pensou: *Talvez isso dê certo.*

Alguns soldados ficaram no saguão, mas o resto subiu correndo uma escada. O soldado de Violet continuou com uma das mãos em suas costas, empurrando-a para cima. A princípio ela se incomodou, mas dez andares depois estava praticamente se apoiando nele. Quando saíram da escada, ela mal conseguia respirar.

Então houve um monte de gritos. O andar era um labirinto de cubículos cheio de empregados com aparência chocada. Os policiais ficavam saindo de formação para empurrar alguém contra o piso, e Violet começou a se sentir mais vulnerável. Uma garota de óculos a encarou. Parecia jovem e apavorada. Violet sentiu-se mal por ela.

Os alto-falantes no teto disseram:

— Todo o pessoal, todo o pessoal. Estamos esperando uma situação perigosa de segurança. Abriguem-se debaixo das mesas até segunda ordem. Não tentem sair do prédio. Isto não é um exercício.

— Abaixado, abaixado, abaixado! — gritou o soldado à esquerda de Violet. Ele correu até onde um homem estava inclinado sobre uma mesa, falando ao telefone. — Largue isso! Vá para o chão!

— Eu... eu só estou fechando um acordo — disse o homem. Violet se imobilizou: não podia acreditar que houvesse alguém tão estúpido.

O soldado enfiou o cano da arma na cara do sujeito.

— *Largue!*

— Por favor, só mais um...

O soldado fez alguma coisa com a arma. Ela soltou um *clic*.

— ... minuto, por favor...

O soldado se esticou, girou e caiu em cima dele.

Violet não soube por que não ouviu o tiro. Foi deixada para deduzir a partir da expressão horrorizada do executivo e do sangue. Havia um rapaz do outro lado da sala, um garoto de terno e gravata colorida. Estava segurando uma pistola.

Um soldado empurrou Violet com força, jogando-a ao chão, e então houve um tiroteio; *esse* ela ouviu.

— Saia de cima! — gritou Violet, mas ele a mantinha presa. — Saia de cima de mim! — Ela não sabia por que estava lutando.

O tiroteio não demorou muito. Houve alguns gritos, e a Polícia gritou um pouco mais, e então o soldado de Violet puxou-a para cima e a empurrou.

— Espere! — Ela girou, tentando ver. — Espere, o que aconteceu com...

O garoto com a pistola havia sumido. Na parede atrás de onde ele estivera havia um jorro vermelho.

— Ah, não — disse ela. — Não não não...

— Fica fria! — rosnou o soldado. Sua voz soou estranha, por isso ela se virou. O sujeito estava carregando sobre o ombro o soldado ferido, que estava tentando se segurar ao seu pescoço. Escorria sangue entre os dedos dele.

Ela gritou, encolheu-se contra o homem à sua frente, tropeçou e caiu.

— Levante-se! — gritou o soldado. Mãos estavam em cima dela, puxando seus cabelos e sua roupa. — Levante-se, levante-se!

— *Não! Não!* — Ela chutou-os. Alguém estendeu uma mão e ela mordeu-a.

— *Ahh!* Que droga...

— Carregue-a! — ordenou alguém, e eles obedeceram.

Um soldado pegou Violet e a colocou sobre os ombros. Ela bateu com fúria na cabeça dele. Sentia-se terrivelmente exposta: podia ver olhos de funcionários espiando-a por trás das mesas e de plantas em vasos.

Os soldados arrebentaram algumas portas de vidro. Aqui era a sala dos computadores, de modo que arrebentar as portas iria realmente foder com o controle de temperatura, Violet sabia. Havia servidores sem características especiais, espaçados regularmente. O soldado deixou-a no chão.

— Você! Chegamos! Faça o que tem de fazer!

— Não...

— Faça!

— Não posso!

Ele lhe deu um tapa com tanta força que ela caiu de joelhos. Foi tão surpreendente e absurdo que Violet começou a rir.

Um soldado da Polícia puxou-a tão perto que ela só conseguia ver os olhos dele, rodeados pela balaclava. Bastou isso para reconhecê-lo: era o líder, UM. A mão dele apertou seu pescoço.

— Faça o serviço ou eu mato você aqui.

As palavras dele eram engraçadas, mas os olhos estavam duros e sugeriam a Violet que UM não era o tipo de sujeito com quem se brincasse. Ela lutou para respirar.

— Espere... espere... eu preciso de um terminal. Não o computador de verdade. Um terminal.

— Que porra é um terminal?

— Eles estão no... — Presa na mão do sujeito, ela tentou olhar em volta. Havia uma pequena sala com paredes de vidro de um dos lados. Havia três técnicos dentro, olhando nervosos. — Eu preciso entrar lá.

— Mexa-se! — disse UM, e largou-a. Ela esfregou a garganta enquanto os soldados chutavam a porta e arrastavam os técnicos para fora. Violet entrou atrás deles e andou entre as fileiras de terminais até achar um que dizia:

[root@asphinx /usr] %

UM estava logo atrás dela.

— É disso que você precisa? *É disso?*

— É — disse ela, e começou a trabalhar.

45 Execução

Na opinião de John, se você viu uma bolsa de valores, viu todas: telas gigantes, chão cheio de papel e muitas pessoas suadas muito perto umas das outras. John não estivera antes no andar do pregão, mas a única coisa que diferenciava a experiência eram estranhos gritando algaravias em seu ouvido. As únicas palavras que entendia saindo da boca de tantas pessoas eram “me dá” e “porra”.

O ligação da Shell era alto, magro e assustadiço. Seus olhos circulavam pelos painéis e ficavam perdendo a concentração enquanto John falava com ele. Entre ele e o garoto da Pepsi, John estava pouco impressionado com a qualidade do pessoal da US Alliance reunido ali.

A tomada hostil de controle acionário fora anunciada às nove e meia: a Shell estava oferecendo 58 dólares por cada ação ordinária da ExxonMobil vendida antes do fechamento do pregão.

— Isso é muito? — perguntou John, e o ligação da Shell disse:

— É o *dobro* da abertura! — o que John achou que significasse sim.

Desde então houvera um bocado de corretores empolgados e o ligação da Shell mordendo as unhas, e John estava ficando entediado.

— O que nós estamos fazendo aqui? — perguntou ao garoto da Pepsi.

— Está falando comigo de novo? — disse o garoto. Ele havia apanhado uns pedaços de papel no chão e parecia estar tentando grudá-los juntos. — Estamos aqui para a defesa. Se a T.A. tentar invadir a bolsa, nós nos coordenamos com a NRA para expulsá-los.

— Eles acham que a Team Advantage vai atacar a *bolsa*?

— Aqueles caras da NRA não estão aqui só para fazer figuração, cara.

John tinha presumido que eles fizessem parte da segurança normal. Começou a se sentir vulnerável. Ainda não tinha substituído a pistola roubada pela namorada de Hack.

— Você tem uma arma?

O garoto da Pepsi bateu no paletó.

— Sempre.

— Fantástico. Simplesmente fantástico.

— Você está desarmado?

— Ninguém me disse que iriam atirar em mim.

— Ah, provavelmente nada vai acontecer. Nós pegamos a T.A. desprevenida, e temos uns cinqüenta caras aqui.

— Hmm. — Ele notou uma agitação se espalhando no andar. Os corretores estavam ficando mais agitados ainda. — O que está acontecendo?

O garoto estava olhando para seus pedaços de papel.

— Não sei. Pergunte ao Stretch.

John viu o ligação da Shell gritando no celular. Os tendões do seu pescoço estavam inchados.

— Isso não parece bom.

— Talvez a T.A. *esteja* vindo — disse o garoto com um risinho.

Um gemido atravessou o salão. Um dos grandes painéis piscou e mostrou: PROPOSTA DA DUTCH/SHELL (RDS) PARA COMPRAR A EXXONMOBIL (XXN) — SUSPENSA.

John foi até o ligação da Shell e pegou o braço dele.

— O que está acontecendo?

Ele cobriu o fone.

— Perdemos nossos sistemas integrados de transações. Não podemos verificar as ordens de compra até ele voltar ao ar. Estamos tentando...

— É temporário?

— Eu digo quando souber. Certo?

John voltou para o garoto da Pepsi.

— E aí? — perguntou o garoto.

— Algum problema de computador.

O garoto soprou entre os dentes.

— Os nerds, cara. Nunca dá pra confiar neles. — Em seguida deu um risinho. — Se estivéssemos sendo atacados, eu teria lhe dado minha arma, sabe?

— Claro que teria.

Uma hora depois o aviso de PROPOSTA SUSPENSA continuava ligado, e os corretores iam ficando cada vez mais emputecidos. John estava inquieto: tinha vindo aqui para garantir que a compra acontecesse sem problemas, e ela havia parado. Isso não ia parecer um bom passo na carreira.

— Por que estão demorando tanto? — perguntou o garoto da Pepsi. — Os computadores não têm backups?

John viu o ligação da Shell conversando com um corretor.

— Vamos descobrir. — Ele parou atrás do sujeito até ele se virar. — Vamos negociar aqui ou não?

O ligação da Shell sussurrou:

— A rede da Shell fritou inteira. Eles acham que não vão conseguir consertar hoje.

— Filho-da-puta! — disse o garoto da Pepsi. — O que aconteceu lá?

— Um grupo armado entrou no prédio da Shell e desabilitou nosso I.T.

— A T.A. nos *atacou*?

— Aqueles escrotos! — disse o garoto.

— Não temos certeza se foi a Team Advantage. Não há como identificarmos...

— Claro que são eles — disse John. — É a ExxonMobil, é a T.A. Qual vai ser nossa reação?

O ligação da Shell coçou a testa.

— Precisamos preparar um anúncio para o pregão... Vamos estender a proposta até amanhã, talvez depois de amanhã...

— Não — disse John. — Seu concorrente acabou de invadir sua sede. Qual vai ser nossa reação?

— Não há nada que possamos fazer.

— Besteira. — Algumas pessoas não conseguem salvar nada de uma derrota, pensou John. Bem, ele não era uma delas. Estava preparado para aproveitar oportunidades. — Quantos homens temos aqui?

— Epa, epa — disse o ligação. — Ninguém vai...

— Eu estou com John — disse o garoto. — Vamos dar umas porradas!

— Vamos denunciar o incidente ao Governo, e eles vão...

— Ao *Governo*? O inimigo lhe dá um chute no saco e você quer preencher um formulário de reclamação? Acha que o Governo ao menos está do nosso lado?

— A T.A. sacaneou a gente — disse o garoto da Pepsi. — Escute o John aqui.

— Mas o que vamos fazer?

— Vou pegar aqueles caras da NRA e vamos até a ExxonMobil dizer que eles cometeram um erro.

— Deixe-me falar primeiro com o presidente da Shell. Só... John, espere!

— Tarde demais — disse John.

— Ei, você — disse ele —, preciso dos seus homens para virem comigo para uma contra-ofensiva à ExxonMobil.

O homem da NRA o olhou de alto a baixo. De acordo com sua insígnia, ele era um tenente, mas John não sabia quão alto era isso.

— E quem é você? — perguntou.

John mostrou sua identidade:

— Ligação da Nike.

— Senhor, não tenho autoridade para iniciar ofensivas. Minhas ordens são para guardar essa posição.

— Você tem ordens para garantir a segurança das ligações?

— Sim.

— Então é melhor me seguir — disse John —, porque estou prestes a atirar em algumas pessoas.

Ele não esperou para ver se o tenente o obedecia. O garoto da Pepsi estava a seu lado, como um cachorrinho.

— Me dê as chaves — disse John.

— O quê? — perguntou o garoto.

— As chaves. Eu dirijo.

O garoto estava certo: a Barchetta era um animal. Eles dispararam pelo centro de Londres enquanto o garoto punha o cinto de segurança e gritava "Ahhhh, porra!" quando chegavam perto demais de outros carros.

— Eles estão vindo atrás?

O garoto virou o pescoço.

— Há uma caminhonete da NRA a uns três quarteirões! Mas eles não estão conseguindo acompanhar!

O sinal de trânsito adiante ficou vermelho, e John acelerou. Era uma típica rua estreita de Londres, só uma pista com carros nas duas direções, por isso subiu no meio-fio, passou entre um frade de metal e uma vitrine e voltou para a rua. O espaço à frente estava livre.

— *John!* Este carro não tem autorização! Você não pode andar na calçada, cara!

— Falta quanto?

O garoto tinha pedido informações pelo celular; era um serviço AT&T.

— Ali mesmo! Oito-nove-nove!

Ele viu o logotipo. Era um prédio alto, creme, com saguão de vidro. Isso servia muito bem a John.

— A NRA continua conosco?

— Eles estão bem atrás, cara. É melhor esperar ou eles não vão nos achar.

— Eles vão nos achar. Segure-se.

— Ah, não, não...

John puxou o freio de mão apenas o suficiente para girar o carro noventa graus, depois pisou no acelerador. A Ferrari saltou para a entrada da ExxonMobil.

— *Ahhhhh!* — gritou o garoto.

O carro bateu no meio-fio e saltou, de modo que estavam ligeiramente voando quando mergulharam no vidro. O garoto estava certo de novo: eles não tinham nenhuma autorização. Captou um vislumbre de pessoas correndo e mergulhando, e depois acertaram em alguma coisa grande e imóvel, e ele estava mergulhando num airbag.

Não dava pra ver, mas John enfiou a mão no peito do garoto e achou a arma. Abriu a porta e tombou para fora.

— O senhor está bem? — perguntou uma mulher. — Moço?

— Estou bem — disse John e apontou a arma para ela. Ela gritou. O grito ecoou no saguão. — Quem são os principais executivos no prédio? Em que andar?

Ele ouviu a porta do carona se abrir e o garoto sair, tossindo.

— Oitenta e oito. Eles estão todos no oitenta e oito.

— Obrigado. — John foi até os elevadores. O garoto acompanhou em silêncio. Finalmente John tinha arranjado um modo de deixá-lo quieto. Apertou o botão de um elevador e esperou.

A Ferrari estava encravada num gigantesco balcão de recepção, tão afundada que era difícil dizer onde um terminava e o outro começava. John imaginou se alguém estivera sentado ali.

Soldados da NRA entraram no saguão, passando pelo vidro. John viu o tenente com quem tinha falado antes.

— Ei! — chamou. — Câmeras de segurança!

— O quê?

— Vá encontrar onde eles operam as câmeras de segurança. Não quero deixar provas.

— Sim, senhor! — disse o tenente. — Agora estava demonstrando algum respeito por John, isso mesmo. O elevador chegou e John entrou. Enquanto subiam até o octogésimo oitavo andar, o alto-falante salpicava música ambiente sobre eles.

O garoto esperou mais alguns segundos.

— Você simplesmente *presumiu* que houvesse um airbag no lado do carona.

— Planejamento demais atrapalha a execução.

— Poderia ter sido a *minha* execução.

— Você está bem.

— *E* você pegou minha arma.

— Você disse que me emprestaria.

— É, bem... — murmurou o garoto.

— Sabe o que faz um executivo de sucesso?

— Cara, eu *sou* um executivo de sucesso.

— Decisão.

As portas se abriram. Um homem segurando uma pasta estava ali parado; ele levantou as sobrancelhas. John apontou a arma para a perna do sujeito e apertou o gatilho. O barulho foi mais alto do que ele esperava.

— Puta que o *pariu*! — disse o garoto.

— E também habilidades de implementação — disse John, e saiu do elevador.

A sala da diretoria ficava logo à frente, guardada por uma única secretária numa mesa. Ela se levantou enquanto John e o garoto da Pepsi se aproximavam.

— O que foi aquilo? Foi um tiro?

John apontou a arma para ela.

— Sente-se.

Ela se sentou. O garoto da Pepsi tomou a iniciativa e abriu a porta da sala da diretoria. Dentro, em meio à iluminação discreta e pinturas de bom gosto, estavam cinco homens e uma garota. Ocupavam cadeiras tão enormes, inchadas, que era como se esperassem que John os acertasse.

— Certo — disse ele. — Quem é o chefão aqui?

Silêncio.

— Falem! — gritou o garoto.

— Certo — disse John e apontou a arma para a garota. Ela gritou e enfiou o punho na boca. Havia alguma coisa familiar nela, algo que puxava sua memória. — Eu conheço você?

— Não! Não!

Ele pensou que ela estava provavelmente mentindo, mas não tinha tempo de descobrir.

— Quem é o presidente?

— Sou eu — disse um homem. — Sou Nathaniel ExxonMobil. Vamos falar sobre compensação.

— Pensei que o senhor poderia estar na cidade, sr. Presidente. Tinha essa sensação.

— Por que não deixa essas pessoas saírem? Você e eu podemos discutir tudo como homens de negócios.

— Aqui vai uma pergunta: contratou ou não um ataque à rede de computadores da Shell, uma empresa da US Alliance?

Os olhos de Nathaniel não se abalaram.

— Sim.

John atirou nele. A força fez Nathaniel e sua cadeira executiva girarem sessenta centímetros para trás, como um mostruário. A garota começou a chorar.

— Certo — disse John. — Agora, seus escrotos, vocês vão parar com as ações hostis contra a US Alliance. Vão admitir que sua empresa e seu Team Advantage não têm capacidade nem direito de competir conosco. Esta é a nova economia, e vocês não podem achar que vão foder com a gente e se livrar. Entendem isso, seus cabeças de merda?

Um dos homens fechou os olhos e começou a murmurar uma oração. John quase o apagou só por isso.

— Bom — disse John. O garoto da Pepsi manteve a porta aberta para ele sair.

Jennifer desceu da cama de Buy às cinco, tentando se esgueirar. Quando saiu do banho, os olhos dele estavam espiando por cima de um travesseiro, refletindo a luz.

— Jennifer?

— Ei. — Ela se sentou na cama. — Preciso ir.

— Ah.

Ele estava bonito: todo desgrenhado e desorientado. Num impulso, ela acariciou seu cabelo.

— E aí, quer me ver de novo ou não?

— Hmm. Sabe, acho que quero.

— Tem certeza?

— Quer que eu prove? — Ele jogou as cobertas para longe.

Ela olhou para o relógio. Olhou para Buy.

— Você sabe que quer — disse ele, e Jennifer não pôde discutir com isso.

A casa parecia impecável quando ela voltou, e a babá estava aninhada no sofá. Essa menina realmente valia a pena, pensou Jennifer. Teria de aumentar a gorjeta.

Foi na ponta dos pés pelo corredor e espiou no quarto de Kate. Kate estava dormindo, agarrada num sapo gigante. Jennifer se agachou e beijou-a.

— Bom dia, meu doce.

Os olhos de Kate se abriram, depois se fecharam com força.

— Estou cansada...

— Está na hora de se preparar para a escola.

— Não quero.

— Mesmo assim.

Kate franziu o rosto.

— Mamãe, odeio quando você diz "mesmo assim".

— Anda, dorminhoca. Hoje é o grande dia, lembra? A gente vai ao canil.

Os olhos de Kate se abriram.

— Verdade?

— É. Eu prometi, não foi? — Ela beijou o rosto da filha.

No trabalho, passou meia hora tentando achar alguém com quem falar no escritório de L.A. antes de verificar os e-mails e achar uma mensagem. Dizia:

> De: georgia-santos@mktg.nike.com.au
> Para: jennifer.agentedecampo@melbau.governo.com
>
> John. Londres. Não sei onde.

Ela bateu no tampo da mesa, depois chutou-a. Não adiantou nada, por isso pegou o monitor e o sacudiu.

— Epa — disse Calvin, entrando. — Alguma coisa ruim?

— Ele foi para Londres!

— Quem? John? — Calvin sentou-se ao lado dela e leu o e-mail. — Ah, merda.

— Como vamos contatar Londres?

— Não sei. Será que... — Ele olhou para o relógio. — Os chefões convocaram uma reunião hoje de manhã. Aconteceu alguma coisa nos Territórios Britânicos, algum tipo de disputa corporativa. Talvez tenha alguma relação.

— Uma disputa?

— Vamos falar andando. Ah, e eu chamei você para a reunião. É por isso que está aqui, não porque é teimosa demais para ficar em casa.

— Mmm. Certo.

Entraram na cantina, que já estava cheia de agentes, e ocuparam dois lugares nos fundos. Elise estava na frente com mais figuras do alto escalão do que Jennifer já vira num lugar só. Os uniformes brilhavam.

— Talvez John *estivesse* envolvido — disse ela. — Talvez ele tenha se machucado.

— Devo dizer que você está parecendo muito mais animada. Um dia de descanso e você é uma nova mulher.

— Acho que você estava certo quando disse que eu precisava de uma folga. Acho que realmente acertou na fonte de todos os meus problemas.

Ele a encarou.

— *Ou* talvez eu só tenha tido sorte.

As sobrancelhas dele subiram rapidamente.

— Jen! Bom *trabalho*. É alguém que eu conheço?

Elise começou a falar:

— Vamos andar com isso, por favor. Primeiro, deixe-me apresentar nossos convidados do Escritório Central...

— Uma dama jamais conta — disse ela. — Mas foi Buy Mitsui.

— Muito *bem*.

— Se for possível ter a atenção de *todos*... — disse Elise.

Pessoas se viraram para olhá-los.

— Desculpe — disse Calvin.

Um homem havia ocupado o pódio; ele tinha slides.

— Obrigado. O que queremos deixar claro aqui é que esta foi uma violação grande e explícita da lei. Dizem que foi ordenada por Nathaniel ExxonMobil, que faleceu, sem o conhecimento ou a aprovação da empresa. O Governo não considera essa explicação aceitável.

"A US Alliance, de sua parte, nega qualquer envolvimento na morte subseqüente de Nathaniel ExxonMobil. O Governo também considera isso insatisfatório.

"Agora vamos exigir compensação. Vamos exigir penalidades nunca vistas. Nossos superiores, inclusive o Presidente, estão a caminho de Londres para realizar uma negociação.

Londres! Jennifer levantou a mão. O homem apontou para ela.

— Sim?

— As corporações não vão simplesmente rolar de barriga para cima só porque nós vamos mandar. Espero que tenham um plano melhor do que pedir com gentileza.

Elise sussurrou no ouvido dele; outra mulher tocou em seu ombro. Ele conferenciou com as duas, depois assentiu.

— Jennifer? Você está certa. Se não pudermos acertar esses sujeitos com algo mais do que palavras duras, eles vão continuar violando a lei do modo que mais lhes aprouver.

"Portanto o Governo está designando vinte mil agentes para ação imediata. Dentro de dois dias vamos realizar ataques simultâneos contra cada empresa envolvida. Vamos prender cada executivo que pudermos. Se necessário, vamos encarcerar cada membro da alta administração, com ameaça de processo, até eles cederem às nossas exigências.

Agentes estavam murmurando.

— Puta que o pariu — disse Calvin. — Isso é legal?

Jennifer continuou com a mão levantada.

— Quem vai fazer os ataques, por favor? Quem terá de ir?

Alguns agentes em volta dela deram risinhos.

— Os grupos de ataque serão compostos por cada agente de campo que tivermos livre em Londres. E vamos mandar de avião agentes que tenham conhecimento específico.

— Eu tenho conhecimento específico — disse ela. — Mesmo antes dos assassinatos nas Nike Town, eu...

— Sim, Jennifer — interrompeu ele. — Estamos sabendo. Você vai para Londres. Esta noite.

QUARTA PARTE

47 NRA (NZ)

Quando Billy acordou, havia um homem com o peito cheio de condecorações sentado junto dele.

— Ah, bom — disse o homem. Ele era baixo, em forma e compacto, com têmporas cinzentas e olhos aguçados. — Billy, sou o general Li. Importa-se se conversarmos?

— É... claro. — Billy tentou se sentar e descobriu que estava com os pulsos amarrados à cama. — Que diabos...

— Bom! Vamos começar com isto aqui. Você pode me dizer o que é?

O sol da tarde estava atravessando a janela, e Billy teve de forçar a vista. O general estava segurando o maço de cigarros, seu transmissor. De repente Billy ficou mais alerta.

— Isso... ei, é o que estava com o tal de Bill. E, cara, acho que ele estava falando nisso.

— Mmm. — O general Li pensou. — Deixe-me colocar de outro modo. Billy, eu sei que você é um espião.

— Ah. — Ele fez força contra as amarras.

— A pena é que nós matamos um bom soldado. Entendo como aconteceu, mas é realmente uma pena. É irônico como ele sobreviveu a uma missão contra o Governo e acabou morto por nós. Tenho de dar um jeito de explicar isso à família. — O general Li estava usando boina; agora tirou-a e coçou a cabeça. — Essas coisas acontecem no atrito da guerra.

— Bom... eu nunca quis carregar isso aí — disse Billy. — O Governo me obrigou. Eu posso explicar!

— Ah. Por favor, explique.

Billy começou a falar. Contou toda a história desde Abilene, Texas, até a Nova Zelândia e às missões da NRA das quais nada sabia, e chegou até a espionagem para o Governo. O general parecia vagamente simpático.

— Bem — disse ele finalmente. — É uma tremenda história. Realmente uma tremenda história.

Billy esperou.

— Há algumas dúvidas sobre o que fazer com você. Há oficiais que acreditam que você deve passar o futuro numa prisão militar. Esta é a solução que está no manual de campo.

— Não, vocês não podem me colocar numa prisão. — Ele sentiu a garganta apertando. — Eu só queria esquiar, era só o que eu queria! Por favor!

— Mas outros oficiais preferem que você seja executado.

— Ai — disse Billy.

— Mas há uma coisa que me interessa, Billy. Antes desse fracasso, você estava sendo recrutado por nós. Você foi escolhido porque demonstrou habilidades exemplares.

Billy piscou.

— Atirador de elite — disse Li, solícito.

— Certo! É, eu sei atirar muito bem. Melhor do que todo mundo. — Ele sentiu os pulsos ficando escorregadios de suor no ponto em que as amarras os prendiam.

— Se isso for verdade, talvez eu tenha uma necessidade especial para você.

— Claro, deixe-me mostrar...

— Presumo que saiba que tipo de serviço eu tenho em mente.

— Claro, claro. — Ele pensou. — Como matador?

— Você teria problema com isso?

Billy contemplou a hipótese. Sim, teria problema com isso, mas seu problema mais premente era ser executado por traição pelos soldados da NRA.

— De jeito nenhum! Me dê um fuzil e eu arrebento quem vocês...

— Sim, certo. Na hora devida. Se as coisas derem certo, teremos tarefas para você. Fora dos Territórios Australianos e do Governo local.

— E se... e se as coisas não derem certo...

— Eu estava tendendo para a opção da prisão. Provavelmente. — O general Li se levantou. — Descanse. Amanhã de manhã veremos do que você é capaz.

— Obrigado, cara. Obrigado. — Logo antes de o general sair, Billy falou: — Esse lugar aonde a gente vai... o lugar onde eu vou cumprir tarefas... tem montanhas lá? Neve?

O general Li sorriu.

— Não.

48 Inadequado

— Certo — disse Buy quando Jennifer entrou pela porta. — Decidi fazer um cozido de forno. Estava pensando em atum assado, mas aquela sua caixa de farinha de rosca expirou há seis meses. — Ele a encarou, reprovando.

— Ah. Está cozinhando?

— Fiquei inquieto. — Buy tinha combinado de se encontrar com Jennifer na casa dela depois do trabalho, mas quando chegou ela estava a caminho para pegar Kate. Por isso ela o deixou entrar e disse para ele se divertir. Agora Buy estava com três panelas borbulhando em cima do fogão e um prato no forno. — Espero que não se importe. Pensei...

— Em quê?

— Tem uma garota escondida entre suas pernas.

Ela olhou para baixo.

— Buy, esta é Kate. Kate, este é Buy.

Buy acenou.

— Prazer em conhecê-la. — Kate não disse nada. Tinha olhos escuros, como a mãe. Buy sentiu uma pontada de nervosismo. Não tinha muita experiência com crianças.

— Kate — disse Jennifer —, por que não vai se trocar?

Kate saiu sem dizer uma palavra. Havia alguma coisa acontecendo ali, pensou Buy. O rosto de Kate parecia uma tempestade; Jennifer estava cansada e tensa.

— Ela é bonita — disse Buy e mexeu numa panela.

— É, sim. — Jennifer o encarou. — Olha, tenho uma coisa para pedir... um favor. Um favor grande.

— Claro.

— Recebi uma tarefa para fazer em Londres. Não sei quanto tempo vai demorar. Talvez uma semana.

— Vai partir? Quando?

— Esta noite.

Buy olhou para a comida.

— Tem tempo de comer?

— Não.

— Ah. Por sorte eu estou com fome.

— Você pode recusar... mas eu preciso de alguém para cuidar de Kate. — Ela o encarou.

Buy quase riu.

— Quer que eu cuide da sua filha?

— Só teria de pegá-la depois da escola ou das atividades extras, dar comida...

— Não há mais ninguém a quem você possa pedir? Família? O pai dela?

— Olha, eu estou pedindo a você, certo?

— Certo. — Ele hesitou. — Você não me conhece muito bem.

— Claro que conheço.

— Bem, então, certo. Me sinto honrado.

— Obrigada. Muito obrigada. — Buy podia ver o alívio no rosto dela. — Pensei que talvez você pudesse ficar aqui, para Kate não ter de ir para um ambiente novo. Tudo bem?

— Claro.

Kate reapareceu na porta. Jennifer disse:

— Querida, Buy vai cuidar de você enquanto eu estiver fora.

Kate o encarou.

— Certo? Ele está preparando um belo jantar para você.

Ela esperou.

— Não estou com fome.

— Você não precisa comer *agora*. Ainda não está pronto. Pode comer mais tarde.

Kate ficou quieta.

— Desculpe — disse Jennifer. Em seguida apertou a testa. — Kate, sinto muito... Tenho de fazer as malas.

Ela saiu. Buy e Kate se entreolharam.

— Bem — disse Buy. — Parece que você e eu vamos nos divertir.

Kate olhou para o fogão.

— O que está fazendo?

— Um cozido de forno. Gosta?

— O que é?

— Não sabe o que é um cozido de forno?

Kate balançou a cabeça.

— O que você costuma comer?

— Principalmente macarrão.

— Bem, então vai conhecer um verdadeiro acepipe.

— Você fala engraçado.

— É porque nasci na França. Posso ensinar algumas palavras na minha língua, se quiser. Você pode impressionar seus amigos com o domínio do *français*.

— O quê?

— *Français*. É francês em francês.

— Como é Kate em francês?

— Kate.

— Ah.

— A maioria das outras palavras é diferente — garantiu ele. — Você vai se sentir muito sofisticada.

— Certo. — Ela sorriu um pouquinho. — Acho que agora estou com fome.

Kate arrumou a mesa e durante o jantar os dois conversaram sobre queijos franceses. Kate não queria acreditar que a França tinha quinhentos tipos diferentes e pediu que Buy dissesse os nomes. Ele lutou para passar do décimo e mesmo assim ela o acusou de ter inventado o Roquefort.

— É de verdade — disse Jennifer, entrando na cozinha. — Eu mesma já vi. — Kate não falou nada. Jennifer olhou para Buy, e ele notou de novo como ela estava exausta. — Muito obrigada por isso. Vou ligar assim que puder.

— Claro.

Ela se agachou perto de Kate. Kate olhou para o prato.

— Sabe que eu não quero fazer isso. Certo? Assim que voltar, você e eu vamos ao abrigo de cães. No minuto em que eu voltar.

— Sim, mamãe.

— Eu amo você. Amo você muito.

Buy falou:

— Precisa de ajuda com a bagagem?

Ela ergueu os olhos.

— Obrigada, não. Meu ombro está bem melhor. — Jennifer beijou Kate, depois deu um beijo no rosto dele. — Desculpe, eu realmente tenho de ir correndo.

— Faça uma boa viagem.

— Obrigada. — Ela arrastou a mala até a porta da frente.

Buy ficou brincando com o garfo. Kate olhou para o prato vazio. Quando Jennifer o havia convidado, não era assim que Buy tinha imaginado a noite.

— Certo! — disse ele. — Vamos ver o que há no freezer para a sobremesa?

Kate fungou. Buy notou que ela estava chorando, ou que ia chorar. Sentiu pânico.

— Ei... — Ele se levantou e foi até a menina, sem jeito. O que sabia sobre crianças? Nada. — Ela vai voltar antes que você perceba. Aposto.

Os lábios de Kate estavam tremendo; seus olhos se enchendo de lágrimas. Buy não sabia o que fazer. Então ela estendeu a mão para ele, e ele a abraçou. Os braços minúsculos pareciam estranhos em seu pescoço. Estranhos e bons. Ele acariciou seu cabelo.

— Você é uma menina corajosa. — Buy abraçou-a durante longo tempo, até que ela parou de tremer. — Sobremesa agora? — disse ele, e sentiu que ela confirmava com a cabeça.

49 A Gap

Todo mundo estava muito alterado quando Hack chegou ao estacionamento.

— Viu a notícia? — perguntou Leisl. Leisl tinha cabelos verdes e muita maquiagem; sua principal irritação era com comida geneticamente modificada, mas ela estava basicamente disposta a pegar no pé de qualquer um que ganhasse muito dinheiro.

— Que notícia?

— *Mataram* alguém. Uma empresa foi e atirou em pessoas de outra empresa. É como o crime organizado. É que nem a *máfia*.

— Ah, nossa! Não, eu não sabia. — Ele imaginou se a Nike estava envolvida.

— Por isso esta noite é tão importante — disse Thomas. Thomas era o mais novo, não passava de um garoto. Ele odiava desigualdades, como o modo como os ricos conseguem assentos de primeira classe nos aviões. — Certo, Hack?

— Certo. Oi, Claire.

— Oi. — Ela sorriu. Seu hálito virava névoa no ar noturno. — Ainda quer continuar com isso?

— Diabos, sim — disse Hack. — Traga. — Ele imaginou se deveria fazer um pequeno discurso,

— É! — exclamou Thomas. Thomas estava bastante empolgado. Hack achou que todos estavam.

— Bom, estamos todos prontos — disse Leisl. — Eu prendi as cordas. Quando você estiver pronto.

— Certo. — Ele não estava totalmente confiante em relação a Leisl, por isso verificou as cordas. Eram seis andares até o chão. Hack não queria descobrir na metade que Leisl tinha usado corda de sisal ou algo assim. — Então, vamos.

Na lateral do estacionamento havia um cartaz enorme, onde uma modelo anunciava calças *stretch* da Gap. O modelo tinha quatro andares de altura, mas seus braços pareciam gravetos. Ele e Claire iam descer e pintar com spray um balão de pensamento onde estava escrito ME ALIMENTEM.

Prenderam-se nos arneses e pararam juntos na borda. As bochechas de Claire estavam vermelhas; Hack não sabia se da empolgação ou do frio. Ela segurou sua mão.

— Não posso acreditar que estamos fazendo isso.

— Lançar bombas — disse Hack e saiu fora da borda. A rua, dezoito metros abaixo, balançava diante dele. Sua cabeça girou. Seu corpo gritou para que ele ficasse na vertical. *O que você está fazendo? Hack, não se fazem coisas assim!* Mas Hack estava fazendo. Começou a pegar o jeito e se afastou da lateral, depois balançou de volta. Era meio divertido. Logo estava descendo de rapel em grandes saltos pelo cartaz. Parou quando chegou ao pescoço da modelo e olhou para cima. Claire ainda estava descendo devagar. — Você está bem?

— Estou!

Ele soprou nas mãos para mantê-las quentes. Hack tinha uma boa visão da área de compras da Punt Road. O tráfego parecia um rio de metal. Imaginou o que os motoristas pensavam dele e de Claire.

Claire desceu lentamente.

— O que você é? Algum tipo de dublê? Pulando feito um idiota.

Ele riu.

— É divertido.

Ela sorriu, examinando-o.

— Sabe, eu tenho orgulho de você.

— O quê?

— Pensei que você ia ficar se lamentando, sentindo-se mal com relação a Violet... estou impressionada. Você está se saindo muito bem.

— Violet e eu nunca fomos um casal fantástico. — Mas Claire estava certa, óbvio. O velho Hack ficaria inconsolável por ter sido abandonado; amargo por ter sido deixado para trás enquanto Violet desfrutava o novo sucesso fora do país. Mas este não era o velho Hack. Este era o Hack Novo e Melhorado.

— Bom pra você. — Claire tirou a tampa de uma lata de tinta spray e começou a fazer o balão de pensamento. Estava se concentrando muito, com a língua se projetando no canto da boca. Hack sorriu. Abriu a boca e o que saiu foi:

— Eu amei você primeiro, você sabe.

Claire olhou-o, espantada.

— O quê?

— Hmm...

— O quê? — Ela baixou a lata de tinta. — Diga.

— Me apaixonei por você — confessou Hack — antes de Violet.

— Verdade?

— É.

— Mas eu estava a fim de você! Ficava esperando que você me convidasse para sair. Mas você nunca convidou.

— Eu não sabia que você era... — Ele ficou sem jeito. — Eu não sabia que você gostava de mim.

— Como podia não saber? Eu deixei tão óbvio! Você conheceu meus *pais*.

— É... — Foi quando ele conheceu Violet, lembrou Hack: o jantar com a família de Claire. — Acho que eu simplesmente não podia crer.

Claire sorriu e se virou de novo para pintar.

— O que é tão difícil de crer?

— Bem, você sabe... você é tão... tão...

Ela o encarou.

— Tão o quê?

— Curiosa.

Claire riu, e o som ricocheteou no estacionamento. Hack se sentiu feliz.

— Você é um idiota.

— *Era* um idiota.

— E o que isso significa?

— Que eu gostaria de ter convidado você para sair. — Ele deu um empurrão de brincadeira no braço de Claire, mas é claro que ela estava pendurada numa corda, e ofegou surpresa e se agarrou a ele. Hack perdeu o apoio e balançou contra a parede. Acertou-a de mau jeito e seu fôlego escapou, ofegante. Então Claire bateu nas suas costas e os dois estavam pendurados de encontro ao concreto gelado. Ele girou e segurou Claire. — Ah, merda, merda, você está bem?

— Está tentando nos matar? — perguntou Claire, mas tinha começado a rir.

— Não, juro. — Os lábios dela estavam a centímetros dos dele, e isso era perto demais, verdade. Não havia nada que ele pudesse fazer a respeito. Beijou-a e ela devolveu o beijo. Era como alguma coisa se libertando. Hack ouviu alguém gemer e não sabia se era ele ou ela.

— Ei! — gritou Leisl. — Vocês estão bem aí embaixo?

Ele interrompeu o beijo. Os dois estavam respirando rápido, nublando o ar entre eles.

— Sim! — gritou Hack. — Está tudo bem!

50 Team Advantage

Violet queria muito duas coisas: ir para casa e três milhões de dólares. Não tinha certeza de qual dessas coisas queria mais, mas de qualquer modo isso era um ponto discutível, porque havia um monte de gente da ExxonMobil decidida a impedir as duas. Foram muito insistentes: num determinado momento usaram agulhas para aquietá-la. Agora ela estava trancada numa enfermaria da sede, sem janelas, e estava tendo dificuldade para lembrar o próprio nome.

Olhou para um par de sapatos marrons durante um tempo antes de perceber que eles implicavam uma presença. Levou um susto. Seus braços balançaram.

— Shhh. Calma.

— Quem...

— Não comece a gritar de novo. Não me faça chamar o médico.

— Eu não estava gritando — disse Violet, mas talvez tivesse gritado.

— Quer sair daqui?

— Quero. Para casa. Por favor.

— Acha que pode responder a algumas perguntas?

Ela mordeu o lábio com força, para ajudar a se concentrar. Confirmou com a cabeça.

— Certo. Não faça nada estúpido. — Então mais algumas pessoas entraram no cômodo. Uma era uma mulher de olhos verdes e uma mecha de cabelos castanhos. Um homem puxou uma cadeira para ela se sentar.

— Olá, Violet. Sabe quem eu sou?

Violet balançou a cabeça.

— Sou Holly T.A. A presidenta da Team Advantage.

As palavras não significaram nada. Violet olhou para os olhos de Holly. Eram muito verdes.

— Você passou por uma tremenda experiência. Como está se sentindo?

— Alguém enfiou uma agulha em mim.

— Foi para ajudá-la a relaxar. Estamos todos do mesmo lado. Só queremos ajudar.

Violet ficou quieta.

— Quero perguntar a você sobre a quinta-feira passada. Na sala da diretoria da ExxonMobil. Sabe do que estou falando?

— Sei.

— Havia um homem. Isso é muito importante. O homem pareceu reconhecer você. Sabe quem ele é?

— Que homem?

— O... — Holly parou. — Querida, há dois dias você estava na sala da diretoria da ExxonMobil e um homem armado entrou. Lembra-se disso?

— Armado?

— Ele atirou em Nathaniel ExxonMobil. Sabe quem é esse homem?

— Ele entrou... — disse Violet, e então havia homens segurando-a na cama. Holly estava de pé, com os olhos arregalados.

— Violet! — gritou um dos homens junto de seu rosto. — Violet!

Ela fechou a boca rapidamente. Formas nadaram na frente de seus olhos, por isso fechou-os também.

— Talvez este não seja um bom momento — disse alguém. — O que deram a ela?

— Ativan. Eu não sabia que alguém queria entrevistá-la. Vocês disseram que queriam que ela ficasse quieta.

— Chega — disse Holly. Violet sentiu uma mão em sua testa. Abriu os olhos. Holly estava sentada ao seu lado, com os olhos verdes cheios de preocupação. Violet sentiu um jorro de afeto por Holly. — Faça o máximo possível, querida. Só faça o máximo.

— Me ajude.

— Vou ajudar. Só diga quem é o homem.

A névoa clareou um pouco. Violet se lembrou dele parado em sua sala de estar, com o rosto escuro. *Violet, este é o seu nome? Se você fizer isso, vai se arrepender. Eu garanto.*

— O nome dele é John Nike — disse ela.

— Ah. — Holly assentiu, satisfeita. — Boa garota.

Pararam de lhe dar as drogas, e então ela ficou melhor. Na manhã seguinte a mente de Violet estava quase clara, e quando trouxeram sua bagagem do hotel ela pôde tomar um banho e trocar de roupa. O lado ruim foi que suas lembranças ficavam maiores e mais claras; algumas vezes não conseguia parar de pensar em John Nike. Queria ir embora de Londres.

Estava enfiando as roupas na mala quando Holly apareceu.

— Bom, você está parecendo cem por cento melhor.

— Isso é porque ninguém está me dando mais *injeções*.

Holly sorriu.

— Sinto muito. Disseram que você estava incontrolável. — Ela se sentou na cama. — Violet, preciso que você faça uma coisa para mim.

— Bem, preciso que você me dê três milhões de dólares. E uma carona para o aeroporto também seria legal.

Holly piscou.

— Perdão?

— Nathaniel ExxonMobil comprou meu programa por dois vírgula oito milhões de dólares. Fiz tudo que ele queria. Agora quero ser paga.

— Hmm. Isso é uma coisa que você tem de conversar com a ExMo. Não é um assunto da T.A.

— Não me importa de quem é o assunto. Tenho um contrato.

— Bom, verei o que posso fazer. E em troca você pode fazer um servicinho para mim.

— Não. Não faço nenhum servicinho, especialmente para gente que acha divertido me espetar com agulhas. Vou pegar meu dinheiro e ir para casa.

— Nem quer ouvir?

Violet fechou o zíper da bolsa.

— Não.

— Há uma importante reunião hoje entre a T.A., a US Alliance e o Governo. Quero que você venha e diga se vê o tal de John Nike lá.

Ela sentiu o ar sumindo do corpo.

— De jeito nenhum vou fazer isso. De jeito *nenhum*.

— Você tem um monte de dinheiro em risco.

— Você... vocês me devem aquele dinheiro, quer eu ajude ou não.

— Seja realista.

— Não! — Violet ouviu a própria voz tremer. — Eu não vou chegar perto de John Nike! Entendeu? — Ela pendurou a bolsa no ombro. Um homem parou na porta, bloqueando-a. Estava usando uniforme de soldado da Polícia. Seu crachá dizia: UM.

— Talvez eu tenha feito com que isso parecesse um pedido — disse Holly, e Violet começou a chorar.

51 US Alliance

John tinha vinte minutos para revisar um punhado de campanhas de publicidade e arrastar o rabo até o prédio do Parlamento. A agência havia arrumado uma sala cheia de projetos para ele avaliar: havia cartazes nas paredes, TVs ligadas, rádios falando. Eles tinham se esforçado bastante porque John estava ali para decidir se iriam pegar uma parte do orçamento global de publicidade da US Alliance. Na semana anterior a carreira de John tinha disparado como um foguete. Tinha decolado no momento em que jogou um carro pela fachada de vidro da ExxonMobil.

— Que diabo significa isso? — perguntou ele, apontando para uma TV. Ao celular, disse: — Não, você não, Georgia.

— Estamos muito satisfeitos com este — disse o homem da agência. — Veja bem, há elementos do *1984*, de George Orwell, que, claro, já estabeleceu uma mentalidade publicitária graças à Apple...

— Você deve estar brincando comigo — disse John. — O Governo como todo-poderoso?

— Ah, bem...

— Continue — disse ele a Georgia. — Você estava explicando como Gregory Nike descobriu que eu tinha um problema com o Governo.

— O Governo está fazendo perguntas a todo mundo. — Georgia parecia cansada: devia ser tarde em Melbourne. — Desde o... incidente com a ExxonMobil. Eles querem saber onde estão nossos principais executivos.

— Jennifer entrou em contato com você? — O homem da agência parou diante de um pôster que dizia: QUEM FALA DEMAIS PERDE O CARTAZ — OBEDEÇA AO SEU GERENTE. John olhou para o sujeito, enojado.

— Não, John.

Ele suspirou. Realmente precisava de que John acordasse daquela porcaria de coma; John poderia cuidar de problemas como Jennifer Governo. Olhou o relógio.

— Quando eu falar de novo com você, vai me dizer exatamente onde ela está. Certo? Eu cuido do resto. — Já ia cortar a ligação, então lhe veio um pensamento. — Georgia, Hack ainda trabalha para a Nike?

— Hack?

— O funcionário do Merchandising que eu usei para o... incidente dos Mercury.

— Hmm, deixe-me verificar... sim, trabalha, John.

— Certo. — Os detalhes costumavam desaparecer quando você estava lidando com o quadro geral, percebeu John. — Demita-o, certo? — Ele enfiou o telefone no bolso. O homem da agência levantou as sobrancelhas. — Vamos fazer a série *Tio Sam quer sua propriedade*, a série *Liberdade*, do Nelson Mandela. Quero segurar tudo que seja anti-T.A. para usar mais tarde, e... qual foi o outro do qual eu gostei?

— *Onde você estaria sem as corporações?*

— É. Eu gostei do pessoal nas cavernas.

— Escolhas excelentes! — disse o homem da agência. — Estou realmente ansioso para trabalhar com você nisto, John.

— Tenho certeza que sim.

A limusine o esperava na frente.

O trânsito estava engarrafado por oitocentos metros em volta do Parlamento. Um carro em cada dois era uma limusine; elas ladeavam ruas inteiras. John tamborilava no banco.

— Percebe que eu tenho de estar lá em três minutos?

— Não com esse tráfego, meu chapa — disse o motorista.

— Ótimo. — Ele abriu a porta. Algumas pessoas são capazes de violar as regras para fazer as coisas, outras, não; era simples assim. John não tinha muita utilidade para estas últimas.

Caminhou num passo rápido em direção ao Parlamento. O prédio espiava para ele por entre edifícios comerciais, parecendo vagamente familiar. Talvez ele o tivesse visto num filme. Era uma coisa ampla, enfeitada, mas John apostava que era frio pra caralho lá dentro. Os Governos sempre construíram pensando na forma, não na função.

— Ei! — gritou alguém. O garoto da Pepsi estava esticado para fora de uma limusine. — John! Espere!

Ele bateu no relógio e continuou andando. O garoto da Pepsi sabia quando estava perto de um vencedor: desde a bolsa de valores, grudara em John como um carrapicho. John estava ficando irritado. O garoto sangrava sua credibilidade.

Subiu correndo a escada do Parlamento. O saguão estava apinhado de executivos e uma onda de calor corporal o acertou. Ele franziu o nariz.

— Cara, você poderia ter esperado — disse o garoto da Pepsi, ofegando. — Você arrebentou minha Ferrari, o mínimo que poderia fazer era esperar.

Havia duas portas principais saindo do saguão: numa estava escrito GOVERNO, e na outra EMPRESAS US ALLIANCE/TEAM ADVANTAGE. John soprou entre os dentes. Nunca deveriam ter deixado o Governo determinar o local de encontro.

— A locadora pirou de vez, cara. Tentei dizer que foi boa publicidade, porque dava para ver o adesivo de pára-choque deles no noticiário, mas tem gente que não pensa a longo prazo. Nem quiseram me dar um substituto.

— O que você quer que eu faça? Ligar pra eles, dizer que foi um negócio oficial da US Alliance? — Ele abriu caminho na direção da porta das corporações.

— Faria isso? Cara, seria ótimo.

— Não vou ligar pra nenhuma porra de locadora de automóveis.

— Ah.

A porta dava para um corredor comprido. Aqui estava menos apinhado, e ele viu Gregory Nike. Suspirou. Não tinha muita utilidade para Gregory ultimamente. Mas Gregory já estava sinalizando para ele. John sorriu e foi até lá.

— John. Estávamos para entrar. Conhece todo mundo aqui?

Gregory estava falando com uns figurões da US Alliance, inclusive Alfonse, o presidente.

— Claro, é um prazer vê-lo de novo, Alfonse.

Alfonse assentiu. Alfonse e John tinham tido várias conversas interessantes nos últimos dois dias. Alfonse havia assumido um interesse pessoal nele.

— John vem conosco — disse Alfonse.

— É, vou me sentar com Alfonse — disse John. E olhou para a mão de Gregory.

Gregory soltou-a.

— Sei.

— É realmente uma honra. Para a Nike, quero dizer.

Gregory ficou em silêncio. Depois se inclinou para perto.

— Você tem um mau hábito, John, de esquecer onde estão suas lealdades.

— Mmm. Isso é uma coisa em que pensar. Com licença.

O garoto da Pepsi se grudou no cotovelo de John.

— Vamos nos sentar com os grandões?

— Vou me sentar com os grandões.

— E eu?

— Você não tem amigos da Pepsi com quem brincar?

— Pensei que a gente formava um time, cara — disse ele, magoado.

— Então agora sabe que não.

Entraram no salão principal, que tinha o nome antiquado de Casa dos Comuns, e foi como penetrar numa tempestade. Havia quinhentas pessoas sentadas, talvez mais, além de equipes de cinegrafistas e amontoados de computadores. A sala era um U gigantesco, com candelabros, balcões e uma mesa grossa no meio. Ninguém ainda estava sentado lá: ela parecia nua como um palco vazio.

A maior parte do contingente da US Alliance ocupou os assentos mais distantes, deixando apenas Alfonse, uma mulher e John para se aproximarem da mesa central. Enquanto a massa os reconhecia, o nível de ruído cresceu ainda mais. John sentou-se e se serviu de um copo d'água. Sua mão tremia.

— Alfonse — disse alguém. John levantou os olhos. Outro contingente havia chegado: uma mulher e dois puxa-sacos. — Eu sou Holly T.A.

A mesa era larga demais para se apertarem as mãos por cima. Alfonse se levantou um pouquinho de sua cadeira, assentiu e sentou-se de novo.

— Bom dia, Holly.

Ela sorriu. Holly T.A. tinha olhos verdes aguçados, notou John. Ela disse:

— Obrigada, Alfonse.

Holly sentou-se, mas um dos puxa-sacos, uma garota, ficou enraizada no chão. Ela estava encarando John. E fez um som estranho na garganta, como um gemido.

— Violet, sente-se — disse Holly. A garota se sentou. Ela virou a cabeça para o outro lado, evitando-o.

Era a garota da ExxonMobil, percebeu John, que o tinha visto matar Nathaniel. Mas mesmo então ela havia parecido familiar...

— Ah. — Ele se sentiu um idiota. Estivera escuro, claro, e era do outro lado do mundo, mas mesmo assim. Nunca deveria ter esquecido aquele rosto.

— Agora me lembro. Olá de novo, Violet. — Ele mirou com o indicador e o polegar, imitando um revólver.

Ela pulou na cadeira, o que foi divertido, e o outro puxa-saco teve de contê-la. Holly sussurrou para os dois.

John relaxou. Agora não se sentia nervoso. Estava pronto para fazer seu serviço.

A princípio pensou que a quantidade de pessoas que entravam na Casa eram espectadores comuns ou talvez jornalistas. Deveria ter percebido: ternos baratos e gravatas fora de moda eram praticamente assinaturas do Governo. Havia umas quinze pessoas marchando para a mesa, e John balançou a cabeça. Típico do Governo, usando tantas pessoas para fazer um serviço que o setor privado poderia realizar com três.

Não sabia quem era o presidente, mas um homem se destacou do grupo e se adiantou para apertar a mão de Holly. Era descorado e com a aparência meio de durão, como um velho policial. Holly se levantou e apertou com força as mãos dele.

Houve aplauso das galerias e uma quantidade de flashes. John quase fungou. Se eles queriam uma imagem para capturar o espírito da reunião, não era um aperto de mãos.

O presidente falou algumas palavras com Holly, depois rodeou a mesa e apertou a mão de Alfonse. Mais aplausos e flashes.

— Obrigado por ter vindo, Alfonse — disse o presidente. — Estou ansioso por resolver esta situação incômoda.

— Tanto quanto eu — disse Alfonse. — Tanto quanto eu.

John pensou: *Que monte de merda.*

O presidente ocupou seu lugar na cabeceira da mesa. A US Alliance e a T.A. estavam se encarando de cada lado, coisa que não deixava John feliz. Mas tudo bem. Estava esperando que a balança se desequilibrasse logo.

Houve alguns minutos com técnicos correndo para colocar microfones em todo mundo, e então o presidente se levantou. A multidão ficou quieta, e John supôs que toda aquela confusão lamentável tinha começado.

52 General Motors

Jennifer estivera esperando algum tempo livre depois de pousar em Londres, tempo suficiente para, digamos, encontrar John Nike e arrebentar com as fuças dele. Mas o vôo da Austrália era tão longo que ela e Calvin estavam entre os últimos agentes a chegar, e foram mandados diretamente para um armazém que o Governo vinha usando como área de alojamento. Ela ficou numa fila comprida para o banheiro comunitário, tomou banho e se encontrou com Calvin para se apresentarem.

— Ah, Jennifer — disse o administrador. — Você é líder de esquadrão, certo?

— Verdade? — perguntou ela.

— Parece que houve algum equívoco — disse Calvin. — Líder de esquadrão? Com as habilidades do pessoal de vocês?

— Jennifer, pegue seu kit antimotim no almoxarifado e se encontre com sua equipe na área D-21.

Ela achou o almoxarifado, que tinha uma fila mais comprida do que o banheiro, e recebeu mais equipamento do que tinha visto em cinco anos. Havia um colete à prova de balas, um capacete, um cassetete e até um escudo.

— Precisa de ajuda para vestir isso tudo, belezura? — disse o homem atrás do balcão.

— Vá tomar no rabo — disse ela, que era sua resposta experimentada e testada para figuras do Governo excessivamente entusiasmadas. Depois notou a TV atrás dele. Estava transmitindo ao vivo a reunião entre Governo e Corporações: a imagem mostrava os três membros da US Alliance. — Merda! É o John!

— O quê? — perguntou Calvin.

Ela apontou.

— John Nike! — Em seguida se virou para o sujeito do almoxarifado. — Onde isso aí está acontecendo?

— A reunião? No Parlamento.

— Calvin — disse Jennifer. — Sinto uma ânsia súbita de modificar meus parâmetros de missão.

— Jen, temos um serviço a fazer.

— Mas ele está *lá*.

— Se John faz parte da delegação da US Alliance, ele vai estar lá o dia inteiro. Vamos pegá-lo quando terminarmos as batidas. Todo mundo vai para casa feliz.

Ela se virou para a TV.

— Olhe só para ele. Ele é tão *presunçoso*.

— Vamos resolver isso. Depois das batidas.

Ela encontrou sua equipe: eram cinco, e o mais velho parecia ter uns vinte e três anos. Enquanto o furgão sacolejava por uma rua de Londres, eles ficaram sentados em silêncio lançando olhares para sua tatuagem. Jennifer desejou ter algo inspirador para dizer. Não tinha. Desejou que Calvin estivesse em sua equipe.

O furgão parou, e o motorista bateu na divisória. Jennifer abriu a boca e o que saiu foi:

— Vamos lá!

Desceram num estacionamento diante de um brilhante prédio de quinze andares. Um cartaz indicava que era a GENERAL MOTORS. Havia até mesmo uma bandeira e um amplo gramado verde. O céu lançava uma garoa fina. Eles correram para o saguão.

De certa forma Jennifer se sentia mal, entrando num lugar tão bonito toda paramentada com equipamento antimotim e fazendo todo mundo se cagar de medo. Mas de um outro modo mais preciso, gostou um bocado. Em seguida acuou uma recepcionista apavorada e leu a lista de executivos-alvo.

— Onde eles estão?

— Estão... em diferentes andares. Quatro, oito e nove.

— Três equipes! — disse Jennifer. — Eu pego o nono andar. A gente se encontra de volta aqui.

— Vocês não podem subir lá! — disse a recepcionista, horrorizada. — Isto aqui é propriedade privada! Vocês não podem!

— Mesmo assim — disse Jennifer. Em seguida correu para a escada. Achou seu alvo seguindo pelo corredor e latindo o nome dele: quando um homem pôs a cabeça fora de uma sala, ela o algemou. Foi muito mais fácil do que esperava.

— Isso é ridículo! Eu sou controlador financeiro! Nem lido com a US Alliance! Você não pode me *prender*!

Ela marchou com ele escada abaixo. O resto do time já estava reunido no saguão, segurando executivos. Então Jennifer viu que uma dúzia de soldados da NRA estavam apontando fuzis semi-automáticos para eles, e tudo parou de ser tão divertido.

— Vocês! Larguem as armas!

— Somos do Governo — disse ela, só para o caso de ter havido algum mal-entendido. — Estamos prendendo três pessoas por suspeita de assassinato.

— Não, senhora. A senhora está dentro de uma propriedade da General Motors e vai obedecer às ordens da GM.

— Pessoal — disse ela em voz baixa. — Fechem os capacetes e saquem as armas.

— Não saquem as armas! — latiu o homem da NRA. Eles ficaram tensos. Agora havia um monte de armas olhando para ela.

— Façam isso — disse Jennifer, e os ouviu obedecendo: capacetes se fechando, coldres sendo abertos.

— Larguem as armas ou vamos atirar!

— Vocês não querem atirar em seis agentes do Governo, otário — disse ela. — Não querem mesmo.

— Eu não vou pedir de novo!

— Pessoal, me siga até a porta. Só atirem para revidar. Não soltem os suspeitos.

— Acha que eu estou brincando, dona? Minhas ordens são claras pra caralho! Se vocês saírem com nosso pessoal, vamos atirar! — Ele encostou o cano do fuzil na testa dela. Era duro e muito frio. — Isto não é um exercício.

Alguém gemeu. Jennifer quis acreditar que era um dos caras da NRA, mas não achava que fosse. Os olhos do soldado estavam grudados nos dela. Falou em voz baixa:

— É melhor você ter muita certeza de que seu patrão pode protegê-lo do Governo.

— Eu tenho.

Ela sentiu o coração apertar. Para seu pessoal, disse:

— Soltem-nos.

A NRA viu todos indo até o furgão.

— O que está acontecendo? — gritou ela.

— É o mesmo em toda parte — disse Calvin pelo rádio. — Esquadrões da NRA aparecem seis minutos depois do pedido de ajuda, mais rápido ainda no centro de Londres. A T.A. está menos defendida; estamos nos saindo melhor. Jen, não faça nada estúpido. Já temos dois agentes no hospital.

— Isso deveria ser uma demonstração de força!

— O que eu posso dizer? Tente trabalhar seu próximo prédio em menos de seis minutos.

Mas seu próximo prédio era a NRA: só uma sede administrativa, mas mesmo assim ela não gostou das chances. Mandou o furgão estacionar a dois quarteirões de distância e eles se agacharam de encontro à cerca viva, verificando o equipamento enquanto a chuva encharcava suas roupas.

— Capacetes fechados o tempo todo. Não parem para nada. Se encontrarmos seguranças armados, abortar imediatamente. Vocês não têm autorização para disparar a não ser em legítima defesa. Está claro?

— Sim, senhora!

— Vamos! — disse ela, e eles correram agachados até o prédio da NRA. O saguão estava cheio mas sem soldados; quando invadiram, as pessoas se espalharam. Ela estava procurando em primeiro lugar os seguranças, e em segundo qualquer um que parecesse ser capaz de localizar seus executivos-alvo, mas outra pessoa atraiu seu olhar: um rapaz com uma bolsa esportiva no ombro. Ele estava passando pela porta giratória.

— Senhora! Estou com a recepcionista!

— Um segundo — disse Jennifer. O homem com a bolsa escapou pela porta e correu sobre a grama. Ela esperava que ele olhasse para trás ao chegar à rua, e ele olhou. Era Billy NRA. — Merda!

— Senhora? — disse um agente. — Nosso tempo limite?

— Você está no comando. Pego vocês depois.

— O quê? — perguntou ele, mas Jennifer já estava saindo.

53 NRA/em terra

Billy corria, sugando o ar frio de Londres nos pulmões. Jennifer gritou:

— Billy! Pára, seu escrotinho! — E isso o encorajou a correr ainda mais rápido. Atravessou a rua sem olhar para os lados. A buzina de um caminhão berrou e ele sentiu um jorro de ar. Havia um shopping center logo adiante no quarteirão, e ele partiu pela calçada. Na porta chocou-se com um grupo de consumidores, esparramando as bolsas e caindo de joelhos. Em seguida se levantou e entrou.

Procurou uma saída do outro lado do shopping e foi atravessando a multidão. O lugar estava apinhado, mas ele fazia um tumulto tão grande que Jennifer iria vê-lo assim que entrasse. Precisava chegar à saída. Empurrou uma mulher para fora do caminho e pulou por cima de uma criança.

— Ei! Cuidado!

— Saiam da frente! — gritou ele. — Estou passando!

— Parado! Agente do Governo, não se mexa!

Billy parou. A porta estava logo à sua frente. Virou-se. Jennifer estava na entrada, a trinta metros, apontando uma arma. Não dava para acreditar. Aquela mulher não estivera brincando quando disse que ele não escaparia dela.

— De joelhos!

Ele quase obedeceu. Depois ocorreu-lhe que havia um monte de gente entre ele e Jennifer, e um disparo de pistola a trinta metros era um grande feito até mesmo para um experimentado atirador de elite. Billy respirou fundo e partiu para a porta.

Tinha certeza que ela iria atirar. Bateu na porta e rolou, gritando em antecipação. Não houve tiro! Ficou de pé. Havia becos se retorcendo em quatro direções, cheios de caixotes e lixo. Correu para um, escolhendo ao acaso.

Quinze minutos depois, quando teve certeza de que estava seguro, deixou-se cair de joelhos e tentou respirar. Verificou a bolsa. Tudo ainda estava ali. Graças a Deus.

Quando se sentiu pronto, saiu na rua e chamou um táxi.

— Parlamento — falou. — Por favor, depressa.

Billy quase morreu: ninguém tinha lhe dito que o Parlamento estaria apinhado de gente do Governo. Pior, metade dos agentes circulava com o equipamento blindado azul que ele tinha visto com Jennifer, por isso ficava pensando que a estava vendo com o canto dos olhos. Sentiu que começava a suar. Billy não estava mais cheirando tão bem.

O general Li esperava no topo da escada.

— Boa hora, soldado. Chegou cinco minutos antes.

Provavelmente era melhor não mencionar o incidente com Jennifer Governo ao general Li, decidiu Billy.

— Sim, senhor.

Li começou a andar, e Billy seguiu seu passo. Enxugou a testa. O general iria protegê-lo, pensou. Ninguém estava pegando no pé do general. Entraram no grande saguão, que estava apinhado, depois num corredor, depois numa sala. Havia meia dúzia de executivos por ali, fumando e almoçando a comida de um bufê.

O general parou ao lado de três homens e esperou. Ninguém o cumprimentou, o que Billy achou meio grosseiro.

— Eu *falei* que eles iriam tentar isso — disse um dos homens. — Se eu não tivesse tomado atitudes, metade do nosso pessoal estaria nas cadeias do Governo agora mesmo.

— John está certo — disse um homem mais velho e mais baixo.

— Vocês estão reagindo com exagero — disse o terceiro homem. — Então eles estão tentando nos arrochar. Isso não significa que seja hora de... de fazer o que você está sugerindo. Não podemos tomar essa atitude. É ilegal e, mais importante, é um mau negócio.

— Seu idiota — disse John. — Quer esperar até que eles venham pegá-lo? Quando atacarem sua casa às quatro da manhã? As coisas já foram longe demais.

O velho assentiu.

— Agora John Nike é o encarregado da nossa operação.

— Alfonse! — disse o terceiro homem, chocado, mas eles já estavam dando as costas para ele.

John pareceu notar o general pela primeira vez.

— Quem é você?

— General Li NRA, senhor. Nós nos falamos ao telefone.

— Certo, certo — disse John. — Com licença, Alfonse. Tenho algumas questões de faxina para resolver.

Alfonse assentiu e se afastou. John passou um braço pelos ombros de Li e outro pelos de Billy. Seu rosto estava a centímetros do de Billy, o que o assustou um pouco. De repente Billy percebeu: talvez esse fosse o John Nike sobre quem Jennifer queria que ele conseguisse informações.

— Então, Li, este é...

— O homem que o senhor requisitou.

Esta era uma daquelas situações que requeriam um monte de "senhor", percebeu Billy.

— Soldado Billy NRA, Operações Especiais, apresentando-se, senhor!

John pareceu achar divertido.

— Billy, talvez você ganhe o que merece hoje.

— Sim, senhor!

— Se as coisas não acontecerem como queremos aqui, durante meu discurso vou apontar para alguém. Presumo que você saiba o que fazer então.

— Sim, senhor!

— Mas não dentro do Parlamento. Você identifica a pessoa, espera até que ela saia e acaba com ela na escada. Se tentar alguma coisa dentro deste prédio, haverá gente do Governo em cima de você antes que possa se coçar. E se o Governo pegá-lo, vou fazer o diabo para que você nunca tenha condições de falar com eles. Entendeu?

— Sim, senhor!

— Gosto desse garoto, Li — disse John. — Ele aprende rápido. Certo, Billy, dê o fora. Eu e o general precisamos conversar.

— Sim, senhor! — disse Billy. E foi esperar no corredor.

Depois de um tempo as luzes diminuíram, em seguida aumentaram. Billy achou que deveria ser algum tipo de problema elétrico, mas as pessoas começaram a entrar no salão principal, por isso ele ficou atento. John e o general foram juntos, com Alfonse e um punhado de outros executivos. Billy esperou alguns minutos, depois foi para o salão principal. Abriu caminho até um lugar nas últimas filas. No caminho acertou alguém com sua bolsa.

— Ei, cuidado. O que tem aí, barras de aço?

— Desculpe. — Ele achou um lugar e pôs a bolsa entre os pés. Havia um bocado de movimento ao redor da mesa, depois as pessoas pareceram se organizar e um homem se levantou e começou a falar. Billy demorou um tempo, mas percebeu que aquele era o presidente do Governo. Não reconheceu o terceiro grupo, o que tinha duas mulheres, mas se o Governo e a US Alliance estavam ali, supôs que fossem da Team Advantage. Billy não sabia que tantos figurões estariam se reunindo num só lugar.

O presidente começou dizendo alguma coisa sobre liberdade e justiça, e Billy se desligou. Depois houve alguma discussão, um executivo discutindo depois do outro, e Billy começou a pensar em montanhas. Londres não ficava tão longe de alguns países realmente bons para esquiar. Talvez ele pudesse ir até lá quando tudo isso estivesse terminado. Então John se levantou, ajeitando os punhos, e Billy se empertigou.

— Viemos aqui em boa fé, para falar em soluções. — A voz de John era amplificada por todo o salão, de modo que parecia que ele estava bem na frente de Billy. — Mas o Governo, não. Hoje cedo ele realizou ataques contra nós. Atacou nossas empresas somente porque tivemos sucesso em proporcionar produtos que as pessoas querem comprar. Invadiu nossa propriedade privada e agrediu alguns de nossos executivos.

Ele fez uma pausa. O salão ficou tão silencioso que Billy podia ouvir seu próprio estômago.

— Isso é intolerável. — Ele olhou para o presidente. Billy tinha certeza de que John iria apontar para o sujeito. Mas ele se virou de novo para a multidão. — Com essa atitude o Governo provou que, enquanto existir, nenhum de nós será verdadeiramente livre. Governo e liberdade são mutuamente excludentes. De modo que, se valorizamos a liberdade, há apenas uma conclusão. Está na hora de nos livrar dessa relíquia que sobrou do passado, e que chamamos de Governo.

Pessoas começaram a falar; alguns se levantaram na frente de Billy. Ele esticou o pescoço. John estava olhando para a jovem da Team Advantage. As mãos de Billy se apertaram na bolsa.

— A US Alliance já está farta de ser perseguida pelo crime de ganhar dinheiro. A partir deste momento nós não reconhecemos mais o Governo como autoridade. Está na hora de uma admirável nova era. Portanto declaro o fim do Governo. E o senhor está desempregado.

Ele apontou para o presidente do Governo. A multidão explodiu. Billy não sentiu surpresa. Pegou a bolsa e começou a sair do salão.

Correu pela rua, atravessou a praça e entrou num restaurante parecido com uma hospedaria. Uma garota estava limpando copos no balcão.

— O que há lá em cima? — perguntou Billy. — Quartos?

— Claro. O mais barato é noventa dólares.

— Quero um de frente para o Parlamento. Hmm... por causa da vista.

Ela pegou uma chave debaixo do balcão.

— Tem um monte de coisa acontecendo hoje, hein?

— Falou e disse — respondeu Billy.

O quarto ficava no segundo andar, era pequeno e tinha cortinas, o que era perfeito. Ele pôs a bolsa na mesa e abriu o zíper. Tirou o cano e limpou meticulosamente, mantendo um pé encostado na parede para segurar a cortina aberta um pouquinho, de modo a ver o prédio do Parlamento. Quando o fluxo de tráfego humano na escada aumentou, ele prendeu a mira telescópica e o pente no lugar e arrastou uma cadeira até a janela. Levantou a janela e forçou a vista contra o ar gélido que soprava.

Pessoas saíam em jorros do prédio, a maioria de terno. Billy ficou preocupado com a hipótese de não poder ver o presidente. Então veio outro pensamento: talvez ele *visse* o presidente. Isso significaria que teria de levantar a arma e colocar um homem na mira. Sentiu suor novo descendo pelas costas. Billy não tinha acreditado que jamais chegaria a esse momento, não de verdade. O momento em que teria de decidir se mataria um homem para escapar da NRA. Mordeu o lábio.

O presidente saiu, rodeado por uma dúzia de agentes do Governo. Mesmo na multidão, isso se destacava. Ele parecia a mosca de um alvo.

O fuzil estava no colo de Billy. Alguns atiradores de elite — amadores — levantavam a arma cedo demais, usavam a mira telescópica para ver o que estava acontecendo. Isso era arriscado, tinha-lhe ensinado a NRA, porque ele poderia ser visto. Um bom atirador de elite só se tornava visível no último momento. Billy esperou. Depois levantou o fuzil e encostou a coronha no ombro.

Apoiou o cotovelo no parapeito e o cano no caixilho da janela. Eram uns trinta passos até a Casa dos Comuns, por isso ele tinha bastante tempo para ajustar a mira. Quando viu o homem atrás das linhas cruzadas, seu estômago se revirou. As mãos tremeram minimamente. Havia um vento variável, e Billy pensou: *Talvez eu erre. Talvez eu faça o máximo possível mas erre.*

O vento parou.

Esquiando, pensou Billy. *Só estou esquiando.*

O presidente levantou os olhos. Era como se soubesse o que estava para vir.

54 Governo

— *Merda!* — gritou Jennifer. Consumidores se afastaram rapidamente. Ela correu para a saída por onde Billy tinha escapado, mas com o capacete e a proteção corporal era como atravessar um rio. Quando chegou à porta, nem pôde ouvir os passos de Billy.

Pegou seu rádio.

— Equipe um-nove-seis, qual é a situação?

— Estamos de volta ao veículo. Apareceram soldados da NRA noventa segundos depois de a senhora voltar, um monte. Não tivemos a mínima chance.

— Ótimo. Estamos abortando. Vamos fazer uma coisa útil.

— Senhora? Nossas ordens...

— Shh.

Em circunstâncias normais ela emitiria um boletim de busca e apreensão para Billy, mas hoje havia vinte mil agentes ocupados com batidas, e ninguém tinha tempo livre para procurar homens jovens e musculosos com sacolas de lona. Mas, pensou ela, realmente só havia um lugar para onde um atirador de elite poderia estar indo. Talvez pudesse matar dois pássaros com uma pedra só. Sentou-se na traseira do furgão do Governo e ignorou os olhares lançados pela equipe.

— O trânsito está ficando lento — gritou o motorista.

— Pare — disse Jennifer. Ela juntou a equipe na beira da rua. O prédio do Parlamento ficava a cinco minutos, a pé, e ela estava se sentindo meio idiota, correndo pela calçada com cinco agentes em trajes blindados. Mas você tinha de fazer o que tinha de fazer.

Não havia muita gente do lado de fora do Parlamento, o que era bom: significava que a sessão ainda não havia terminado.

— Equipes de dois — disse ela. — Procurem a bolsa. Cinza com alças vermelho-escuras.

Deixou-os subir a escada. Um jovem agente com cavanhaque tentou impedir que ela entrasse no andar principal: Jennifer mostrou sua identidade e continuou andando. Ele não foi atrás. Isto não era segurança. Era uma piada.

Havia muita gente dentro e muitos estavam gritando uns para os outros. Ela viu John Nike de pé com os braços cruzados na frente do corpo, sorrindo. A tentação de ir correndo até lá, bater com a cara dele na mesa e algemá-lo era muito forte. Talvez aquele psiquiatra do Governo tivesse alguma razão.

Foi até a guarda privada do Governo. Aqueles caras estavam com fones de ouvido e microfones, óculos escuros, a parafernália toda; pareciam ridículos.

— Com licença.

— Shh — disse o agente sem se virar.

— Terminamos — anunciou John Nike a todos. — Não há mais nada para discutir.

— Não terminamos! — disse o presidente. Jennifer podia ver uma veia latejando na têmpora dele, o que provavelmente não era bom sinal para as negociações. — Ninguém vai sair até que cheguemos a uma decisão!

— Ei! — disse Jennifer ao agente. Ele não reagiu, por isso ela cutucou suas costelas. — Olá?

— Não me cutuque, agente.

— Acho que um atirador de elite pode estar prestes a dar um tiro no presidente.

Ele a encarou, depois olhou de volta para a multidão.

— De onde?

— Não sei. Mas...

— Agente, nós sempre presumimos que alguém, em algum lugar, está para dar um tiro no presidente. Por isso estamos aqui. Por favor, afaste-se.

O barulho na mesa estava aumentando.

— É isso — disse John Nike. — Vocês não sabem quando estão acabados. — Ele se virou e se afastou. O contingente da US Alliance se levantou e seguiu-o.

— Esperem! — disse o presidente, mas estava terminado: até mesmo Jennifer podia ver isso. Ela olhou de novo para John Nike.

— Olha, eu tenho de ir. Simplesmente leve o presidente pelos fundos, certo?

— Temos vinte agentes entre este lugar e o carro dele. Não vamos deixar que publiquem fotos dele correndo pela porta dos fundos.

— *O quê?*— Havia tanto movimento na multidão que ela estava começando a ver Billy em toda parte. John estava para chegar à saída das corporações. — Sr. Presidente! — gritou Jennifer.

O agente pegou seu braço e torceu. Seu ombro machucado gritou. Sua visão relampejou. Ela não percebeu que ele a estava empurrando contra a parede até acertá-la com a testa.

— Não interfira com nossa proteção ao presidente, agente. Está entendendo?

— Deixe-me... — Por cima do ombro ela viu agentes cercarem o presidente e começar a levá-lo para fora do salão. — *Meu Deus!*

O agente falou ao microfone.

— Estou ocupado com um vinte-vinte no salão principal, por favor continuem...

Ela juntou as pernas e tentou lhe dar uma rasteira. Isso normalmente terminava com o sujeito caído no chão e Jennifer de pé acima dele, com uma expressão superior, mas esse cara era bem-treinado e ela só conseguiu sacudi-lo. Sentiu o rosto dele roçar em seu cabelo e lançou a cabeça para trás. Alguma coisa macia e provavelmente nasal estalou de encontro ao seu crânio. O agente caiu, gemendo. Jennifer gritou:

— Aquele era o meu *ombro machucado*!

O presidente já tinha saído, o que provocou um dilema interessante: será que deveria salvar a vida dele ou prender John Nike? Mas seria loucura tentar proteger o presidente, percebeu Jennifer: ela só iria distrair os guardas. Teria de pôr fé nos homens de óculos escuros e fones de ouvido. Correu para o corredor das corporações.

Estava cheio de executivos agitados, falando e gesticulando. Ela abriu caminho. Havia gente demais que se parecia com ele; Jennifer ficava agarrando homens com cortes de cabelo semelhantes. Pessoas a encaravam. Um homem disse: "Jennifer Maher?", e ela ouviu outros confirmarem: "Olha, é Jennifer Maher."

Viu John. Ele estava a cinco metros de distância, de lado para ela, recebendo a corte de uma dúzia de outros executivos. Ela enfiou a mão no bolso e achou a arma.

Seu rádio disse:

— Jen? Vimos o seu garoto.

Jennifer congelou.

— O quê?

— Sabe o prédio do outro lado da rua? O cara acabou de entrar. Bolsa de lona com alças vermelhas.

Uma mulher à sua esquerda gargalhou. Um executivo disse:

— ... mas é claro que eles *aumentaram* o capital de contrapartida...

— Jen?

Ela ficou enjoada.

— Encontro vocês lá.

Passou correndo pela porta, com a arma na mão. O lugar era mal-iluminado, e ela teve de se agachar ali um momento, esperando que os olhos se ajustassem. Sua equipe a acompanhou. Jennifer sentiu-se estúpida: esse era um bom modo de deixar uma emboscada matar um monte de agentes do Governo temporariamente ofuscados. Ela ia em frente sem pensar.

O restaurante estava vazio, a não ser por uma garota atrás do balcão.

— Um homem entrou aqui há alguns minutos, com uma bolsa — disse Jennifer. — Onde ele está?

— Ele pegou um quarto.

— Qual?

— Não sei se devo dizer.

Ela apontou seu 45 para a garota.

— Diga.

— Vinte e oito.

Pegaram a escada e depois dispararam pelo corredor, olhando os números das portas na semi-escuridão. O vinte e oito era a última porta. Ela tentou ouvir durante um momento. Nada. Recuou um passo e chutou.

A porta se abriu. Fez um som estranho, com uma combinação de estalo e esmagamento. Então ela viu Billy NRA perto da janela e a fumaça fina subindo da arma, e percebeu que estava errada. Não tinha sido um barulho só. Tinham sido dois.

— Não se mexa! Baixe a arma agora mesmo!

— Merda! — disse Billy. — Merda, merda, merda! — Ele olhou de Jennifer para a janela, e depois de volta.

— Largue.

— Olha o que você me fez fazer — gemeu ele. — Olha o que você me fez fazer.

A arma tremia na mão dela.

— Billy, se você acaba de atirar no presidente, vai sair deste quarto pela janela. — Ela atravessou o quarto e tirou o fuzil da mão dele. Do lado de fora havia gente se juntando e um homem caído sangrando na escada. Um grupo de agentes ia empurrando o presidente para um carro.

— Em quem você atirou?

— Eu estava tentando errar! Você me assustou! *Eu não queria!*

— Você atirou em alguém por *acidente?*

— Não me machuque! Por favor?

— Você deveria ter pensado nisso antes.

55 US Alliance

John saiu do Parlamento, esforçando-se por conter a empolgação. Estava preparado para demonstrar choque e ultraje, porque havia câmeras de TV em toda parte e sem dúvida alguma já estavam se virando para ele. Mal tinha pisado na luz do dia quando um homem agarrou seu braço.

— Senhor, alguém levou um tiro! O senhor não deveria estar aqui fora!

— Alguém levou um tiro? — *Choque, ultraje.* Ele correu até o início da escada. Nos degraus do meio médicos atendiam um homem de terno escuro. Ele estava com o rosto branco, tinha um curativo grosso preso no peito e definitivamente não era o presidente do Governo.

A visão de John ficou vermelha. Passaram-se alguns instantes antes que ele percebesse que a mídia havia se reunido em volta.

— John! John Nike! Esse ataque surpreendeu você? Você conhece este homem? Qual é a sua reação?

Ele teve de engolir duas vezes antes de poder falar. Então viu Billy NRA sendo levado para um carro preto do Governo. De um lado de Billy estava um agente que John nunca tinha visto. Do outro lado estava Jennifer Governo.

— Estou chocado e ultrajado — disse ele. As palavras tremiam.

Pulou dentro da primeira limusine da US Alliance que encontrou, a do general Li. Foi uma boa coincidência: John tinha uma coisinha a dizer ao general Li. Esperou até o general se acomodar e o carro estar suficientemente longe do Parlamento, de modo que a chance de Jennifer Governo pará-lo e enfiar uma arma na sua cara fosse cada vez menor. Então deu um soco na janela e pôs o calcanhar no monitor de TV.

— Vejo que o senhor está chateado — disse o general Li.

— Eu peço *um* atirador de elite para fazer um único serviço! E ele consegue não somente ser preso, mas atira no sujeito errado! Como isso *aconteceu*?

— Billy é um atirador excelente. De fato, não sei.

— Talvez você ache que isso é algum tipo de exercício. Isto não é exercício, Li. O Governo está atrás do *meu rabo*. E agora Jennifer...

O telefone ao seu lado tocou. Ele sentiu-se tentado a arrancá-lo e jogar pela janela, mas poderia ser um erro. Havia algumas pessoas com quem ele podia gritar, e outras com quem não podia, e havia uma boa chance de que fosse esta última hipótese. Apertou o viva-voz.

— Sim?

— Ah, John. — Era Alfonse. — Tremendo discurso.

— Fico feliz por você ter gostado.

— Eu não disse isso.

— Bem, Alfonse. Você pediu que eu exprimisse minha indignação. Certo, no calor do momento talvez eu tenha ficado um pouco...

— Você anunciou que a US Alliance é uma organização criminosa.

— Criminosa. O que é isso, afinal de contas? Só alguém com quem o Governo não concorda.

— Não brinque comigo, John. Nossa organização existe para ganhar fatias de mercado da Team Advantage. O Governo é periférico.

— Como podemos lutar contra a Team Advantage com o Governo como juiz? O Governo é o principal obstáculo aos nossos objetivos. Não podemos ignorá-lo, Alfonse. Ele estava atrás de nós. Tínhamos de mandar um recado.

— Só porque eu acredito parcialmente nisso você ainda tem um emprego. Mas considere-se sob aviso prévio.

— Obrigado, senhor! — disse ele, mas Alfonse já havia desligado. Ele soltou o ar, trêmulo.

O general Li falou cuidadosamente:

— Talvez tenha sido bom o atirador errar.

John o encarou.

— Vocês podem acertar o presidente antes de ele chegar ao aeroporto. Ou podem acertá-lo no ar. Vocês têm jatos?

Li pigarreou.

— Desculpe, mas... eu fiquei com a impressão de que Alfonse não é a favor de um ataque direto contra o Governo.

— Ficou? Que estranho.

— Talvez eu esteja errado... mas Alfonse não sabia de nossa operação envolvendo o soldado Billy?

— Acho que você está enganado, Li. A US Alliance está totalmente unificada neste caso. O Governo precisa ser impedido. Ele virá atrás de você também, a não ser que nós ataquemos primeiro.

Li ficou quieto.

John se inclinou para a frente.

— Se formos à guerra, que empresa se tornará mais importante do que a outra? Que empresa se tornará a mais poderosa do planeta? Não a McDonald's. Não a Nike.

Li o encarou durante um tempo. Depois disse:

— Nós temos jatos.

— Bom. — John começou a se sentir um pouco melhor.

Tinha meia hora no hotel antes da reunião pós-conferência. Afrouxou a gravata, serviu-se de um uísque do bar e foi até a varanda. Estava escuro e frio, com um vento fraco soprando, mas a vista era gloriosa. Tomou um gole da bebida e olhou para a curva da Ponte de Londres, com a luz do prédio do Parlamento ricocheteando no Tâmisa. Quando se sentiu suficientemente calmo, abriu o celular e digitou.

— Aqui é Georgia Santos-Nike, alô?

— Adivinha quem eu vi hoje?

— Ah, John... — Ela pareceu cautelosa. — Bem...

— Vou lhe dar uma dica: começa com Jennifer e acaba comigo na cadeia.

— Ah! Sinto muito, John, eu fiz tudo que você pediu.

Você não podia contar com ninguém, pensou ele. *Precisava fazer tudo sozinho.*

— Georgia, você andou falando pelas minhas costas, não foi?

— Não, John!

— Sempre perguntando onde eu estava. E de repente Jennifer aparece. Você disse a ela como me encontrar.

Silêncio. Depois.

— Tentei lhe dizer para não fazer aquela campanha do Mercury, John, eu disse que era...

— Você está demitida. E deixe-me dar um conselho: desapareça. Porque se eu encontrá-la vou fazer você em picadinho.

— John!

John desligou, enojado. Georgia Santos-Nike. Deveria saber. Ela nunca fora a mesma desde que passou a fazer serviço voluntário.

Voltou para dentro e foi verificar os e-mails. Mandou um para demitir Georgia e outro para que a segurança a expulsasse do prédio. Era uma pena não poder arranjar para que John garantisse que ela nunca chegasse em casa, também. Precisava de uma nova secretária.

Havia um e-mail de Hack Nike. Leu, ficando espantado com a arrogância de Hack. Digitou uma resposta, depois olhou o relógio. Estava na hora de ir.

A US Alliance tinha requisitado o salão de baile do hotel para a reunião pós-conferência, e o lugar já estava cheio de executivos. Pessoas olharam em volta quando ele entrou. Conversas pararam. Ele ocupou um lugar perto da frente. O garoto da Pepsi sentou-se ao lado.

— Discurso do cacete, John. Você realmente disse aos federais onde deviam enfiar a coisa.

John baixou a voz.

— O que os outros elementos de ligação acham?

— Alguns acham que você é um gênio. Outros que é maluco e que o Governo vai prender todos nós.

— Bem. Só vamos ver do que o Governo é capaz, depois desta noite.

Os olhos do garoto da Pepsi se arregalaram.

— Você planejou alguma coisa! O que está acontecendo?

— Shh. — Alfonse estava abrindo a reunião, falando do novo ambiente competitivo. Mas John não conseguia deixar de pensar em Jennifer Governo. Nunca estaria seguro enquanto ela continuasse atrás dele, isso era claro. Precisava tirá-la de seu pé, não importando o que fosse necessário.

— Ei — sussurrou o garoto da Pepsi. — O que há de tão engraçado?

— Nada. Eu só... tive uma idéia.

— Alguma coisa boa?

— Muito boa. — Kate: esse era o nome. A filha de Jennifer. John não podia imaginar por que não tinha pensado nisso antes.

56 NRA/no ar

Alguns pilotos não gostavam de voar em noites sem lua. Não admitiam, claro, mas o vôo noturno era muito diferente de cortar um céu azul com o mundo esparramado embaixo. Nas noites escuras a visibilidade fora da cabine era reduzida ao seu próprio capacete olhando-o de volta, iluminado pelos instrumentos brilhantes. Qualquer bom piloto era capaz de voar às cegas sem suar, mas havia algo fundamentalmente diferente em levar uma lata de metal a oitocentos quilômetros por hora quando você não podia enxergar.

Grande Prêmio estava no ar há duas horas e meia. Duzentos e quarenta metros à direita, segundo os instrumentos, havia outro F/A-18 ao lado. Tinham decolado cedo demais, e passaram noventa minutos circulando, esperando o alvo. Ambos estavam chegando perto do limite de combustível.

— Grande Prêmio para controle de terra, pedindo variação de parâmetros da missão.

— Vá em frente, Grande Prêmio.

— O alvo está se movendo muito devagar, requisito permissão para abordar mais cedo.

— Negativo, Grande Prêmio. Espere até estarem sobre o mar.

Ele engoliu isso.

— Então vamos ter de pousar em algum lugar mais perto do que Lutton, base.

— Entendido, Grande Prêmio. Vamos programar uma nova pista. Câmbio e desligo.

Ficaram ali, ele e seu gêmeo, enquanto dezenove quilômetros adiante um Boeing 737 viajava para o oeste.

Atravessaram o litoral vinte minutos depois, e em seguida a zona de exclusão de três quilômetros. Os jatos se adiantaram. Logo o 737 iria vê-los na mira, mas Grande Prêmio não achava que isso fosse importar. Não havia muito que um avião de carreira pudesse fazer em termos de ação evasiva.

Cobriu as luzes dos instrumentos com o braço e espiou adiante. Podia ver as luzes do Boeing dançando na noite.

— Grande Prêmio para Domador de Leões, tem contato visual?

— Positivo, Grande Prêmio.

— Lançar, lançar — disse ele, e apertou o botão. Mal sentiu o desacoplamento, mas os instrumentos informaram, soltando bips e guinchos. — Míssil disparado.

— Míssil disparado.

Os dois Falcon com aletas levaram oito segundos para engolir a distância, e então pegaram o Boeing e o abriram ao meio. O céu relampejou momentaneamente em amarelo, e Grande Prêmio viu o avião perder uma asa e em seguida começar a cair. Então os F/A-18 passaram rapidamente por ele.

Giraram a tempo de vê-lo bater no oceano. Circularam até que os destroços em chamas tivessem afundado, depois aceleraram e foram para casa.

Quando chegaram de volta à Inglaterra, Grande Prêmio disse:

— Você já fez alguma coisa assim antes, Domador?

Houve uma pausa.

— Negativo, Grande Prêmio. — Domador parecia sem emoção e profissional. Grande Prêmio entendeu a dica e fechou a boca.

QUINTA PARTE

57 Hack

Hack começou a variar o modo como ia para casa, para passar por cartazes. Era em parte por motivos práticos: quanto mais cedo soubesse que uma empresa havia substituído um, mais cedo podia atacá-lo de novo. Mas também era um orgulho. Gostava de admirar o próprio trabalho.

O cartaz da Gap que eles tinham feito há uma semana ainda estava marcado, o que era espantoso porque era o maior de todos, um monstro de quatro andares. E havia um cartaz da Nike na via expressa, onde antes estava escrito: EU POSSO ACERTAR A LUA; agora dizia: EU POSSO ACERTAR EM 14 JOVENS. Embaixo havia a frase: A NIKE MATA SEUS CLIENTES. Hack não estava muito satisfeito com isso. O garoto, Thomas, tinha acrescentado. Era espalhafatoso demais, na opinião de Hack.

Passou por um de seguro médico que agora alardeava: NÓS NOS IMPORTAMOS — COM SUA CARTEIRA. Na esquina da Springvale Road, a Coca dizia às pessoas: ISSO É QUE — É CÂNCER DE ESTÔMAGO. Um vendedor de pneus anunciava: 25% DE MONÓXIDO DE CARBONO A MAIS, e CARROS = MORTE! Thomas de novo! Hack teria de falar com ele.

Estacionou e entrou no prédio da Nike, cumprimentando a recepcionista com um movimento de cabeça. Sentia-se mais enérgico ultimamente, muito mais confiante. Era amigável com pessoas com quem anteriormente não tinha coragem de falar. O engraçado é que seu chefe achava que Hack tinha ficado dinâmico e eficaz, quando ele estava fazendo menos trabalho do que nunca. De fato, ele praticamente não trabalhava.

Em sua mesa ligou o computador e começou a examinar os e-mails. Havia uma grossa carta endereçada pessoalmente, do Departamento de Recursos Humanos. Abriu-a enquanto o telefone tocava.

— Hack Nike, Distribuição de Merchandising.

— Oi, sou eu — disse Claire.

— Oi! — Ele abriu a carta. — Como vai?

— Bem. Senti saudade de você.

— Ai.

— Vem direto para casa esta noite? Achei que a gente poderia dar uma saída. Sabe, para jantar.

— Claro, isso seria... — Hack leu a primeira linha da carta. Depois leu de novo. — É...

— O quê?

— Acho que acabei de ser demitido.

— *O quê?*

— A Nike me demitiu. — Os olhos dele examinaram a página. — Consolidação de Contagem Anual de Funcionários! Que babaquice!

— Hack, você está bem?

— Não. Preciso desligar.

Foi até Recursos Humanos e pediu para falar com Lillian, que tinha assinado a carta.

— Eu sou Lillian — disse uma mulher. Ela olhou rabugenta para Hack. Todo mundo que trabalhava no RH era rabugento.

— Sou Hack, funcionário de distribuição de merchandising. Foi você quem escreveu isso?

— Deixe-me ver. — Ela examinou o papel por muito mais tempo do que Hack acreditava que seria necessário.

— Eu emiti isso, sim.

— Por quê?

— Quando os departamentos reduzem o número de funcionários, nós cuidamos das formalidades.

— Então quem me demitiu de verdade?

— Você já deveria saber. O procedimento correto é que o gerente discuta a transição com o empregado antes de prepararmos os documentos.

— Bom, isso não aconteceu.

Lillian suspirou.

— Ele realmente deveria ter discutido isso antes com você. Não é nosso serviço dar a má notícia.

— *Quem?* — perguntou Hack. Ele estava tendo problemas para permanecer dinâmico e eficiente.

Lillian o encarou, mas Hack estava bem agitado, e ela não fez isso durante muito tempo.

— John, ligação.

— Obrigado. — Ele voltou à sua mesa e começou a digitar.

> Caro John
>
> Aparentemente você decidiu me demitir. Este é um GRANDE ERRO já que eu sei sobre você e o NEGÓCIO das Nike Town. Talvez você ache que eu vou ficar de boca fechada, mas deveria pensar DE NOVO, porque vou contar ao Governo e à MÍDIA tudo que sei. Então não tente me pressionar mais!!
>
> Hack

Passou o resto do dia navegando pela rede em busca de novos cartazes-alvo. Havia seis boas webcams na cidade, ideais para objetivos de planejamento. Uma, notou ele, revelava um novo outdoor sendo colado, pedaço a pedaço. Mostrava um Tio Sam apontando com cara feia, e o texto dizia: O TIO SAM QUER SEU PATRIMÔNIO. Hack soprou entre os dentes. Este *definitivamente* iria receber.

Às cinco horas chegou um e-mail de John. Hack clicou em cima, satisfeito com a resposta rápida. Agora até John estava levando-o a sério.

O e-mail dizia:

> Foda-se. John.

Então Hack começou a ficar realmente furioso.

58 John

John chegou à US Alliance vinte minutos antes da hora e foi até o vigésimo nono andar. Estava esperando que o levassem diretamente a Alfonse, mas uma jovem de cabelo preto e óculos elegantes mandou que esperasse sentado no corredor. Ele se sentiu como um garoto bagunceiro chamado à sala do diretor. Depois de um tempo voltou à mesa da mulher.

— Sou John Nike. Você falou isso?

— Sim, senhor. O senhor deve esperar aqui.

Ele voltou à cadeira. *Tinha* sido mandado à sala do diretor. Mas, afinal de contas, supunha que tinha sido muito bagunceiro. Depois que a NRA derrubou o jato do Governo, todos os executivos de alto nível da US Alliance — inclusive John — tinham se mandado às pressas de Londres, a maioria aqui para a sede em L.A. Ninguém queria ficar numa cidade com vinte mil agentes do Governo emputecidos.

Vinte minutos depois a mulher disse:

— Pode entrar agora, John.

Ele se levantou, espanou o terno e abriu a porta de carvalho. A sala era um pedaço do céu com móveis. Quarenta ou cinqüenta executivos estavam reunidos em mesas que pareciam ter sido esculpidas de árvores de trezentos metros: havia placas douradas sobre as mesas, e nelas estava escrito MCDONALD'S, MONSANTO, IBM. John nunca estivera perto de tantos pares de sapatos de qualidade.

— Uau — disse ele. — Isso aqui parece as Nações Unidas.

— Sente-se, John — disse Alfonse.

Ele olhou em volta procurando uma placa da NIKE. Alfonse pigarreou e sinalizou para uma cadeira de plástico encostada numa parede de vidro, diante das mesas.

— Ali?

— É.

Sentou-se com o máximo de dignidade que pôde juntar, o que não era muito. A cadeira de plástico rangeu. Ele olhou por cima do ombro. Pelo menos tinha uma boa vista do centro de Los Angeles, dali.

Por um momento ninguém falou. Era enervante: John nunca estivera numa reunião que não fosse uma luta por espaço de conversa. Viu o garoto da Pepsi perto do fundo. John não podia deduzir o que havia de estranho nele, até perceber que era a primeira vez que via o garoto de terno.

— Certo, então todo mundo está um pouco surpreso com o negócio do jato.

Fungadelas de ultraje. A elemento de ligação da McDonald's parecia a fim de pular sobre a mesa e lhe dar um tapa.

— John — disse Alfonse —, para o caso de você ainda não ter percebido, estamos aqui para votar sua expulsão da US Alliance. Se essa proposta vencer, a UA e as empresas que fazem parte dela vão negar qualquer responsabilidade por seus atos. Vamos entregá-lo ao Governo e negociar uma compensação pelo dano que você causou.

— Então eu estou certo — disse John. — *São* as Nações Unidas.

— Ele não acha que fez nada errado — disse o ligação da IBM. Era um homem mais velho, de cabelo branco e terno azul-escuro; John não o conhecia. — Olhe para ele. Esse sujeito transformou as corporações mais distintas do mundo em criminosas, e está *rindo*.

— Está certo. Não acho que fiz nada errado.

— Então deixe-me ajudá-lo, seu imbecil. Primeiro, o Governo vai nos prender. Todos nós. Segundo, se não fizer isso, o público vai nos aniquilar. Você quer ver uma reação negativa do mercado? Acabamos de assassinar o presidente do Governo. Vamos ver como isso afeta as vendas, certo? Terceiro, você matou pessoas. Não sei se isso é problema para você, John, ou para a Nike, mas é um tremendo problema para a IBM, para mim e para todos os outros aqui. Isso ajuda? Esclarece a situação para você?

Silêncio.

— Certo, então. — Sua carreira dependia da resposta, percebeu John. Estava na hora de tirar todos os entraves. — Três pontos. Certo.

Ele esfregou as palmas das mãos nas calças.

— Um. O Governo não vai nos prender. Eles tentaram em Londres e fracassaram. Bom, vocês podem apostar que eles não vão guardar os brinquedinhos e ir para casa. Vão tentar de novo, e de novo, e de novo, até nos pegarem. Mas agora, graças a mim, eles perderam metade de seus executivos. Perderam a capacidade de coordenar, pelos menos por um tempo. O Governo não vai nos prender, porque não pode mais.

Um muro de rostos de pedra o encarava. Ele viu a placa da NRA, à esquerda, mas havia uma cadeira vazia atrás dela. Achou que isso significava que a NRA também estava na merda.

— Dois. Não haverá um boicote dos consumidores. O público não vai começar de repente a comprar Big Bob's em vez de Big Macs ou Apples em vez de IBMs. Confiem em mim, eu sou da Nike. Ninguém troca de marca porque ouviu dizer que a empresa fez alguma coisa ruim. Eles continuam comprando seu produto predileto ao preço predileto. Sim, vai haver uma reação contrária da mídia. Mas não vai haver uma reação contrária dos consumidores.

"Três". — Esta era a difícil. John se levantou. Misericordiosamente, a cadeira não rangeu. A sala estava num silêncio mortal. — Sim, algumas pessoas morreram. Mas não vamos fingir que são as primeiras pessoas a morrer no interesse do comércio. Não vamos fingir que haja uma empresa nesta sala que não tenha posto o lucro acima da vida humana em algum ponto. Fazemos carros nos quais sabemos que algumas pessoas vão morrer. Fazemos remédios que levam à possibilidade de reação fatal. Fazemos armas. Quer dizer, se quiserem expulsar alguém aqui por assassinato, vamos começar com o ligação da

Philip Morris. Todos nós, em algum momento, colocamos uma etiqueta de preço na vida humana e decidimos que podemos pagar. Ninguém nesta sala tem o direito de ficar aí sentado e fingir que meus atos vieram do nada.

Ele correu o risco e fez uma pausa de efeito. Se o ligação da IBM fosse lhe fazer um sermão, agora era a chance. Mas não fez. Simplesmente ficou ali sentado. *Mariquinhas*, pensou John.

— Olha, não estou projetando aqui a campanha do ano que vem. Estou me livrando do Governo, o maior impedimento para os negócios na história. Não se faz isso sem um lado negativo. É, algumas pessoas morrem. Mas olhem o lucro! Façam uma análise de custo-benefício! Talvez alguns de vocês tenham esquecido do que as empresas realmente fazem. Então deixem-me lembrar: elas ganham o máximo de dinheiro possível. Se não fizerem isso, os investidores vão para outro lugar. É simples. Somos todos engrenagens em máquinas de criação de riqueza. Só isso.

"Eu lhes dei um mundo sem interferência do Governo. Agora não existe campanha publicitária, nenhum trato entre empresas, nenhuma promoção, nenhuma coisa que vocês não possam fazer. Querem pagar para que crianças tatuem logotipos na testa? Quem vai impedir? Querem fazer computadores que precisem de conserto depois de três meses? Quem vai impedir? Querem recompensar os consumidores que reclamam de seus concorrentes na mídia? Querem pagar para que os viciados recrutem seus irmãozinhos e irmãzinhas para sua marca de cigarro? Querem que a NRA os ajude a eliminar seus concorrentes? Então façam. Simplesmente façam."

Os rostos deles; ah, os rostos. Eles não tinham previsto isso, percebeu John. Estava abrindo a porta de um admirável mundo novo comercial, e eles estavam fascinados com a luz pura, dourada, do lucro que se derramava de lá.

— Sou um homem de negócios. Só isso. Só quero fazer negócios.

Ele abriu as mãos. Durante longo tempo ninguém falou. Era um silêncio muito melhor do que antes. John desfrutou cada momento.

Alfonse disse:

— Teremos de considerar...

— Foda-se! — disse o garoto da Pepsi. — Vamos votar agora!

A sala estava cheia de cabeças assentindo.

— Muito bem. Quem é a favor de expulsar John Nike da US Alliance?

Quatro mãos se levantaram — não, cinco. John sentiu o calor subir pelo corpo.

— Parece que você fica conosco, John.

— Sinto-me feliz e humilde — disse ele. Não conseguia controlar o sorriso.

A reunião prosseguiu furiosa durante três horas. Os elementos de ligação estavam eletrizados com as possibilidades; era uma beleza. Lançavam ultrajantes planos de marketing, acordos para indicação de consumidores, para tomada de mercados, segmentação. No fim, até John estava enjoado de falar em dinheiro.

Quando terminou, ele escapou para o saguão, abrigou-se atrás de uma estátua de John D. Rockefeller e abriu o celular.

— Aqui é o general Li NRA.

— Sou eu.

— Ah, John... Acho que não deveríamos falar...

— Esqueça isso. Está tudo resolvido.

— Se você diz.

John estava começando a respeitar o general Li. Ele era direto, não tinha grande ego, era um homem de resultados.

— Você terá a confirmação logo. Enquanto isso tenho outro serviço.

Uma mão pousou em seu ombro: Alfonse.

— John. Você continua a me surpreender.

— Você é muito gentil.

— Uma coisa. Está me passando pela cabeça que talvez você queira se aproveitar da vantagem atual. Você pode achar que, porque conseguiu se sair bem de uma ação não sancionada, poderá conseguir de novo.

— Não, Alfonse, claro que não.

— Nada acontece sem a aprovação das empresas participantes. Entende, John?

— Totalmente.

Alfonse assentiu.

— Então vou deixá-lo com seu telefonema.

John olhou-o ir embora.

— Ainda está aí, Li?

— Estou.

— Quanta gente você consegue colocar nas principais cidades em três dias?

— Você quer dizer...

— Você sabe o que eu quero dizer.

— Bem. Um monte.

— Faça isso. Eu tenho concorrentes de quem cuidar.

59 Buy

Buy se perdeu a caminho da escola de Kate, e o trânsito estava *terrível*, assassino. Bateu no volante, ansioso.

— Pensei que você tivesse dito que seria uma corrida de dez minutos.

— Geralmente *é*.

— Então o que... — E logo adiante ele viu que o shopping Highpoint estava com um cartaz gigantesco: ATÉ 50% DE DESCONTO PARA QUEM TEM CARTÃO US ALLIANCE, HOJE! Carros paravam em fila quádrupla tentando entrar no estacionamento. — Está acontecendo uma liquidação?

— Você não assiste à TV? — perguntou Kate.

— Ahn. Não o suficiente, sem dúvida. — Um buraco se abriu na pista ao lado: ele pisou no acelerador. Um carro atrás dele buzinou. Buy fez um sinal obsceno. Percebeu que Kate estava olhando.

— Isso é grosseiro.

— Eu sei — disse ele, envergonhado. — Desculpe.

— Tudo bem. Ali está a minha escola.

— Não coma aquele bolo antes da hora do lanche. Você se lembra do que a gente combinou?

— Sim, Buy.

Ele sorriu.

— Você é uma garota fantástica.

Ela desviou o olhar, tímida. Buy não conseguiu resistir a lhe dar um beijo no rosto.

— Agora vá.

Kate pulou do jipe, acenou e começou a andar para o portão da escola. Buy estava olhando-a em vez de vigiar o tráfego, e outro carro buzinou para ele.

— É, é — falou. Não estava se sentindo nem um pouco irritado.

Quando voltou do almoço, a luz da caixa de mensagens de seu telefone estava piscando. Ele piscou também, de surpresa. Buy não recebia recado pela caixa há quase uma semana. Pegou o fone.

— Buy! É Kato Mitsui, ligação, deixando recado. Por favor, ligue quando for conveniente.

Ele pousou o fone. Kato obviamente queria saber que exóticos esquemas de marketing Buy tinha imaginado. Bem, a resposta era: nenhum. Mesmo assim decidiu ligar de volta para Kato. Já estava cheio de ficar sentado à sua mesa sem fazer nada.

Sua ligação foi passada para três secretárias, todas falavam americano melhor do que Buy, e então ligaram-no com Kato. Kato estava em seu carro, talvez num avião; Buy ouviu um jorro de ar em movimento.

— Buy! É um enorme prazer falar com você de novo.

— E com você, Kato. Se bem que não tenho muito a informar. O marketing na verdade não é o meu...

— Ah, não foi por isso que eu liguei. Tenho uma tarefa mais urgente para você.

— Ah.

Kato riu.

— Sem dúvida estou enchendo sua bandeja de Entrada até transbordar. Diga, você ouviu falar dos feitos espantosos de John Nike, ligação?

— John Nike? Não.

— Devo confessar grande surpresa, porque ele está em todo o noticiário. Ele está tendo um papel de liderança nas estratégias da US Alliance. E ele é dos Territórios Australianos, como você. Pensei comigo: Buy, é uma sorte tremenda você compartilhar tantas coincidências com John. Por isso quero que você faça contato e se torne útil para ele.

Buy piscou.

— Como, exatamente?

— Não me importa como, Buy. Simplesmente quero ir para a cama com ele. Você vai fazer com que John se interesse pela corporação Mitsui, através de sua solicitude. Em algum momento mais tarde, claro, John Nike retribuirá à Mitsui.

— Ou retribuirá a Kato.

O riso de Kato foi suficientemente alto para machucar seu ouvido.

— Algumas vezes meus colegas me acusam de aprender muito com a América. Você também é um aluno rápido, dá para dizer. Juntos nós formamos uma equipe excelente.

Buy não sabia o que dizer.

— Obrigado.

— Ligue quando tiver se entrelaçado com John — disse Kato.

Ligou para o escritório da Nike em Melbourne e falou com a secretária pessoal de John. Ela parecia alvoroçada e chateada: disse que tinha começado no serviço ontem. Mas suspeitava de que a mensagem dele fosse uma das incontáveis que tinha recebido. Ele falou:

— Diga que foi do cara que mandou um buquê de flores para você.

— Perdão?

— Você parece que está enfiada até o pescoço nisso, portanto vou lhe mandar um buquê de flores. Espero que não se importe.

— Está falando sério?

— Estou.

— É... Buy Mitsui? Vou me certificar que ele receba seu recado.

— Obrigado — disse ele, e desligou, satisfeito. Não tinha o que fazer até John ligar de volta, por isso decidiu escolher pessoalmente as flores. Pegou o paletó e desceu pelo elevador.

No saguão esbarrou em Cameron. Cameron parecia cansado e estressado, e Buy imaginou se alguma coisa tinha acontecido. Ou talvez todos os corretores parecessem assim, mas ele não tinha notado antes.

— Oi, Cameron.

— Buy? Onde você vai?

— Comprar umas flores.

— Flores? Para que você precisa de flores?

— Para mandar a uma secretária.

— Escute. Eu não me esforcei tanto e consegui esse serviço de ligação para você ficar se escondendo no oitavo andar. Eu lhe dei o máximo de apoio possível. Está na hora de arranjar uma porcaria de uma motivação.

— Cameron, espere. Eu...

— Todo mundo está se arrebentando por esta empresa, Buy. Talvez você não se preocupe com isso. Mas nós não vamos carregá-lo para sempre. A não ser que comece a produzir, vamos substituí-lo. Então, se precisa de alguma coisa com que se preocupar, preocupe-se com isso.

— Eu tenho com o que me preocupar. Verdade. — Ele olhou para o relógio. Kate ia sair da escola dentro de duas horas. Tinha prometido pegá-la.

60 Jennifer

Primeiro disseram para ela pegar o jato do Governo com Billy NRA e acompanhar o presidente de volta a Washington, D.C. Quando ela questionou a sensatez de colocar Billy no mesmo avião que o homem que ele estava tentando matar, disseram para ficar em Londres e esperar outro avião. Então dois terços do escalão superior do Governo mergulhou de cara no Atlântico, e tudo virou merda.

Seu transporte foi adiado, ou cancelado: ninguém dizia qual das duas opções. Havia filas de vinte agentes em cada telefone, e depois de ficar esperando durante duas horas ela teve cinco minutos para falar com Kate antes que um chefe de departamento exigisse a linha. Depois voltou para seu alojamento e descobriu que um punhado de agentes governamentais do Japão estava se mudando para lá.

— Você deveria ter ido embora — disseram eles.

— Mas meu transporte ainda não chegou.

— Sem problema, lindeza — disse o agente japonês, e Jennifer foi procurar alguém que pudesse resolver isso.

— Tem uns japoneses tentando pegar meu alojamento — disse ao chefe de pessoal.

— Você não deveria estar em Washington?

— Sim. Mas não tenho transporte.

— Bem, aquele alojamento deveria estar livre.

— Mas não está.

— Olha. Jennifer? Deixe-me ser claro. Eu não sei mais quem é o meu chefe. Tenho um campus cheio de agentes que não sabem o que deveriam estar fazendo. Tenho problemas maiores do que ficar distribuindo acomodações.

— Então estou autorizada a usar minha iniciativa para arranjar uma solução?

— Que idéia fantástica! — disse o chefe de pessoal.

— Obrigada, senhor! — Jennifer saiu andando rapidamente. Isso estava ótimo.

— Sinto muito — disse o homem da US Alliance. — John não está mais aqui. A maioria da alta administração viajou de volta para L.A. ontem. De que jornal você disse que era?

— Para L.A. Tem certeza?

— Positivo. Posso tentar conseguir uma entrevista por telefone, se você quiser.

— Tudo bem — disse Jennifer. — Eu dou um jeito sozinha.

— Acorde — disse ela, acendendo a luz. — Nós estamos indo.

Billy NRA levantou a cabeça do catre, atordoado.

— Indo? Para onde?

— Temos de pegar um avião.

— Você não pode me levar para fora! A NRA vai me matar!

— Não se preocupe. Eu sou muito boa nisso.

Encontraram Calvin no aeroporto. Ele fora mandado a outro campus do Governo e apareceu vinte minutos atrasado.

— Desculpe, desculpe. As ruas são *curvas*. Elas seguem em círculos. Quase terminei onde tinha começado.

— Podemos entrar, por favor? — disse Billy. — Realmente acho que a gente deveria ir.

— O que há com ele?

— Acha que a US Alliance vai tentar matá-lo.

— Vai?

— Acho que sim — disse ela.

No balcão, a funcionária da American Airways disse:

— Sinto muito, senhora, a senhora não pode entrar neste vôo. A partir do meio-dia de hoje não temos permissão de oferecer vôos ao Governo.

— Perdão?

— Nossos vôos são apenas para quem tem cartão da US Alliance.

— Tenho um cartão da US Alliance — disse Calvin, procurando nos bolsos.

— Qual é o seu nome, senhor?

— Calvin... McDonald's.

— Posso ver uma identidade, por favor?

— Ahn. Não.

— Sinto muito, senhor. Não posso embarcar pessoal do Governo.

Eles se afastaram do balcão. Billy disse:

— O que está acontecendo?

— Billy, compre três passagens, certo? — disse Jennifer.

— *Sozinho?*

— Imagino que você tenha um cartão da US Alliance. Você provavelmente tem estrelas de assassino.

— Cara, a NRA vai me apagar. Você chama isso de escolta?

— Tenho certeza de que eles não vão apagar você. Anda, anda.

Billy lhe lançou um olhar de traído e foi até o balcão. Por um momento Jennifer pensou que ele iria abordar a mesma vendedora de passagens. Então se desviou. Ela observou as pessoas em volta dele, procurando uma cabeça que estivesse chegando, mãos se enfiando em bolsos.

— Agora nós nem podemos pegar um avião — disse Calvin. — O que está acontecendo?

— Não sei.

— E por que o Governo quer que a gente vá para L.A.? Pensei que íamos a Washington.

— Eles me disseram para usar minha iniciativa.

Calvin olhou-a.

— O quê?

— John foi para L.A.

— *Jen.* Nós deveríamos ir para Washington.

— É, é. Depois.

— Então um jato cai — disse ela, enfiando o travesseiro nas costas —, e o Governo fica paralisado. Como foi que a gente ficou tão centralizada assim? Nós não deveríamos ter a ver com indivíduos. Deveríamos existir para as massas.

— Antigamente os figurões viajavam em aviões diferentes — disse Calvin.

— Bom, por que isso parou?

— Orçamento, imagino.

— Sabe, tudo isso começou quando eles acabaram com os impostos. Foi quando todo mundo começou a comprar sociedade. Quando tínhamos impostos, tínhamos uma *comunidade.*

— Pessoal — disse Billy. — Vocês precisam ficar de papo? Eu estou cansado mesmo.

— Cala a boca — mandou ela.

— Pelo menos sentem um do lado do outro. Eu estou captando isso em estéreo.

— Shh — disse Calvin. — O quê, você quer reintroduzir os impostos? Como faria isso?

— Não sei — murmurou ela. — Mas em algum momento esse negócio de liberdade saiu do controle.

— Vai se sentir melhor quando prendermos John Nike.

— É. Está certo. — Ela fechou os olhos.

61 Hack

A McDonald's tinha demorado um bom tempo para pôr o pé no shopping Melbourne Central. Até então o único lugar para conseguir gordurobúrgueres era numa lanchonetezinha chamada Aussie Burgers, que, pelo que Hack tinha ouvido em algum lugar, lutava para manter os Arcos Dourados à distância. Mas um dia ele passou lá e a Aussie Burgers tinha sumido. Diante da casca vazia do lugar estava a maior McDonald's que Hack já tinha visto, espalhando-se por três andares e quatro fachadas. Estava apinhada de gente.

Hack nunca tinha comido na Aussie Burgers, mas agora que a lanchonete sumiu ele desejou ter comido. Sentia-se feliz em se vingar por eles agora. Apertou com mais força a bolsa de lona e entrou na McDonald's.

Estava apinhada de executivos, mães com crianças pequenas e estudantes matando aula. Procurou Claire na multidão e achou-a do outro lado da loja, encostada no balcão. Ela encontrou seu olhar e sorriu. Ele sorriu de volta.

— Hack! Ei!

Ele se virou. Era Thomas, o garoto que pintava slogans exageradamente óbvios nas mutilações de cartazes armadas por Hack.

— Cara, isso é legal. Você está pronto?

— Onde está Leisl?

Thomas ficou desanimado.

— Acho que ela não vem.

— O quê?

— Acho que isso não é o tipo de coisa dela, cara. Ela não quer se encrencar.

— Ah. — Bem, tudo certo: três serviriam. Ele olhou para Claire e assentiu. Ela começou a subir no balcão.

Claire era muito ágil: estava com aquelas pernas compridas no alto enquanto Hack ainda se segurava no caixa para se equilibrar. Thomas subiu muito perto, atrás, e quase o derrubou.

— O que... o que vocês estão fazendo? — perguntou um vendedor da McDonald's.

— Não se preocupe — disse Hack, olhando-o. — Ninguém vai se machucar. — Ele abriu a bolsa, calçou luvas grossas e se virou para a multidão. — A McDonald's estupra o meio ambiente! Pilha os recursos naturais do Terceiro Mundo para nos servir comida gordurosa e pouco saudável! A McDonald's é membro da US Alliance, que matou pessoas em Londres! Ela invade as nossas vizinhanças e força nossas pequenas empresas a saírem! Ela faz publicidade para crianças!

— Assassinos de bebês! — gritou Thomas, e chutou a caixa registradora. Hack conteve um suspiro.

Os fregueses estavam olhando para ele, rindo. Claire falou:

— A McDonald's envenena nossa vida em busca do lucro! Por isso vamos envenenar a McDonald's!

Hack pegou uma lata grande dentro da bolsa e pulou embaixo da caixa registradora. O funcionário se encolheu para longe dele.

— Com licença — disse Hack.

— Todo mundo para fora! — gritou Claire. — Vamos liberar produtos químicos perigosos! Saiam e nunca mais voltem! Nunca mais vai ser seguro comer aqui!

Eles começaram a colocar suas máscaras contra gases, e isso agitou a multidão. Hack supunha que ninguém quereria ver pessoas colocando aquelas coisas enquanto ficava ali sentado com seu hambúrguer e milk-shake, vulnerável. Os fregueses partiram para a saída. Os gritos fizeram seus ouvidos doerem.

Hack se virou para a cozinha. Os funcionários estavam estranhamente imóveis, enquanto ele levantava a tampa da lata. Gritou:

— Saiam daí! — Suas palavras foram abafadas pela máscara. — É perigoso! — Ele enfiou a mão na lata e pegou um punhado de pó verde.

Eles correram. Hack jogou o pó em volta, acertando as chapas de fritura, os bancos, o teto, tudo. O negócio chiou e pulou ao tocar na chapa quente, lançando uma grossa nuvem de fumaça verde de aparência doentia. Ficou olhando, fascinado. Realmente parecia a coisa mais tóxica que ele já vira.

Alguém agarrou seu ombro. Ele mal podia ver os olhos de Claire através da máscara. Ela bateu no pulso. Ele assentiu e jogou longe o resto do pó, largou a lata e pulou de novo por cima do balcão. Os dois se deram as mãos e correram para a saída.

Clientes se juntavam a uns dez metros da loja, mas quando os três saíram eles se espalharam de novo. O ânimo de Hack cresceu ainda mais. Nenhum segurança iria pegá-los nessa confusão.

Tirou a máscara contra gases e jogou na bolsa. Eles desceram correndo três andares de escadas de concreto, seguiram por um comprido corredor de manutenção e depois saíram na movimentada Bourke Street.

— Uau! — exclamou Thomas. — Isso foi legal! Isso foi *muito legal*!

— Não posso acreditar como o negócio queimou — disse Claire. — Aquilo era só farinha?

— Farinha e anilina comestível.

— De jeito nenhum as pessoas vão comer lá de novo. De jeito nenhum!

— Você foi realmente boa — disse Hack a Claire. E beijou-a. — Seu discurso. Eu gostei um bocado.

— Obrigada. — Ela ficou sem jeito.

— Cara — disse Thomas. — Como vamos suplantar isso?

— Eu sei como. — Hack estivera esperando a pergunta. — Vamos atacar a Nike.

62 Violet

Holly T.A. falava ininterruptamente ao celular, desde que tinham saído do Parlamento. Violet estava sentada diante dela, e os joelhos das duas quase se tocavam. O terceiro ocupante da limusine era o soldado chamado UM, e ele estava sentado ao lado de Violet, sem se mexer.

— Significa que agora nós vamos partir para cima com tudo — disse Holly. — Talvez a US Alliance esteja obcecada com o Governo; eu não estou. Quero diretrizes de manhã. — Ela fechou o telefone e olhou para Violet. — Ah, qual é. Não foi tão ruim, foi?

Violet ficou quieta.

— Você foi útil para mim hoje. Agradeço isso. Ajudou a identificar um opositor importante.

— Ele... ele é maligno. — O modo como John tinha apontado para ela... Violet estremeceu.

— Todos os nossos concorrentes são malignos — disse Holly. E sorriu. Violet não soube se ela estava brincando.

— Quero ir para casa agora.

— Se é isso que você quer...

— Quero. Quero ser paga e ir para casa.

— Pelo que eu lembro — disse Holly, abrindo o celular de novo —, eu disse que seu pagamento é problema da ExxonMobil.

— Não você...

— Doçura, isso não tem nada a ver comigo. — Ela apertou botões.

— Espere um segundo! — Violet estendeu a mão e segurou o pulso de Holly. Então UM estava com a mão em volta da garganta de Violet e empurrando a cabeça dela contra o banco. Ela engasgou e tentou arranhá-lo.

— Que garota engraçada você é, Violet — disse Holly, parecendo achar divertido. — Você tem muito que aprender sobre como o mundo funciona.

Vagabunda, tentou dizer Violet, mas não tinha ar. Holly bateu na janela e a limusine parou. UM abriu a porta e empurrou. Violet caiu de joelhos na calçada. Conseguiu ficar de pé. A limusine já estava se afastando.

— Puta! — gritou. — Sua... sua puta!

Estava numa ponte, com o trânsito rugindo nas duas direções. Já tinha escurecido. O ar estava denso de névoa. Depois de um tempo Violet começou a andar.

A passagem de volta que tinha recebido da ExxonMobil ainda era válida, e Violet pegou um vôo para Melbourne no mesmo dia. Vinte horas depois estava saindo de um táxi diante da casa de Claire.

Eram oito da manhã, mas parecia dez da noite. Estava fora de sincronia com o mundo.

Hack provavelmente tinha se mudado de volta para o apartamento deles, mas tudo bem: Violet poderia tomar um banho e se arrumar antes de vê-lo. Percebia agora que tinha deixado Hack na mão: tinha dito algumas coisas que ele poderia ter entendido errado. Hack era sensível. Ela precisava ter cuidado se quisesse que ele a ajudasse a pegar seus três milhões de dólares.

Violet ainda tinha uma chave, por isso destrancou a porta da frente e entrou.

— Olá? — Não houve resposta, mas ela ouviu o chuveiro aberto. E uma voz; Claire cantando, talvez. Bateu na porta do banheiro. — Olá?

Silêncio.

— Violet?

— É. — Ela encostou a cabeça na porta e fechou os olhos. — Estou em casa.

— Ah... como foi? — A água foi fechada.

— Não muito bem. — Ela se sentiu abruptamente em vias de chorar. — Nem um pouco bem.

— O que há de errado?

— Posso entrar?

— Ahn... só um segundo.

— Eu realmente preciso conversar — disse Violet, e abriu a porta.

Claire estava usando uma toalha. Hack não estava usando nada. Ela encarou os dois. Era como uma alucinação.

Claire falou:

— Violet, antes que você diga alguma coisa...

— Que *porra*? — gritou ela.

— Violet, por favor, deixe-me explicar...

— Como vocês puderam? Como vocês puderam fazer isso comigo?

— Violet — disse Hack. — Você foi embora. Você foi embora e disse que não queria me ver de novo.

— Aquilo foi uma *discussão*! Eu não posso... não posso acreditar que vocês estão tendo um caso!

— Um *caso*? — gritou Hack. Hack estava sendo surpeendentemente assertivo para um homem pelado. Hack estava sendo surpreendentemente afirmativo para Hack. — Você e eu não estamos juntos!

— Como você ousa dizer isso! Nós estamos!

— Você me chutou!

— Todo mundo acha que pode me *sacanear*! — gritou Violet. Sentia lágrimas pinicando nos olhos. — Todo mundo acha que pode foder comigo!

— Violet — disse Claire —, eu realmente sinto muito...

Violet bateu a porta. O táxi ainda estava à vista, mas já ia sumindo. Ela correu atrás, acenando. As luzes de freio piscaram. Violet correu até lá. O motorista falou:

— Ninguém em casa?

— Não.

O apartamento estava muito mais limpo do que ela recordava. Não havia sinal de sua luta com John na cozinha, e a torradeira tinha sumido. Isso a fez sentir como se estivesse sonhando. Não podia deixar de se perguntar se tudo aquilo tinha mesmo acontecido. Talvez, se ela voltasse à casa de Claire, Hack não estivesse... Não, isso era estúpido. Apertou as mãos no rosto.

De repente, de modo chocante, começou a chorar. Grandes soluços sacudidos explodiam saindo dela. Não podia acreditar. Deixou-se afundar nos ladrilhos da cozinha e se abraçou. Tremia incontrolavelmente. Não sabia se estava chorando por Hack, pelos três milhões de dólares perdidos, pelo *jet lag* ou talvez por tudo junto, mas não conseguia parar. Era uma torrente. Parecia arrastar para fora tudo que lhe restava.

Chorou e se odiou. Isso não deveria ser ela, essa garota pequena e arrasada. Ela deveria ter sucesso. Outras pessoas tinham tirado tudo que era seu.

Levantou-se e esfregou os olhos. Entrou na sala de estar e pegou o telefone. Holly T.A. dissera que Violet tinha muito a aprender sobre como o mundo funcionava; bem, ela veria isso. Veria com que rapidez seria capaz de aprender.

Demorou um longo tempo para falar com alguém, e então o alguém parecia não estar levando Violet a sério.

— Diga a ele que é Violet — disse ela. — Diga que é a pessoa que o viu matar um homem em Londres. Entendeu isso?

— Espere um segundo — disse a mulher. — Você disse...

— Disse.

— Vou me certificar de que John receba o recado — disse a mulher, e Violet desligou. Ela roeu as unhas. Estava fazendo a coisa certa. Sabia que estava.

63 John

John tinha requisitado uma mesa grande e aberto um mapa de Los Angeles em cima. O mapa estava coberto de tinta vermelha, com palavras como "1ª Inf", e "3º Ex". Ele estava começando a desejar que tivesse usado um lápis: o negócio estava ficando bastante confuso.

— Você é *realmente* o cara — disse o garoto da Pepsi, circulando. — Nem posso dizer como isso é maneiro.

— Fale sobre os elementos de ligação.

— A maior parte está no maior pique. As campanhas que esses caras estão bolando são de revirar a cabeça. — Ele olhou para o mapa. — Isso é a artilharia? Você vai acertar a sede da Reebok com *artilharia*?

— *A maior parte?*

— Bom, a IBM ainda não gosta disso, você sabe. E uma loja da McDonald's foi atacada hoje cedo nos Territórios Australianos. As pessoas estão dizendo que é um protesto radical.

— Um protesto? Contra o quê?

O garoto da Pepsi deu de ombros.

— O consumismo, acho.

— Consumismo? Desde quando comer um hambúrguer é crime?

— Não sei, cara.

— Descubra quem está por trás. Não quero a IBM, a McDonald's nem ninguém mais tendo motivos para começar a encher o saco sobre reação de mercado. — Seu interfone zumbiu, espantando-o. — Depressa — disse ele —, esconda o mapa.

— John? O general Li NRA, para falar com você.

— Ah. — Ele relaxou. — Mande entrar.

O garoto da Pepsi alisou o mapa: tinha-o amarrotado.

— Posso ficar? Posso dar boas idéias de estratégia.

— Não.

O general Li entrou na sala.

— Ah, *entre.*

O general Li olhou para o garoto da Pepsi. John falou:

— General Li, este é... — Ele percebeu que não sabia o nome do garoto. — O ligação da PepsiCo.

— Prazer em conhecê-lo — disse o general Li.

O garoto apertou a mão de Li com entusiasmo.

— O prazer é meu, cara. Eu adoro essa merda toda de guerra.

— Certo, agora se manda — disse John.

— Vou ficar quieto.

— Sai!

— Certo, certo. — O garoto lançou um olhar azedo para John. Em seguida saiu e fechou a porta com força.

— Dia difícil? — perguntou o general Li.

John suspirou.

— Só uns dois ligações criando problema. As coisas eram muito mais simples quando eu não tinha de ouvir outras pessoas, Li. A democracia é um pé no saco.

Li sentou-se.

— Entre os militares, nós sempre tivemos um desrespeito saudável pela democracia.

— Dá pra ver por quê. Certo. Bom, vamos falar dos tanques.

— Antes de começarmos devo chamar a atenção para uma coisa. Lembra-se do nosso assassino fracassado, Billy NRA?

— Ele já está morto?

— Sinto muito, não. Billy foi mantido numa base do Governo durante vários dias. Está num vôo da United Airlines para L.A.

— Bom, apague aquele escroto — disse John, e em seguida parou. — L.A.? Por que ele está vindo para cá?

— Não sei.

— Se o Governo estivesse levando-o a algum lugar, seria Washington... — Ele estalou os dedos. — Billy deu no pé. Escapou!

Li pigarreou.

— Acho que não. Segundo a United, ele está viajando com Jennifer e Calvin NRA. Temos certeza que são nomes falsos.

Por um segundo ele não conseguiu falar.

— Jennifer está vindo para *cá*?

— Perdão?

— Me deixe sozinho. Eu preciso pensar.

Li olhou para o mapa.

— Senhor, se quiser coordenar uma campanha militar, nós precisamos...

— *Fora!*

O general Li recuou. John apertou os dedos nas têmporas. Como ela ainda podia estar atrás dele? O Governo levava meses para organizar uma festinha qualquer; com seus principais executivos dando um mergulho não programado no Atlântico, deveria estar no caos. Como conseguiram mandar dois agentes de Londres para L.A.?

Mas ele sabia: era Jennifer. John estivera se iludindo, pensando que tinha feito o suficiente para se proteger. Jennifer iria caçá-lo até o fim do mundo.

Havia um pedaço de papel em sua mesa, com o número do telefone de uma pessoa. Ele o achou e examinou.

— Violet ExxonMobil — falou em voz baixa. — O que você quer comigo? — Pensou que talvez valesse a pena descobrir.

Só saiu da sala às onze, e estava tão tenso que parou no bar do hotel para esfriar. Estava olhando para seu uísque quando alguém sentou-se ao lado, roçando seu braço. Ele ergueu os olhos, chateado. Era uma garota magra, de vestido leve. Ela sorriu sem jeito.

— Você é John, certo? John Nike.

— Quem é você?

Ela hesitou, depois estendeu a mão.

— Vanessa Armazém-Fashion.com. Espero não estar incomodando-o.

Ele se sentiu tentado a mandar ela se catar, mas a garota era jovem, estava nervosa e havia a possibilidade de que quisesse se oferecer para dormir com ele.

— Nem um pouco.

— Acho... provavelmente você não ouviu falar da Armazém-Fashion.com. Nós somos provedores de conteúdo e vendedores online de várias grandes etiquetas. — Ela observou os olhos dele.

— Ahã.

— Eu... nós nos inscrevemos para a US Alliance há alguns meses, mas eles nos rejeitaram. Disseram que só recebiam empresas com faturamento de mais de cem milhões. Mas nós somos novos, e estamos crescendo muito, e esperávamos que vocês pudessem... fazer uma exceção.

John achou divertido. De jeito nenhum a Fashion.com ou qualquer empresa mixuruca que essa garota administrava do próprio quarto seria aceita na US Alliance.

— Você teria de fazer uma argumentação muito boa.

O sorriso dela se alargou. Era quase doloroso de olhar.

— Talvez eu consiga. — Desajeitadamente, ela apertou o corpo contra o braço dele; John sentiu um pequeno seio encostado no ombro.

— Senhor? Com licença? — disse o barman. — Telefonema para o senhor.

John piscou.

— Por que meus telefonemas estão vindo para cá?

— A recepção notou que o senhor estava no bar.

— Ah. — O Sofitel era ótimo no atendimento aos clientes; algumas vezes a coisa ficava meio assustadora. — Quem é?

— Violet ExxonMobil.

— Eu atendo no quarto. — Ele se levantou.

— Você vai voltar? — perguntou Vanessa. — Depois do telefonema?

Ele a encarou.

— Sinto muito. Estou ocupado.

— Mas...

— Sinto muito. — Ele se afastou. Sentia-se trapaceado. Jennifer estava arruinando suas realizações, azedando suas vitórias. De que adiantava o sucesso se ele não tinha tempo de comer uma garota daquelas? Olhou-se no espelho do elevador. — O que eu estou virando? — falou, e o reflexo o olhou de volta.

— Violet.

— John.

— Vamos deixar uma coisa clara. — Ele levou o telefone até a janela, para poder ver o letreiro de Hollywood iluminado. A Columbia tinha-o comprado há alguns anos, e agora havia um Pégaso gigante sobre ele; era uma grande melhoria, na opinião de John. — Se você está esperando me chantagear por causa do presidente da ExxonMobil morto, pode economizar o fôlego.

— Não é por isso que eu estou ligando.

— Então talvez queira se desculpar por ter enfiado uma arma na minha cara e colocado meu amigo em coma. É isso, Violet?

— Eu sabia que estava certa em ligar para você. — Ela parecia empolgada, de modo que tinha um parafuso solto ou era uma daquelas pessoas que não sabia quando desistir; de qualquer modo, John ficou interessado. Ele tinha utilidade para gente assim. — Temos um inimigo comum. Holly T.A. Podemos ajudar um ao outro.

— Na última vez em que vi, você estava sentada perto de Holly T.A.

— Ela... ela... — A voz de Violet ficou tensa. — Ela me deve um monte de dinheiro. Ela me deve *muito.*

Ahã, pensou ele. Estava tentado a perguntar a Violet se ela era pirada, mas essa era uma pergunta perigosa, e além disso, achava que já sabia a resposta.

— Você quer que eu cobre sua dívida?

— Eu posso lhe dar informações sobre Holly, posso dizer...

— Foda-se isso. Eu não preciso de ajuda quanto a Holly, preciso de ajuda com Jennifer Governo. — Sua vida era cheia de mulheres dominadoras, percebeu: se não era Jennifer, era Holly.

— Quem?

— Não me sacaneie, Violet, seria muito ruim para o nosso relacionamento. Se seu amiguinho Hack não falou com Jennifer, eu sou Ralph Nader. Pergunte a ele sobre ela. Depois pegue a filha dela.

Pausa.

— Você quer que eu seqüestre alguém?

— Você entendeu de primeira. Pegue aquela garota para mim e nós estamos negociando.

— Eu não... isso não é... eu pensei que simplesmente poderia lhe dar informações...

— Quanto Holly deve a você?

— Três milhões. Ela me deve três milhões de dólares.

— Bem, é um bocado de dinheiro. — John se obrigou a hesitar, como se estivesse pensando nisso. — Certo. Pegue a garota para mim, eu consigo o seu dinheiro.

— E... quando você receber, vai dizer a Holly que é para mim? Você pode fazer isso?

— Claro. Realmente vou esfregar na cara dela.

— Certo — disse Violet, empolgada de novo. — Certo, eu provavelmente poderia fazer isso. Não tenho de machucar a garota nem nada, certo?

— Ahn, certo — disse John. Uma iludida. — Claro que não. — Ele olhou o relógio. — Mais uma coisa. Nem pense em me trair. —

Ele não sabia por que se incomodava; cada um provavelmente estava pretendendo trair o outro, e era simplesmente uma questão de quem fizesse isso primeiro. — Você tem o meu número. — E desligou.

Sem dúvida, Violet estava era doida, muito doida. Mas algumas vezes esse era o tipo de pessoa que conseguia resultados. Até mesmo uma tentativa malsucedida de pegar a filha de Jennifer mandaria um recado, e talvez isso bastasse. Se ele conseguisse tempo suficiente, não importaria o quanto Jennifer fosse obstinada. Li e a NRA iriam deixá-la sem emprego.

64 Buy

Dois dias e nenhuma resposta de John Nike. Buy ligou para a secretária de novo.

— Ah! — disse ela. — As flores são lindas, muito obrigada! John fez contato?

— Não.

— Ah, droga. Olha, hmm, eu não deveria fazer isso... mas quer o número do celular dele?

— Seria fantástico. — Buy anotou. — Obrigado de novo.

Ligou para o número de John. Enquanto esperava, surfou pela internet procurando Animaiz Virtuais. Não sabia o que eram, exatamente, só que Kate estava apaixonada por eles. Ela queria baixá-los.

— Alô?

— John Nike? Aqui é Buy Mitsui, assistente de ligação. Não sei você recebeu meu recado, mas...

— Como você conseguiu meu número, porra?

— Sua secretária me deu.

— Aquela puta!

— De qualquer modo... — Buy tinha a sensação de que não gostaria de John Nike. — Estou telefonando porque Kato Mitsui, ligação, pediu que eu me fizesse útil para você.

Pausa.

— Você quer o quê?

— Não, não. Eu estou aqui para ajudá-lo.

— Ajudar como?

— Não sei. O que quer que você queira.

— Ah. Bem, hmm... Onde você está?

— Melbourne, Territórios Australianos.

Houve uma pausa.

— Certo, claro. Claro. Entre em contato com a sede local da McDonald's, descubra quem andou jogando lixo tóxico nas lojas deles.

— Quer que eu ajude a McDonald's? — Isso estava ficando complicado.

— Na US Alliance nós somos uma família grande e feliz, você não ouviu dizer?

— Claro.

— Mas não, eu não quero que você ajude a McDonald's. Quero que me diga se eles estão jogando direito. Descubra quem está por trás dos ataques: quero os nomes, os planos, tudo. Não confio naqueles McPanacas para montar a coisa toda.

— Certo. — Ele pensou: *e também é paranóico.*

— E nunca ligue de novo para este número. São cinco da manhã, porra.

— Ah, desculpe... — começou Buy, mas John já havia desligado.

Buy marcou um encontro às três horas com Lucia McDonald's, diretora de marketing, o que lhe permitiria pegar Kate na escola depois. O escritório central da McDonald's era em Sydney, mas Lucia estava em Melbourne para administrar a crise. Queria se encontrar com ele na loja que fora atacada, por isso Buy foi até a Swanson Street e subiu pela escada rolante. A loja da McDonald's não estava mais debaixo de plástico: para seu espanto, havia pessoas comendo lá. Entrou procurando Lucia.

— Buy Mitsui?

Ele se virou. Uma mulher que ele havia confundido com uma freguesa estava sorrindo, cobrindo um celular com uma das mãos. Diante dela havia um cheesebúrguer meio comido, com fritas.

— Eu sou Lucia. Sente-se. Já falo com você.

Buy sentou-se e olhou o cheesebúrger de Lucia. Esperava que ela não lhe pedisse para comer. Ele tinha visto o noticiário: jogaram coisa verde nas chapas de fritura. Buy preferiria comer sua pasta de executivo.

— Toda a comida é preparada fora daqui — disse Lucia, atraindo sua atenção. Ela dobrou o celular. — Temos certeza que não houve contaminação, mas é um bom modo de tranqüilizar nossos clientes. Estamos com furgões de entrega subindo e descendo a Swanson Street.

— Não houve contaminação?

— Era uma mistura de farinha e anilina comestível. Só uma brincadeira de mau gosto.

— Ah, eu não sabia. — Mesmo assim não queria um cheesebúrguer.

— Nem você nem o público em geral. Temos um tremendo serviço de relações públicas. Botei metade do meu pessoal aqui para se entupir de McLanche Feliz.

Buy olhou em volta. Agora que Lucia tinha falado, havia uma certa uniformidade em todos os fregueses. A maioria estava com celulares encostados nos ouvidos. Alguns tinham notebooks.

— Sabem quem atacou a loja?

— Soubemos hoje cedo. As câmeras de segurança os pegaram saindo da loja e indo para a rua. Tivemos colaboração de duas lojas da Bourke Street, vimos as fitas da segurança deles, e vimos para qual estacionamento eles foram. Um pagou com cartão Visa. Como a Visa é da US Alliance, *voilà*, um endereço de cobrança em nome de um tal de Sr. Hack Nike.

Buy piscou. Imaginou se era coincidência o atacante trabalhar para a Nike, como John. Provavelmente havia mais coisas acontecendo ali do que Buy sabia.

— Vocês informaram isso ao Governo?

Lucia sorriu.

— Nós não trabalhamos assim, Buy. É público demais. Em vez disso vamos conversar com o tal de Hack Nike.

— Por "conversar" você quer dizer...

Ela se inclinou para a frente.

— Quero dizer que vamos montar uma argumentação muito persuasiva para garantir que ele nunca mais tente algo assim.

— Eu... sei. Mas eu gostaria de falar com ele antes, se você não se importar. John Nike quer saber qual é a dessa gente.

— É, *John* — disse Lucia. — Devo dizer que é muito lisonjeiro ele ter assumido um interesse pessoal. Como o conheceu?

— É complicado.

— Espero que você lhe diga como estou agradecida pela ajuda. Se ele aparecer na cidade, eu adoraria convidá-lo para jantar.

— Vou dizer a ele. Então, eu posso...

— Deixe-me anotar os detalhes para você.

Na via expressa Bechtel Leste, a caminho da escola de Kate, Buy ligou para o número que Lucia tinha lhe dado.

Uma jovem atendeu.

— Alô?

— Alô — disse Buy. — Posso falar com Hack Nike, por favor?

— Ele não está aqui — disse ela um tanto agressivamente, pelo que Buy achou. — Ele não mora mais aqui. Certo?

— Ah. Você sabe onde...

— Tente Claire Sears, assistente de vendas. Por que não procura por ela? Tenho certeza que vai encontrar Hack *lá*.

— Ah... Obrigado. — Buy desligou. Isso era estranho.

Ligou para o serviço de informações e conseguiu o número de Claire Sears. Claire tinha uma secretária eletrônica. Buy disse a ela:

— Oi, meu nome é Buy Mitsui... Ouvi falar do grupo de vocês, sobre o que vocês fazem, e... gostaria de participar. Por favor, me liguem assim que puderem.

Desligou. Sentia-se meio mal, montando uma armadilha assim. Antes de ter saído da McDonald's, Lucia tinha lhe mostrado a fita do ataque, e Buy ficou surpreso com o amadorismo de tudo. No noticiário tinha parecido um ataque estratégico com armas químicas.

— Eles são crianças — disse a Lucia. — Só crianças.

— Eles nos custaram vinte milhões em danos para a marca. Não sinta pena.

Buy chegou cedo, por isso estacionou o jipe e entrou, esperando ver a sala de aula de Kate. Havia imagens de bonecas Barbie e carros da Barbie grudadas em toda parte. Esta era uma escola da Mattel, percebeu Buy. De repente entendeu por que Kate tinha uma lancheira da Barbie.

Um segurança parou na frente dele.

— Posso ajudá-lo, senhor?

— Ah — disse Buy, espantado. — Só vim pegar minha menina.

— Os alunos podem ser apanhados no portão, senhor. Por favor, espere lá fora.

— Ah, claro. — Ele se virou e voltou. Era uma pena. Mas achava que a precaução era necessária. Nunca se sabia quando algum lunático tentaria seqüestrar uma criança.

Kate foi uma das primeiras a chegar ao portão. Correu para ele, com a mochila balançando às costas.

— Buy! Pegou meus Animaiz Virtuais?

Ele abriu a porta para Kate.

— Acho que você vai ter de explicar esse conceito para mim.

— *Buy. É simples.*

Ele ligou o motor.

— Para uma garota inteligente como você, talvez seja.

— Um homem veio falar com a gente hoje. Ele disse que algumas empresas são más. Você trabalha para uma empresa má?

— O quê?

— Ele disse que as empresas más prejudicaram as empresas boas, e que elas vão lutar.

— A US Alliance e a Team Advantage?

— É!

— É isso que ensinam a vocês?

— As boas empresas são.. esqueci.

— Eu também.

— Eu sei que a Mattel é boa.

— Não há realmente empresas boas e más, Kate. Não é tão simples assim.

— Mas a Mattel cuida das crianças nas escolas. Havia um garoto doente, e eles deram a ele um monte de brinquedos. As outras empresas são más e gananciosas.

— De certa forma, todas as empresas são gananciosas. Por isso elas fazem coisas para nós. É assim que o sistema funciona.

— Eu posso ganhar uma coisa? Já que você não baixou os Animaiz?

Buy sorriu.

— Que tipo de coisa?

— Um Bebê Feijão Saltador.

— Estou surpreso porque vocês não podem comprá-los na escola. Estou surpreso em saber que não são obrigatórios.

— A Mattel não faz o Bebê Feijão Saltador. Mas eu gosto dele.

— Você é uma rebelde.

— Posso?

— Claro, acho.

— Obrigada! O shopping Chadstone fica no caminho de casa.

— Vamos a outro lugar.

— Mas você disse...

— Só não vamos ao Chadstone. Por favor. Eu não quero ir ao Chadstone.

— Ah — disse ela. — Tudo bem.

Seguiram em silêncio durante um tempo. Depois Kate disse:

— Acha que mamãe vai ligar de novo?

Buy encarou-a.

— Claro que vai. No segundo em que puder.

— O som era esquisito. No lugar onde ela estava. Barulhento.

— Ela vai estar bem. Garanto.

— Espero que ela ligue de novo. — Kate roeu a unha e inspecionou-a. — E a Sears? Vendem lá também. A gente pode comprar um Bebê Feijão Saltador na Sears?

— Sim. A gente pode ir à Sears.

65 Billy

Billy acordou com o cotovelo de Jennifer nas costelas.

— Ei. Estou tentando dormir.

— Nós pousamos.

— Ah. — Ele seguiu Calvin para o corredor e se espreguiçou, estalando os dedos.

— Não faça isso — disse Calvin.

— Desculpe.

Calvin parecia cansado e mal-humorado, o que era bom, porque significava que não perseguiria Billy tão rápido. Billy tinha bastante certeza de que haveria alguma perseguição, porque assim que tivesse chance iria correr feito a porra. Tivera um bocado de tempo para pensar nisso, e decidiu que era definitivamente melhor do que a alternativa, ficar parado esperando que a NRA o apagasse. Aquele John Nike tinha sido bem convincente.

Jennifer e Calvin o acompanharam para fora do avião, mantendo-se entre ele e os outros passageiros. Um letreiro de néon dizia: BEM-VINDO A LOS ANGELES — LAR DA US ALLIANCE!

— Cara, é bom estar em casa — disse Billy, inalando. — Sinta o cheiro desse ar, uau!

— É ar condicionado — respondeu Jennifer.

Ele viu uma placa.

— Ei, é o banheiro. Preciso mijar.

— Espere até o hotel.

— Qual é, acabei de acordar, realmente tenho de ir.

Jennifer olhou para Calvin. Calvin disse:

— Então venha.

— Legal — disse Billy.

Jennifer pôs a mão no braço dele.

— A NRA pode saber que nós estamos aqui. Tenha cuidado.

— Uau, certo, claro. — Ele tentou parecer solene. Se Jennifer achava que as chances de Billy eram melhores perto de dois agentes do governo sofrendo de *jet lag*, era pirada.

Acompanhou Calvin até o banheiro. Calvin verificou os cubículos, o que permitiu a Billy ter uma dianteira. Quando Calvin abriu o zíper, Billy já estava sacudindo.

— Então, você trabalha com Jen há muito tempo?

— Mais ou menos um ano.

— Cara, como é que você consegue? Aquela dona me deixa doido depois de cinco minutos. — Ele fechou o zíper.

— Ela tem qualidades que compensam — disse Calvin, e Billy bateu com a cabeça dele na parede. Fez um *clunc* alto, e Calvin balançou de volta contra os ladrilhos. Billy correu para a saída. Jennifer o viu aparecer. O queixo dela caiu. Parecia tão surpresa e ultrajada que Billy teve um ataque de riso. Ela estava a dez metros de distância. Ele partiu na outra direção.

— Pára! Billy!

Ele pulou por cima de uma fileira de vasos de plantas e correu passando por balcões de aluguel de veículos. A saída principal ficava à frente, e havia táxis esperando pacientemente na rua. Ele estava entrando em um quando um homem com um uniforme preto da Airport Transport pegou seu ombro.

— Quer um táxi, senhor?

— Quero, quero!

O homem olhou para a prancheta. Depois levantou a cabeça.

— Billy NRA?

Billy parou.

— É, quem é você?

— Segure isso, certo? — O homem lhe entregou a prancheta. Billy olhou para ela, confuso. Tinha uma foto dele presa no canto superior direito. Ele não entendeu por que esse homem teria sua foto, ou por que queria que Billy olhasse para ela. Então o homem sacou uma arma do bolso e tudo ficou muito mais claro.

— Não! — Ele tropeçou por cima do meio-fio e se esparramou no concreto. — *Não, por favor!*

— Desculpe — disse o sujeito. Billy podia ver o olho dele acima do cano. Podia ver seu dedo apertando o gatilho.

Houve dois tiros, agudos e altos. Billy sentiu o corpo explodir, sentiu sangue saindo. Não podia acreditar que estava acontecendo. Só queria ir esquiar, e estava sendo morto a tiros num aeroporto de L.A. Gritou e gritou.

— Anda — disse Jennifer. — Levanta!

Ele abriu os olhos. Havia um homem morto tombado contra o táxi. Olhou para baixo.

— Eu fui acertado! O sangue... o sangue!

— Não é seu. Depressa.

Ele tocou a barriga, depois as pernas.

— Está vendo? — disse ela. — Agora mexa esse rabo. Não vamos presumir que haja só um deles.

Ela puxou-o de pé e o acompanhou para dentro do táxi. Calvin abriu a outra porta. Calvin estava com um galo em cima do olho direito, como se um ovo tentasse sair do crânio.

— Acho que você deve um pedido de desculpas a alguém — disse Jennifer.

— Ah... desculpe, Calvin.

Calvin ficou quieto. Billy achou que podia ter chegado ao fim da boa vontade de Calvin Governo.

— E... obrigado por atirar naquele cara, Jen.

— Tente isso de novo e da próxima vez eu atiro em você.

— Não vou tentar de novo — disse Billy. Mas era mentira, claro.

66 Jennifer

Ela não sentia empolgação por ter deixado um sujeito morto na calçada, mas era isso ou ficar e trocar palavras com os outros agentes da NRA que estivessem por ali. O motorista ficou de boca fechada até o hotel em Santa Monica, o que ela achou compreensível, dado o que o homem tinha visto. Ela provavelmente deveria lhe dar uma bela gorjeta.

— Olha toda essa gente — disse Calvin, espiando pela janela. — Todas as lojas da cidade estão com liquidação?

— Olha só aquele cartaz da US Alliance — mostrou Billy. — "VÃO EMBORA, NORTISTAS". Cara, isso é engraçado. De onde é a Team Advantage?

— Nova York — disse Jennifer.

— Ah, então é isso.

O táxi os deixou na porta do hotel. Era uma manhã clara, ensolarada, e ela achou que podia sentir o cheiro do oceano. Não podia negar: parte sua se sentia empolgada por estar aqui. Fazia muito tempo desde que tinha estado pela última vez em L.A.

Lutou para dispensar homens que queriam muito carregar sua bagagem e foi até a recepção. Um homem com uniforme degradante perguntou:

— Vocês são sócios da US Alliance?

— Billy — ordenou ela. Billy pegou seu cartão.

— A senhora é sócia?

— Pretendo me inscrever — disse Jennifer. — Logo logo.

Ele empurrou duas pranchetas por cima do balcão.

— Vocês terão de fazer isso antes de se registrar. É um programa excelente. Vocês podem ganhar...

— Jennifer? — disse alguém. — Puta que o pariu, Jennifer *Maher*?

Ela se virou. Um executivo de cabelos castanhos e sapatos brilhantes estava encarando-a. Ela rebuscou o nome na memória.

— Max?

— Pensei que tinha caído pela borda da terra, boneca Barbie. O que está fazendo na cidade?

— Eu... estou a negócios. — Ela sentiu o olhar de Calvin. — Preencha o seu formulário — disse a ele.

— Ainda está no ramo de publicidade?

— Sou freelance.

— Epa! Se quiser trabalhar, vamos bater um papo. — Max pôs um cartão de visitas na mão dela. Dizia: MAX SINERGIA, PRESIDENTE, CAMPANHAS SINERGIA. — Atualmente tenho minha própria agência. Fazemos trabalho para a US Alliance. Você viu? Eu *adoraria* ter você a bordo, Malibu. O pessoal do ramo ainda se lembra de você.

— Isso é... legal. Mas não estou procurando emprego.

— Ah. Bem, não se esqueça de mim. Ei, quer se encontrar comigo mais tarde? A gente poderia...

— E se eu ligar para você?

— Certo! Uau, foi ótimo encontrar você. Fantástico mesmo.

Calvin não disse nada até estarem no elevador. Então o silêncio foi demasiado: ela não pôde suportar a espera.

— Ande. Diga.

— Diga o quê?

Ela o encarou.

— Você trabalhava em L.A.?

— A Maher é baseada aqui.

— Ah. Então isso é como uma volta ao lar para você.

— Não, não é. — Mas Calvin estava certo. Ela podia sentir nos ossos.

Ligou para Kate, e foi maravilhoso. Kate estava cheia de histórias sobre o que ela e Buy tinham feito, e ao ouvir sua voz Jennifer começou a se sentir muito menos como se tivesse passado toda a semana na classe econômica de um avião e mais como um ser humano.

— Sinto tanta saudade de você! — disse ela, e Calvin e Billy a encararam.

Depois ela pegou o caderno de telefones e fez seu número de jornalista: ligar para a US Alliance, fingir que era da MSNBC e dizer que queria entrevistar John Nike. Foi transferida para uma secretária que disse que John estava numa entrevista importante e que, de qualquer modo, ele não queria entrevistas com mídia que não fizesse parte da US Alliance.

— Obrigada mesmo assim — disse Jennifer, e desligou. Agora tinha a confirmação de que ele estava aqui.

Havia um problema com Billy: ele não queria ser deixado algemado ao suporte de toalhas.

— Só vamos sair por algumas horas — disse ela. — Qual é o problema?

— E se a NRA vier aqui?

— Agora você quer nossa proteção? Pensei que você preferia ficar sozinho.

— Bem, agora eu vejo que você estava certa.

— Então vou algemá-lo ao frigobar. Você pode beliscar alguma coisa. Que tal?

— Puxa, cara.

Deixaram-no, esperando que alguma faxineira não o encontrasse. O táxi levou quarenta minutos para chegar ao prédio da US Alliance na esquina de Main com Central, porque o centro da cidade estava apinhado.

— O que está acontecendo? — perguntou ela ao motorista. — Algum tipo de tumulto?

— É, algum tipo. É a liquidação.

— Que liquidação?

— Está brincando? US Alliance e Team Advantage. Se ainda não se inscreveu, dona, está na hora. Dá pra conseguir umas pechinchas incríveis.

— Mmm — disse Jennifer. Ela viu dois homens lutando por causa de um videocassete na vitrine de uma Sears; os seguranças da loja estavam tentando separá-los. Nas portas de um K-Mart estavam pintadas com spray as palavras: T.A. — NÃO EM L.A. — Pode nos deixar aqui?

Eles andaram os últimos dois quarteirões até a torre da US Alliance, espremendo-se entre a multidão de consumidores.

— Uau, Jen — disse Calvin. — Há umas ofertas bem boas aqui. — Ele parou na frente de uma vitrine. — TVs de tela larga por duzentas pratas! Será que está certo?

Ela continuou andando. Depois de um minuto Calvin a alcançou.

— Certo, claro, tudo isso é terrível, verdade. Mas já que estamos aqui... você poderia pegar alguma coisa legal.

Jennifer parou. Do outro lado da rua o prédio da US Alliance estava cercado por soldados da NRA. Viu capacetes, fuzis de assalto, escudos.

— O que é? — perguntou Calvin, e depois viu. — Ah, merda.

— Você acha que isso vai nos impedir, ou à Team Advantage?

— Talvez ambos.

Ela franziu a testa.

— Então o que vamos fazer agora?

— Acho que vou ligar para o Max — disse Jennifer.

67 Hack

Hack estava dormindo quando o telefone tocou. Era espantoso o quanto de sono ele conseguia ter, agora que estava desempregado. Estava começando a se sentir mal por todas as pessoas que tinham de se arrastar até as fábricas de barulho às nove horas. Elas não sabiam o que estavam perdendo.

Claire estava na Sears. Ele foi para a cozinha.

— Alô?

— Oi. É o Thomas.

— Ah, oi.

— Olha, Hack... eu andei pensando... não quero fazer a Nike Town com você.

— O quê?

— É só que, depois da McDonald's, parece que a gente devia ficar na moita um tempo. Sabe?

A McDonald's tinha saído no noticiário, em grande estilo. Durante dois dias a TV estivera cheia de imagens de sujeitos com roupas de astronauta andando pela loja, e a própria fachada envolta em plástico como uma coisa saída de filme de ficção científica. Desde então o tempo todo havia porta-vozes da empresa, de aparência séria, garantindo ao público que todas as precauções tinham sido tomadas, que *não havia risco, absolutamente nenhum.*

— Ah — disse Hack. — Você não quer se encrencar?

— Certo.

Ele ficou furioso. Não havia sentido em parar depois da McDonald's; o objetivo de todo o exercício era a Nike.

— Puxa, sinto muito. Achei que a gente estava fazendo isso porque era *certo.* Pensei que a gente estava indo contra empresas como a McDonald's porque alguém tem de fazer isso. Não sabia que era por interesse pessoal.

— Ah... — disse Thomas. — É só que...

— Ei, eu tenho uma idéia! Por que a gente não coloca anúncios nos uniformes? A gente poderia conseguir patrocinadores e verbas...

— Não é isso que eu estou...

— ... e a gente só atacaria os concorrentes dos nossos patrocinadores, e poderia cobrar um monte de dinheiro e ter um logotipo, fazer anúncios e a gente seria *igualzinha a eles*!

Houve uma longa pausa. Então Thomas disse:

— Desculpe, Hack.

— Então vá se catar, seu simpatizante das corporações. — Hack desligou.

Primeiro Leisl, agora Thomas. Hack estava perdendo soldados. Era incrível, pensou, como todo mundo falava mal das corporações mas não se dispunha ao risco de deixá-las emputecidas. Hack estava desapontado com o nível de motivação na contracultura dessa sociedade.

Pegou um bilhete na mesa. Era o recado que aquele sujeito, Buy Mitsui, tinha deixado. Hack não ia telefonar de volta, mas com Thomas saindo... podia ser bom ter ajuda extra. Afinal de contas era para a Nike. Hack não queria mais cometer erros grandes.

Encontrou Claire no centro da cidade para o almoço, e os dois se sentaram do mesmo lado de um reservado num Johnny Rockets. A Sears só dava vinte minutos de almoço a Claire, de modo que esses encontros eram sempre meio corridos. Dada a situação financeira de Hack desde que tinha perdido o emprego, eles eram uma extravagância. Mas valia a pena ver Claire. Afora se vingar da Nike, ver Claire era a única coisa que Hack queria fazer.

— Thomas deu o fora. Dá para acreditar?

Claire ficou quieta

— O que foi?

— Não fique chateado...

— Com o quê?

— Talvez a gente não devesse atacar a Nike Town.

Ele ficou pasmo. Claire também?

— Não. Claire, não, a gente vai fazer. É importante para mim.

Ela ficou quieta. Hack chupou o canudinho do milk-shake.

— Hack, eu não acho que isso está tornando você uma pessoa boa.

Ele ficou perplexo.

— O que você quer dizer?

— Você era... mais legal. Mais generoso.

— Quando eu era legal, todo mundo me *botava no rabo* — disse Hack, e até ele reconheceu o eco de Violet em suas palavras. Pegou as mãos de Claire. — Olha, a Nike Town é o fim. Mas eu tenho de fazer a Nike.

Ela assentiu.

— Prometo — disse Hack. — Claire, eu prometo.

Ela sorriu um pouquinho, e ele se sentiu melhor.

— Preciso ir.

— Certo. — Ele se levantou para deixá-la sair. — Foi bom ver você.

Claire saiu. Hack se recostou no reservado e ficou remexendo a comida. O que ela quis dizer, falando que ele não era uma boa pessoa? Hack estava assumindo o controle da própria vida. Era dinâmico e eficiente. Hack era uma pessoa *ótima.*

Andou até o ponto de ônibus. No banco havia um anúncio do Nike Plutonium grudado: era a última linha de produtos, que deveria ser lançada dentro de três anos. Hack fungou. Na véspera tinha visto Nike Mercurys sendo vendidos por $99,95 numa barraca de saldos.

O ônibus chegou e ele subiu.

— Oitenta e cinco centavos, meu chapa — disse o motorista.

Hack enfiou a mão nos bolsos. O resultado não foi promissor. Não deveria ter tomado aquele sundae, pensou.

— Só tenho cinqüenta centavos.

— Aceitamos cartão.

— Eles cobram taxa de transação. Qual é, a diferença é só trinta e cinco centavos.

— Você paga a tarifa ou pega outro ônibus. Qual é o problema, não tem emprego?

— Ótimo. — Hack entregou o cartão. Sentou-se nos fundos do ônibus e fumegou. O transporte era uma necessidade básica: deveria ser grátis.

Talvez na Nike Town ele pudesse pegar uns tênis. Isso não seria roubo, porque a Nike pagou um salário de miséria a ele durante anos. Eles lhe deviam muito mais do que um par de tênis. É, pensou. Faria isso.

O telefone estava tocando quando ele abriu a porta.

— Alô?

— Não desligue.

— Violet?

— Tenho uma pergunta. Preciso saber para onde você foi levado pelo Governo quando foi preso.

— Por que quer saber?

— É muito importante, Hack. Onde Jennifer Governo trabalha?

— Foi no centro da cidade. Na Spring Street. Por quê?

— Obrigada — disse Violet, e alguma coisa na voz dela apavorou Hack um pouquinho. — Eu não vou afastar você de Claire. Tchau.

— Espera. Como sabe sobre Jennifer Governo? — Mas a linha estava muda. Ela já tinha ido.

68 Violet

O nariz de Violet estava escorrendo e ela não tinha lenço de papel. Enxugou na manga, mas continuou pingando. O recepcionista do Governo levantou a cabeça, e Violet tentou sorrir para ele. O riso saiu maníaco demais, desesperado demais. Ela precisava ficar fria.

— Jennifer Governo não está disponível — disse o recepcionista. Ele estava usando gravata amarela. Havia um segurança sentado ao lado dele. Violet podia ver o coldre do sujeito. — Mas você pode deixar o pacote aqui. Eu me certifico de que ela receba.

— Não dá. Só Jennifer pode assinar o recebimento.

— Ela está viajando.

— Ah — disse Violet, e enxugou o nariz. Estava usando uma jaqueta grossa, peluda, com um adesivo do ENTREGA RÁPIDA, e aquilo piorava sua alergia. — Então devo entregar na casa dela. Qual é o endereço?

— Não posso lhe dar o endereço de residência.

— Mas... — Ela enxugou o nariz. — Há alguém do Recursos Humanos com quem eu possa falar?

— Posso arranjar alguém. Mas a pessoa não vai lhe dar o endereço residencial.

Violet sentiu a mão direita começando a tremer. Enfiou-a no bolso.

— Realmente tenho de entregar esse pacote.

— Certo — disse o recepcionista. Ele chamou alguém, e depois de alguns minutos entrou uma mulher vestida de cardigã azul.

— Entregador?

— Aqui — disse Violet. — Tenho de falar com você. Em particular.

— Ah, certo. Venha cá. — Ela guiou Violet por um corredor comprido e dilapidado, até uma sala. Violet não podia acreditar naquele lugar; parecia o cenário de um velho programa policial na TV. — Sente-se.

— Obrigada. Tenho um pacote para entregar a Jennifer Governo e preciso do endereço residencial dela.

— Sinto muito, não posso dar essa informação.

— Tem certeza? — O computador da mulher estava ali mesmo; era frustrante. — É um pacote de extrema importância.

— Tenho certeza que sim.

Violet olhou o crachá da mulher. Dizia: *Wendy, Recursos Humanos.*

— Bem, tudo certo. Você se importa se eu usar seu banheiro antes de ir?

— Claro. A última porta à direita, antes da recepção.

Ela achou a porta do banheiro e empurrou. Dentro, tirou a jaqueta, virou-a pelo avesso e vestiu de novo. Depois saiu de novo e bateu numa porta ao acaso.

— Entre.

Ela entrou. Um homem de sobrancelhas fartas estava atrás de uma mesa atulhada. O escritório tinha um pôster de uma floresta tropical na parede, e nenhuma janela.

— Oi, eu sou da I.T. Vim ver seu computador.

— O problema dos e-mails?

— N... é.

— Finalmente. Eu estou reclamando há semanas.

— Desculpe, a gente estava realmente atolada.

O homem se levantou e Violet ocupou sua cadeira. Ela sentiu os nervos se acalmarem diante da tela, captando a radiação como se fosse um banho quente. Demorou cinco segundos para determinar que aquele homem não era do Recursos Humanos, e mais dez para descobrir o computador de Wendy na rede. Tirou um disquete do bolso e enfiou no drive.

— O que é isso?

— Novos drivers — disse Violet. — Era um dicionário de seiscentas mil palavras, que descobriu a senha de Wendy (*humanitária*) em cerca de dois segundos. Ela abriu o banco de dados do RH e digitou: JENNIFER.

— Isso nem é o meu e-mail. O problema é quando eu...

— Hmm — disse ela, levantando-se. — Vou ter de recarregar o sistema operacional. Já volto com um CD.

— Você nem olhou o meu e-mail. Você não viu o problema!

— Já volto em dois minutos — disse Violet, e saiu. Voltou à recepção, obrigando-se a olhar o tempo todo em frente. Estava com uma das mãos na porta quando a recepcionista disse:

— Ei.

Ela parou.

— Por que sua jaqueta está pelo avesso?

— Estava me pinicando. — Violet saiu. O endereço de Jennifer queimava no seu cérebro.

De volta ao apartamento, largou a jaqueta e entrou na cozinha. Seu laptop já estava na bancada. Agora era a parte fácil. Se Jennifer Governo tinha saído do país, talvez a filha não estivesse em casa. Mas estaria na escola, e Violet poderia descobrir qual era. Algumas pessoas cuidavam para não deixar os dados pessoais vazarem na rede, mas não o pessoal do Governo: eles não acreditavam em privacidade. Ela fez uma busca por JENNIFER + GOVERNO + KATE + NORTH MELBOURNE + ESCOLA e recebeu oitocentas respostas.

Quase todas eram escolas: projetos de aula, sites promocionais, listas de turmas. Reduziu a lista para duas a partir da geografia, depois clicou na primeira. O título era "Escola Primária Mattel (North Melbourne, Territórios Australianos): Turma 3A", e oferecia uma foto de grupo, planos de aula e realizações do ano, além de links para as páginas individuais de cada criança. Violet não entendia por que as escolas ainda faziam isso. Era como um convite aos pedófilos.

Examinou a lista. Havia uma Kate Mattel (Starbucks-General Motors) e uma Kate Mattel (Governo). Violet clicou.

Kate havia feito um bocado de trabalhos. Havia um conto longo, dois desenhos escaneados e uma pequena animação de um cachorro correndo. Violet ficou impressionada. Embaixo, Kate havia escrito: "Eu sou Kate Mattel e moro em North Melbourne com minha mãe, Jennifer. Ela é agente do Governo. Não tenho irmãos. Quando crescer quero ser veterinária."

Violet anotou o endereço da escola e fechou o notebook. Olhou o relógio. Talvez não fosse muito tarde para ir até a Escola Primária Mattel antes de eles terminarem o dia. Roeu as unhas, pensando.

Tirou os dedos da boca e olhou para eles. As unhas estavam quebradas e irregulares. Havia sangue e pele arrancada por baixo delas. Inclinou-se e cuspiu, mas o gosto não saía da boca. Não sabia por que aquela entregadora tinha brigado tanto. Violet só queria a jaqueta idiota. As pessoas sempre tinham de tornar as coisas difíceis para ela. Sempre tinham de sacaneá-la.

Cuspiu de novo e de novo. Quando terminou havia uma poça pegajosa e vermelha no chão da cozinha. Violet olhou. Agora teria de limpar aquilo.

69 Buy

Hack ligou para Buy alguns minutos antes das três. Hack confiou de modo surpreendente: Buy não precisou usar nenhuma das histórias de disfarce que tinha inventado.

— Apareça na Nike Town do Chadstone nesta sexta, às seis horas — disse Hack. — Você pode me ajudar com as latas.

— Certo. Vou fazer isso. — Ele desligou e olhou para o bloco de anotações. *Nike Town*. Sentiu náusea só de olhar as palavras.

Seria melhor acabar logo com isso. Verificou a hora e ligou para John Nike em L.A., cujo telefone transferiu a chamada para uma secretária.

— John pediu que eu conseguisse uma informação para ele — disse Buy, e recitou os detalhes. — É importante. Certifique-se de que ele receba.

— Farei isso, senhor — disse a secretária. Buy desligou. Em seguida ligou para Kato Mitsui. Kato ficou muito satisfeito em ter notícias suas.

— Mas isso é tremendamente *maravilhoso*, Buy. Você fez um trabalho de grande qualidade. Farei contato com John Nike imediatamente! Este é um caminho para a felicidade.

— Bem, espero que sim.

— Antevejo grandes coisas para você, meu amigo. Farei contato.

— Obrigado. — Buy desligou, satisfeito. Não tinha um dia de trabalho tão bom assim desde o incidente.

Esperou em seu Jeep até que as crianças começaram a sair pelo portão. Kate correu e subiu no banco do carona.

— Oi você aí — disse Buy.

— Buy! Adivinha o que aconteceu hoje na escola?

— Você aprendeu equação de segundo grau? — Ele se afastou do meio-fio. — Ou foi uma Barbie nova?

— *Tem* uma Barbie nova! Como você sabia? Mas não é isso. Eles vão ter um Dia Dedicado aos Pais.

— Um o quê?

— A mãe ou o pai da gente fala com a turma sobre o que eles fazem. É na... semana que vem, eu acho. Eu tenho um bilhete.

— Esperemos que sua mãe esteja de volta até lá. Tenho certeza que estará.

— É. Espero que sim. Se ela não puder, você vai?

Ele a encarou, surpreso.

— O quê?

— Você pode... você sabe, falar por mim. Está bem?

— Claro. — Buy sentiu a garganta apertar. — Eu adoraria.

Estavam sentados para jantar quando o telefone tocou. Kate saltou de pé; Buy se encolheu. Ela havia atendido a muitos telefonemas que não eram de Jennifer.

— Volte logo — disse ele. Em seguida abriu um guardanapo no colo e pegou o garfo.

— Mamãe! — disse Kate. — Mamãe, mamãe!

Ele levou um susto. Kate estava na cozinha, com o telefone apertado no ouvido, o sorriso enorme. Um alívio o encharcou. *Graças a Deus*, pensou.

Pousou o garfo e ouviu Kate falar de coisas que as pessoas tinham dito, de filmes que tinha visto, de refeições que Buy tinha preparado. Quando terminou, ela entrou na sala de jantar e entregou o telefone a ele.

— É mamãe!

— Obrigado. Você é uma garota excelente. Agora coma o seu jantar. — Ele levantou o telefone. — Alô?

— Olá. — A voz dela estava surpreendentemente clara; era como se estivesse ao lado dele. — Como vai minha babá?

Ele sentiu um sorriso enorme e estúpido se espalhar no rosto.

— Estou tão feliz em ter notícias suas! Estava preocupado.

— Ah, certo, a briga em Londres. Acabei de chegar a L.A.

— L.A.? Por quê?

— Vou prender um bandido amanhã. Alguém que eu persigo há muito tempo. Estou quase lá, Buy. Depois vou para casa. Como você está?

— Eu... — disse ele, e percebeu que a resposta era: *feliz.* — As coisas vão bem. Tudo vai bem.

— E o trabalho?

— Interessante. De repente estou trabalhando com figurões de um monte de empresas diferentes... acho que estou gostando.

— Fantástico, Buy! Isso é realmente fantástico.

— É, mas mal posso esperar para ver você.

— É — disse Jennifer, e ele teve a impressão de que havia mais alguém na sala com ela. — O mesmo.

— Então você volta logo?

— Antes do que você imagina.

— Excelente. Isso é excelente.

— Tenho de ir — disse Jennifer. Ele pôde ouvi-la sorrindo. — Falo com você logo, certo?

— Certo. Estou com saudade.

— O mesmo aqui — disse ela. Ele desligou.

— Era mamãe! — exclamou Kate.

— É. — Os dois estavam rindo feito idiotas. — Era.

Chegaram cedo na manhã seguinte, por isso Buy estacionou e andou com Kate até o portão da escola. Havia um cartaz colado, falando do Dia Dedicado aos Pais, e Buy parou para ler. Uma jovem, na verdade uma garota, estava perto do portão. Ela sorriu. Buy sorriu de volta.

— Oi — disse ela. — Vai ao Dia Dedicado aos Pais?

— Ah, sim, acho que vou.

— Eu também. — Buy ficou surpreso. Ela não parecia ter idade para estar com um filho na escola. — Eu sou veterinária.

— Ah! — disse Kate. — Eu quero ser veterinária!

— Não brinca! — disse a garota. Ela se agachou na altura de Kate. — Olha só!

— Você dá remédios especiais aos bichos?

— Claro que sim. Faço com que tudo fique melhor.

— Vá andando, Kate — disse Buy. — Direto para a sala.

— Ah — disse Kate. Os dois ficaram olhando-a ir.

— Bonitinha — disse a garota. Os olhos dela ainda estavam em Kate. — Ela tem o quê, sete?

— Oito.

— É uma idade fantástica. Eu gostaria de que todos nós pudéssemos ficar assim. Então não teríamos de descobrir como as pessoas são escrotas.

— Ahn... é.

— Antigamente eu me achava cínica com relação às pessoas. Mas depois percebi que não dá para ser cínica o bastante. As pessoas fazem de tudo para se dar bem. Fazem coisas terríveis.

Ele a encarou.

— Verdade. — Em seguida estendeu a mão. — Eu sou Buy.

Ela sorriu.

— Violet. — Os dois se cumprimentaram. — Acho que temos algo em comum.

— Acho que sim — disse Buy, e riu.

70 John

John acordou num quarto de hotel escuro. Eram cinco da manhã e o telefone estava tocando. Tentou pegá-lo na escuridão. Se fosse aquele corretor escroto da Austrália de novo, John ia matá-lo.

— John Nike.

— Olá, John.

— Quem é?

— Deixa de frescura, John. Você sabe quem eu sou.

Não era de imaginar que ele tivesse demorado alguns instantes: o sujeito parecia estar falando com a boca cheia de cascalho.

Mas, afinal de contas, o que John esperava? Era um milagre ele estar vivo.

— John? É você, meu chapa?

Quando chegou ao trabalho, John estava se sentindo bem para cacete, e não havia nada que uma mulher com saia até o tornozelo e óculos marrons poderia fazer contra isso. Ele andou deliberadamente rápido, forçando-a a correr ao seu lado. Enquanto atravessava o saguão, viu cabeças de pessoas se virando. *Olha, é o John! É o John Nike!*

— Se você puder dar uma olhada no relatório — disse a ligação da Johnson & Johnson. — Por favor, John, olhe. A opinião pública está contra qualquer ação agressiva. Firmemente contra.

Chegaram ao elevador. Ele apertou para subir.

— Isso é porque nossa publicidade ainda não pegou.

— Não, John, não é. As pessoas não querem que nós usemos força militar contra o Governo ou contra nossos concorrentes. Elas dizem que não devemos atacar.

— Quem disse que eu ia atacar alguém? — disse John, pensando: *O garoto da Pepsi!*

Uma jovem de pernas compridas e crachá da US Alliance veio correndo e pediu que ele autografasse seu braço. Ele fez isso, dando um riso. O rosto dela se iluminou de adoração. A mulher de óculos marrons o acompanhou para dentro do elevador. Era impossível de ser impedida.

— John, se você continuar por esse caminho, haverá renúncias. Ninguém quer que isso se transforme num conflito militar.

— Sabe de uma coisa? — disse John. As portas se abriram no andar dele. — É tarde demais. Eu tenho a NRA e vou usá-la quando achar que devo.

— Mas...

— Certo. Esta é a parte em que eu entro na minha sala e você vai para o cacete. — Ele fechou a porta de vidro. Sua secretária entregou uma pilha de recados.

— Vou falar disso com o Alfonse! — gritou a mulher. Ele mal pôde ouvi-la pelo vidro.

— Bom dia, John — disse a secretária.

— É, está um bom dia, não está? — Ele leu os recados a caminho de sua mesa. O de cima era de alguém chamado Buy Mitsui. John tinha uma vaga lembrança de algum executivo de nível inferior que ligou para oferecer ajuda, mas isso descrevia pelo menos vinte pessoas com quem John tinha lidado ultimamente. Desde seu discurso de salvação de carreira, cada elemento de ligação da Alliance, com os sapatos brilhantes, tinha se virado pelo avesso para lhe oferecer favores.

Leu o recado. De repente se lembrou: Buy era o corretor escroto. John tinha pedido para ele descobrir quem estava por trás do ataque à McDonald's. Ele viu as palavras: HACK NIKE.

John gargalhou. Sua secretária olhou-o, depois desviou o olhar. John riu até ficar com a barriga doendo.

Deu alguns telefonemas para movimentar as engrenagens — engrenagens importantes, muito importantes — antes de sua reunião com o general Li. Li era o primeiro em uma comprida lista de encontros diários para John; depois dele era o ligação da News Corporation. Ultimamente houvera alguns artigos nos jornais que não eram tão pró-NRA quanto John gostaria.

— Bom dia.

— Meu Deus! — Li tinha um modo de se esgueirar sem ser visto. Ao telefone, John disse: — Esteja lá às seis. — E desligou. — Bom trabalho com a segurança, Li. Quantos caras você tem aí?

— Na frente? Quinze.

— A escolta de ontem à noite também foi incrível. Três carros, certo?

— Quatro. Mais um helicóptero.

— Eu quase *desejo* que o Governo tente me prender.

— Fico feliz por você estar satisfeito. Porque há uma questão menos agradável que eu devo trazer à sua atenção. Imagino que você não vá querer ouvir.

— É?

— Segundo suas instruções, tentamos deter Billy NRA quando chegou ao LAX. Infelizmente, dada a pressão de tempo, não pudemos...

— Ele fugiu.

— É.

— Vocês apagaram algum agente?

Li piscou.

— Do Governo? Não.

— Hmm. Que pena. Você tem sorte, Li, eu estou de bom humor hoje.

— Fico feliz em ouvir isso, senhor.

— Eu mesmo tomei algumas precauções. Simplesmente mantenha o Governo fora deste prédio e nós continuaremos sendo amigos.

— Entendido, senhor.

O interfone zumbiu.

— John? Você tem uma reunião às onze para revisar alguns anúncios.

— Eu estou com Li. Diga que não vou poder.

— Ah... você recusou a última, lembra? Disse que eles aprovaram a pior campanha que você viu desde a AOL. Disse para nunca deixar você...

— Certo, certo. Tudo bem, eu vou.

Li falou:

— E quanto à nossa preparação militar? Ainda não terminamos as regras de alistamento.

Ele pôs as mãos nos ombros de Li.

— Você sabe o que eu quero. Você tem o poder de fogo. Pire de vez.

— John, a T.A. pode estar se militarizando mais rápido do que nós previmos. Se eles agirem contra nós, eu preciso saber se estou autorizado a...

— Li, você é um cara esperto. Use seu discernimento. Está bem?

Li se empertigou.

— Entendido, senhor.

— Muito bem. — John saiu da sala. Tudo estava se encaixando.

71 Jennifer

Max realmente havia se dado bem desde a Maher. O prédio da Sinergia era grande e bem localizado, até mesmo suficientemente perto das empresas de mídia para compartilhar os mesmos restaurantes. O saguão era grande e moderno. Jennifer disse:

— Oi, eu sou...

— Eu sei quem você é — disse a recepcionista, sorrindo.

— Ah.

Dentro de um minuto e meio Max estava no saguão e beijando seu rosto.

— Minha boneca Barbie, é super ver você de novo. Nem posso dizer como estou feliz por você ter ligado. — O riso dele era gigantesco. Segurou as duas mãos dela.

— Bom, você pode tirar a garota da publicidade... — disse ela, e os dois riram. Ela puxou as mãos de volta.

— A reunião da US Alliance é às onze. Não quero pressionar, mas seria incrível se você pudesse ir junto.

— Eu adoraria.

— Você é fantástica. Eu poderia lhe dar um beijo.

— Não vamos perder a cabeça. — Os dois riram de novo.

— Espere até nossos clientes virem você. Eles vão *dar cambalhotas.*

— Talvez dêem mesmo — disse Jennifer.

— Nossa campanha aborda a visão local da US Alliance — disse Max no táxi. — Como talvez você tenha notado, eu não gosto de me gabar, mas a US Alliance tem uma fatia maior de sócios em L.A. do que em qualquer outro grande mercado.

— Uau — disse ela.

— Eu sei. Eu sei.

— Então, quem vai estar nessa reunião?

— Algumas pessoas da US Alliance, alguns elementos de ligação. — O táxi parou. As janelas se escureceram com corpos da NRA. — O principal é John Nike; você deve ter ouvido falar dele.

As portas do táxi se abriram.

— Documentos — disse um soldado, e outro falou: — Por favor, abram os braços e as pernas.

— Bom dia, pessoal — disse Max. — Temos uma reunião às onze. Estamos liberados.

A identidade de Jennifer tinha acabado de sair da impressora; dizia JENNIFER SINERGIA. Um homem da NRA olhou-a, impassível. Outro soldado começou a revistá-la com as mãos rápidas e profissionais.

— Ei — disse ela. — Cuidado aí.

— Arma! — gritou ele. De repente havia um monte de fuzis da NRA apontados para ela. Ultimamente um número grande de fuzis da NRA vivia apontando para Jennifer.

— Ei, calma! — disse Max. — Jen, a US Alliance é muito preocupada com a segurança. Entregue sua arma.

— Ah, claro. Sem problema. — Ela entregou. Os caras da NRA não pareceram satisfeitos, mas pararam de apontar fuzis contra ela. Max segurou seu braço enquanto entravam no saguão.

— Eu deveria ter falado disso antes — disse ele. — Não sabia que você andava armada.

— Todo mundo não anda?

— Não em reuniões de negócios, minha Malibu. — Ele riu. — Sabe?

— Certo. Acho que eu tinha esquecido.

Uma secretária os acompanhou até uma sala de reuniões e Max passou dez minutos mexendo em seu laptop, ajustando uma apresentação. Então o pessoal da US Alliance começou a entrar, e Jennifer teve de conversar sobre níveis de audiência e números de alcance. Foi surpreendentemente fácil: quase todo mundo tinha ouvido falar dela, ou pelo menos de suas campanhas. Ela se sentia meio surreal. Sentia que nunca havia abandonado a publicidade.

— A Pepsi de 96, claro! — disse uma mulher, com os olhos arregalados de espanto. — Aquela foi uma campanha totalmente revolucionária. Não posso acreditar que você fez aquilo!

— Para meus clientes, só os melhores talentos — disse Max.

Um dos executivos estava examinando-a em silêncio. Ela sabia o que vinha antes mesmo de ele abrir a boca.

— Então você deve conhecer John Nike. Ele trabalhou na Maher mais ou menos na mesma época.

Todo mundo a encarou.

— John — disse ela. — É, nós trabalhamos juntos.

— Uau, ele vai adorar quando vir você — exclamou a mulher. Ela olhou o relógio. — Ele deve chegar a qualquer minuto.

— Poderemos falar dos velhos tempos — disse ela. Todo mundo riu, menos Max. Max não parecia tão feliz.

— Jennifer... posso ter sua ajuda aqui um segundo?

— Claro.

Ele esperou até que ela estivesse inclinada em cima do computador.

— Eu não sabia disso. Nunca trabalhei com ele. John Nike é John Maher?

— É.

— Mas... John não é...

— Meu ex? É, é sim.

— Certo — disse uma voz na porta. — Vejamos quanto dinheiro vocês, seus palhaços, conseguiram desperdiçar esta semana.

Jennifer se virou. A aparência dele era exatamente a de nove anos antes; suspeitou de que ele tivesse flertado com a cirurgia. Os olhos dele varreram a sala, depois saltaram de volta para ela. Seu queixo caiu.

— Oi, querido — disse ela.

SEXTA PARTE

72 Desintegração

Billy estava começando a suspeitar de que o que Jennifer e Calvin estavam fazendo com ele não era oficial. Tivera tempo suficiente para pensar nisso, preso no quarto de hotel, e quanto mais tempo ficava ali, mais se convencia de que não era protocolo do Governo algemar suspeitos a geladeiras.

Jennifer tinha saído cedo, vestida com um tailleur e saltos altos, e parecendo muito pouco uma agente do Governo. Billy não tinha idéia do que se tratava. Calvin ficou até as nove, depois saiu para comprar jornal.

— Qual é, cara — disse Billy. — Por favor, no frigobar, não. Me leva com você.

Calvin pegou as algemas.

— Mãos na geladeira.

Quando ele saiu, Billy chutou, frustrado. Depois fez uma descoberta interessante: a geladeira não estava presa a nada. Era pesada, claro, mas ele conseguiu ficar de pé e cambalear pelo quarto de hotel carregando-a. As garrafas de bebida dentro se chocavam umas contra as outras e se quebravam. Ele pôs o frigobar no chão e começou a esvaziá-lo, depois mudou de idéia. Talvez fosse querer as bebidas mais tarde.

Arrumou a jaqueta do melhor modo que pôde e se olhou no espelho. Ainda parecia um homem tentando esconder uma geladeira pequena. Bom, ele teria de se esforçar ao máximo. Arrastou-se até a porta e foi na direção dos elevadores.

Pensando cuidadosamente, desceu até o estacionamento. De jeito nenhum passaria pela portaria assim. Estava se parabenizando pela engenhosidade quando viu o manobrista. Parou, sem saber o que faria. O manobrista o viu. Pegou um walkie-talkie e falou nele. Billy começou a correr desajeitadamente.

Os seguranças do hotel pegaram-no antes de ele percorrer meio quarteirão. Billy estava encharcado de suor. Suas pernas pareciam de borracha. Sua respiração saía em grandes haustos. Os seguranças o encararam. Um deles falou:

— Pensei que George estava brincando.

— Eu já vi gente roubar um bocado de coisa — disse o outro. — Mas isso aí supera tudo.

— Estou algemado nela — disse Billy. Então percebeu que deveria ter fechado a boca. Eles o fizeram sentar-se no saguão e esperar a volta de Calvin. Billy tinha a sensação de que Calvin não ficaria feliz com ele. Pelo menos com relação a isso estava certo.

— Sabe — disse Calvin —, ser algemado ao frigobar é um privilégio. Eu poderia ter deixado você no banheiro.

— Eu sei. Desculpe.

— Eles vão nos expulsar do hotel. Ouviu isso? — Calvin sentou-se na cama e o encarou.

— Realmente, sinto muito.

— Agora vou ter de levar você.

— É? Aonde a gente vai?

Calvin não disse nada. Billy não achou isso um bom sinal. Estava começando a achar que deveria ter ficado no quarto.

Pegaram um táxi para o centro da cidade e saíram numa grande praça cheia de lojas. Ficava bem em frente de uma grande torre da US Alliance, e diante dela havia um monte de soldados da NRA, com capacetes e armas automáticas.

— Ah, Calvin — disse Billy. — Isso não é uma boa idéia.

— Então fique perto de mim. — Calvin guiou Billy até uma mesa de plástico rodeada por lanchonetes, inclusive uma McDonald's de um dos lados e uma Burger King do outro. — Quer comer alguma coisa?

— É, claro. Que tal...

— Dá pra ver que os cavalheiros precisam de alguma coisa! — disse um homem. — Gostariam de alguns cupons para o McDonald's? Compre um e ganhe um de graça!

— Certo — disse Billy.

— Espere, espere um segundo — disse outra pessoa. Billy viu uma garota, também cheia de cupons. — Vocês não vão querer comer no McDonald's; eles estupram o meio ambiente, não sabem? Aqui, peguem um cupom do Burger King.

— Claro. Obrigado. — Ele sorriu para a garota.

— Não quero espalhar boatos — disse o homem —, mas já estive na cozinha do Burger King, e é imunda. Vocês não iriam querer comer lá.

— Isso é cascata — disse a garota. — Pelo menos o Burger King não tem traços de *cachorro* em sua, abre aspas, pura carne bovina, fecha aspas.

— Isso aconteceu em *uma* loja! Em Nova *York*!

— Olha, nós pegamos os cupons de vocês — disse Calvin. — Agora vão embora, os dois.

O homem e a garota se afastaram.

— Nossa — disse Billy —, ela é bonita.

— Não consigo atender ao telefone à noite sem que alguém de telemarketing tente vender alguma coisa — disse Calvin. — Agora nem posso me sentar para comer?

— Eles só estavam distribuindo cupons.

— Ótimo. Então vamos comer no McDonald's.

Billy olhou a garota do Burger King. Ela estava entregando um cupom a um casal idoso. Viu-o e piscou.

— Que tal o BK?

— Tenho cartão da US Alliance. Posso ganhar pontos no McDonald's.

— Cara — disse Billy —, eu achava que vocês, do Governo, estavam tentando acabar com essa merda.

— Então, certo! Vamos de Burger King!

— Calma aí. — Ele estendeu a mão. Calvin enfiou a mão no bolso. — Então Jen estava usando uma roupa incrível hoje. Eu não sabia que ela tinha aquelas pernas. O que ela está armando?

— Não é da sua conta — disse Calvin, mas olhou para o prédio da US Alliance e isso disse muito a Billy. — Vá pegar a comida. Vou ficar vigiando.

Billy foi até a fila do Burger King e esperou. A garota dos cupons estava circulando pela praça. Billy esperou que ela o visse ali.

— O que é isso? — disse uma voz. Cinco ou seis garotos adolescentes estavam se aproximando da loja, todos de calças largas e cheios de tatuagens. — Qual é o problema, vocês não sabem onde estão? Esta é uma cidade da Alliance. Não precisamos de empresas da T.A.

Ninguém falou. Billy viu que as tatuagens não eram comuns: eram logotipos. Ele viu um bocado de símbolos da Nike e da NRA. O líder tinha um logo da US Alliance na cabeça raspada.

— Vão, se mandem! Vão gastar seu dinheiro numa empresa boa, e não com esses estrangeiros!

— Ei, ei — disse a garota dos cupons. Ela foi até o careca. — Vá pegar no pé de outro, certo? A gente está tentando ganhar a vida aqui.

— Ganhe em outro lugar, nortista — disse o garoto, e empurrou-a.

Ela trombou em Billy. Ele segurou-a, o que foi uma tremenda sorte para Billy. Ele levantou a cabeça para dizer ao careca alguma coisa apropriada (*Se quer empurrar alguém, empurre a mim*; algo do tipo), mas o garoto já estava em cima dele.

— Vai falar alguma coisa, seu babaca? — disse o garoto. Os outros punks estavam se juntando em volta. Fregueses saíram discretamente da fila. — É melhor abrir a boca para dizer que é um cara da UA.

— Só fique com as mãos longe dela.

— O que é isso? Com quem você está, cara, com o MacD ou o BK? Tem de ser um ou outro. Com quem você está?

— Só estou comprando uns sanduíches. Qual é, cara, você não precisa...

— A US Alliance chupa caralho! — disse a garota dos cupons, e a partir daí tudo se desmoronou.

73 Vantagem

Violet se afastou do portão da escola até Buy ter se afastado de carro. Depois se virou e voltou. Kate já estava longe, pelo caminho, quase entrando no prédio.

— Ei! Kate! — gritou Violet. Mas Kate não se virou. — Merda.

Entrou na escola. As outras crianças a olharam, curiosas. Ela sorriu de volta.

O guarda pegou-a quando ela entrou no prédio.

— Senhora? Vou ter de pedir que saia da escola.

— Ah — disse Violet, espantada. — Oi. Eu só... — Ela inclinou o pescoço. Dava para ver Kate pelo vidro de uma das salas de aula. — Minha filha esqueceu o dinheiro do lanche.

— Sinto muito, a senhora não pode ficar aqui dentro.

— Mas ela está ali mesmo. Só vou dar o dinheiro e vou embora.

O guarda era muito mais alto do que ela. Violet sorriu e tentou parecer inofensiva.

— Bom, seja rápida — disse o guarda, e ela passou rapidamente por ele.

Na sala de aula, Kate estava tirando as coisas da mochila, sozinha. Ela ergueu os olhos quando Violet entrou.

— Oi, Kate.

— Oi.

— Você precisa vir comigo agora. É muito importante. Certo?

— Aonde?

— Ao... hospital veterinário. Quer ajudar a cuidar de uns animais doentes comigo?

— Hmm... Não, obrigada.

— Claro que quer. Você gosta de veterinários, certo? Então vamos.

— Quero ficar aqui.

— Ah, certo. Você vem. — Ela pôs a mão no braço de Kate.

— Me solta!

Violet puxou-a. Kate gritou. Violet tentou cobrir sua boca. Kate mordeu os dedos dela.

— *Aaaai!* — gritou Violet. Em seguida puxou a mão de volta e deu um tapa no rosto de Kate. Kate caiu da carteira e começou a se arrastar pelo chão. Violet agarrou seus tornozelos e puxou-a de volta. — Venha cá!

Ela ouviu a porta se abrir: o guarda.

— O que está acontecendo?

— Ela... está tendo um ataque! — disse Violet. — Ajude, depressa!

O guarda se ajoelhou ao lado. Kate estava se retorcendo e gritando como um gato selvagem.

— Por que ela está sangrando? — perguntou o guarda, e Violet sacou sua arma (bom, na verdade a arma de John) e apertou contra a testa dele.

— Certo — disse ela. — Agora fique deitado e não se mexa durante um tempo. — Em seguida olhou para Kate. — Está pronta para ser uma boa menina para mim?

Kate assentiu. Seus dentes estavam batendo. Isso era esquisito. Estava fazendo vinte e seis graus ali dentro.

— Bom. Porque se você tentar fugir, eu vou ter de machucá-la. Certo?

Kate gemeu.

— Vou aceitar isso como um sim. — Violet empurrou Kate para fora da sala. O guarda não fez nenhum som. Violet sentiu-se aliviada.

A parte difícil estava feita. Agora só precisava pegar seu dinheiro. Tinha uma sensação boa com relação a isso.

Pegaram um táxi de volta ao apartamento de Violet e ela levou Kate para a cozinha.

— Está com fome? Quer comer alguma coisa? — O telefone estava tocando; ela atendeu. — Alô?

— É Violet?

— John! — disse ela, satisfeita. — Eu ia ligar agora mesmo.

— Você está com Kate?

— Estou! Quer falar com ela?

— Não... não é necessário.

— Certo.

— Você vai ficar feliz em saber que eu mantive meu lado do trato. Estou com o seu dinheiro.

O coração dela saltou.

— Já? Como? O que você fez com Holly?

— Fui muito persuasivo. — O coração de Violet ficou empolgado. Ela queria detalhes; queria saber de tudo. — Tem lápis e papel? Vou dizer onde você deve fazer a troca.

Ela anotou o endereço.

— Uma loja Nike Town?

— É um bom lugar, e é público. Certifique-se de que não haja nenhuma coisa estranha.

— Ah, certo. Boa idéia.

— Meu Deus! — disse John, mas ela achou que ele talvez estivesse falando com outra pessoa. — Esteja lá às seis.

O telefone estalou. Violet pôs o fone no gancho, empolgada. Tinha conseguido! Sentia-se atordoada com a vitória. Pensou em Holly T.A. na limusine, dizendo *Você tem muito a aprender sobre como o mundo funciona.* Bem, isso mostrava o quanto Holly sabia. As pessoas viviam subestimando Violet. Ela pegou o telefone. Iria contar um pouco de vantagem.

Holly estaria em Nova York, claro. Violet pegou o número da T.A. com o auxílio da lista. Não sabia que horas eram lá, mas alguém atendeu e transferiu-a para outra pessoa.

— Sala de Holly T.A, em que posso ajudar?

— É Violet ExxonMobil. Quero falar com Holly.

— Só um segundo, senhora.

Violet esperou, tremendo. Isso era tão empolgante!

— Sinto muito, Holly não está disponível. Posso pegar um recado, se a senhora quiser.

Ela piscou.

— Você disse a ela que era eu?

— Ah, creio que Holly não se lembra da senhora.

— *O quê?*

— A sra. Holly trata com muita gente. Por favor, não fique ofendida...

— Ponha aquela vaca no telefone. Eu me sentei ao lado dela na conferência em Londres. Acabei de ganhar três milhões de dólares dela, ponha essa mulher no telefone!

— Por favor, fique calma, senhora.

— Eu estou calma — gritou ela. — Para mim, isso é calmo pra caralho!

— Eu vou... só um segundo, por favor.

Houve um estalo, e em seguida Violet estava ouvindo música enlatada. Holly devia estar fingindo, sem dúvida. Devia estar ferida demais para falar.

O telefone estalou de novo.

— Certo — disse Holly. — O que há?

— Ha! Sou eu.

— Sim, sim, Violet da nota fiscal de três milhões de dólares. O que é que tem?

Isso não era o que ela esperava.

— Eu consegui. Eu fui paga.

— Foi mesmo? Bom para você.

Violet abriu a boca para dizer: *eu ganhei de você.* Mas isso não era verdade, era? Holly não estava brincando com ela. Holly não tinha sido abordada por John Nike. Violet desligou o telefone.

Kate continuava fungando. Ficava olhando para Violet e depois desviando o olhar.

— Está havendo alguma coisa esquisita — disse Violet em voz baixa. — Alguém está tentando me sacanear.

Talvez John fosse lhe pagar os três milhões de dólares do próprio bolso. Isso era possível. Mas também era possível que estivesse planejando uma bela surpresa para ela na Nike Town. Era muito possível.

Verificou o bolso. Ainda estava com a arma.

— Coisa estranha — murmurou; ia acontecer uma coisa estranha, sem dúvida. Ela segurou o braço de Kate. Estava na hora de ir às compras.

74 Ataque

Hack não ia ao Wal-Mart de Chadstone há anos, e o shopping parecia ter crescido em sua ausência, fazendo brotar lojas e praças de alimentação. O estacionamento estava apinhado, e o ônibus levou muito tempo para abrir caminho. Ele olhou o relógio, impaciente. Claire devia estar esperando.

O ônibus parou com um chiado e Hack desembarcou numa massa de gente gritando, empurrando e agarrando sacos de mercadorias. Hack não via nada assim desde as liquidações de janeiro.

Abriu caminho até a entrada do shopping e achou um mapa, que dizia que a Nike Town ficava no quarto piso. Foi até a escada rolante, passou pelo stand de um conversível BMW e subiu. Sua bolsa estava muito mais pesada do que no McDonald's. Aproveitou a oportunidade para colocá-la no chão um segundo.

Claire estava do lado de fora da loja Borders, usando óculos de sol estilo Jackie Onassis. Sorriu ao vê-lo. Hack tocou as mãos dela.

— Como está?

— É a última, Hack.

— É. A última. — Os dois entraram na loja.

Fileiras de tênis cuidadosamente iluminados adornavam as paredes. Havia uma fila de cadeiras no centro, rock tocando nos alto-falantes e um balcão nos fundos. Ele pôs a bolsa numa das cadeiras e começou a abri-la.

— Posso ajudá-lo em alguma coisa? — perguntou um vendedor.

— Sim — disse Claire. Em seguida sacou uma pistola do bolso e apontou para ele. Os dois tinham planejado usar armas falsas, mas acabou sendo mais fácil conseguir de verdade e não colocar balas. — Você pode correr.

— Todo mundo para fora da loja! — gritou Hack. — A Nike vai se dar mal, vocês não vão querer estar aqui! — Ele pegou uma lata de tinta na bolsa e abriu a tampa com uma chave de fenda. O cheiro era medonho.

— A Nike mata crianças! — disse Claire. Hack tinha escrito seu discurso; estava bem satisfeito com ele. — Ela paga salários abaixo do piso em países que não pertencem aos EUA e vende tênis a preços inflacionados! Uma de suas fábricas na China pegou fogo e matou cinqüenta e oito trabalhadores! Eles têm lucros enormes mas ferram com os próprios empregados nas avaliações de desempenho! A campanha dos Mercurys matou quatorze crianças, inclusive uma menina aqui nesta loja!

Mas os clientes só ficaram ali parados, como no McDonald's. As pessoas eram estúpidas, percebeu Hack. Não era possível simplificar as coisas o suficiente para elas.

Então ele jogou. As latas estavam cheias de sangue e vísceras, cortesia de uma visita a um açougueiro de manhã. A sujeira se chocou contra a parede. Era quase autêntico demais. A lâmpada em cima de um par de tênis explodiu, lançando fagulhas.

— Gente é mais importante do que lucros! — gritou Hack. O vendedor tinha dado no pé, mas os clientes continuavam por ali. — Qual é o problema de vocês?

— Isso é tipo uma promoção da Nike? — perguntou um garoto.

— Não! — disse Hack. — É um protesto! A Nike assassina! — Ele pegou outra lata na bolsa, mas ela escorregou de sua mão e caiu no piso. A tampa se soltou. A sujeira espirrou em suas calças. — Ah, merda!

— Vocês vão distribuir tênis?

— Deve ser uma nova linha de produtos — disse outro garoto. Os olhos dele se arregalaram. — É tipo um tênis "Nike Assassina"? É isso?

— Ah, vai ser um barato — disse o outro garoto.

— Não! — gritou Hack, ultrajado. — Isso não é uma promoção!

— Joga mais um pouco de sangue, cara.

— Estou usando um agasalho da Nike? — perguntou Hack. — Vocês estão vendo algum logotipo em mim?

— Ele tá certo, cara — disse o outro garoto. — Ele não tá usando nenhum logo. — Os dois olharam nervosos para Hack.

— Fora! — gritou Hack, e eles correram. Um pegou um par de tênis na saída. Hack sentiu nojo antes de lembrar que ele mesmo tinha planejado fazer isso.

— Deixa eu ajudar você com essas latas — disse Claire. — Vamos acabar com isso e ir embora.

— Certo. — As mãos dos dois se tocaram enquanto tentavam pegar a mesma lata de sangue. Sorriram um para o outro.

— Ei — disse alguém. — O que está acontecendo?

— Meu Deus — ofegou Hack. Algumas pessoas realmente demoravam a aprender. Virou-se. Mas não era um dos jovens. — *Violet?*

— Hack! O que você está fazendo aqui?

— Eu... — Ela estava segurando uma criança pelo braço, uma menina de oito ou nove anos. — O que *você* está fazendo?

— Você é que vai fazer a troca?

— Troca? Violet, se você está me seguindo...

— Espera aí — disse ela. — Você é o contato de John Nike ou não?

Hack abriu a boca para responder. Um homem entrou na loja atrás de Violet. O rosto dele estava distorcido, como uma escultura de cera derretida. Uma fileira de pontos pretos marchava de uma orelha até o meio da testa. O cabelo tinha sumido. Mas mesmo assim Hack o reconheceu.

— Não — disse o John. — Sou eu.

75 Ameaça

— Garq — disse John Nike, ou alguma coisa parecida.

— Ora, ora — exclamou Jennifer. — Você não parece satisfeito em me ver.

Ele se virou e correu. Ela partiu atrás. Max Sinergia e os executivos da US Alliance simplesmente ficaram ali parados. Essa, descobriu ela, foi uma tendência comum nos próximos quatro minutos e meio: trabalhadores de escritórios parados boquiabertos enquanto ela e John passavam a toda. John estava chamando a segurança da NRA ou alguém com uma arma, *por favor*, mas não havia muita ação da parte dos executivos da US Alliance. As empresas diziam ser muito reativas, pensou Jennifer, mas bastava perseguir um homem gritando pelos corredores para perceber que isso não era verdade.

John tentou pegar um elevador, mas ela estava chegando perto, por isso ele subiu a escada correndo. Ganhou um pouco de terreno empurrando uma mulher com uma pilha de pastas de papel no caminho dela, mas só um pouco, e quanto mais andares eles subiam, mais a malhação regular dela na academia e mais os grandes almoços regulares dele ficavam evidentes. John estava ofegando e chiando no vigésimo nono e os dedos dela se fecharam em seu paletó. Ele se retorceu soltando-se e saiu da escada. Ela foi atrás e se viu numa enorme sala de diretoria. Duas paredes eram de vidro. A vista de L.A. era incrível. John estava encostado num painel de vidro como se tentasse se espremer através dele. Ela percebeu que o lugar se parecia muito com a sala em que tinha dito a John sobre sua gravidez, há oito anos, quando os dois trabalhavam na Maher. Esperava que ele notasse a simetria.

— Fique longe de mim! Fique longe!

— Sinto muito, escroto. Não posso fazer isso.

— *Onde está a porra da NRA?* — gritou ele, e a isso Jennifer não pôde responder. — Espere. Espere um segundo!

— Ãh-ãh.

— Pára! Ou Kate vai lamentar!

Jennifer parou.

— O quê?

— Andou falando com sua filha recentemente?

— John. Você não quer me dar um motivo a mais para ficar puta com você. Não quer mesmo.

— É melhor você ligar para casa. Sua filha está sumida desde hoje cedo.

— Seu merda mentiroso. — A voz dela tremeu. — Como você ousa dizer uma coisa assim?

— Acha que eu estou brincando? — Ele soltou um jorro de borrifos de cuspe. — Acha que eu ia esperar você vir sem fazer alguma coisa para me proteger? Acha que eu acreditaria que você ia *desistir*? Acha que eu estaria *despreparado*?

Ela hesitou.

Ele viu isso, e seus olhos se animaram.

— Você me conhece, Jen. Sou o tipo do cara que toma meias-medidas? — Havia um telefone sobre a bancada. — Vá, ligue para casa. Descubra você mesma.

Ela respirou fundo, para se acalmar.

— Se estiver mentindo, eu vou arrebentar você de porrada.

— Eu estou parecendo preocupado?

Ela foi até o telefone e ligou para o celular de Buy.

— E se não estiver mentindo, eu vou matar você.

O sorriso dele estremeceu.

Só tocou uma vez. Ela ouviu a voz de Buy. Estava ansiosa e tensa.

— A... alô?

— Sou eu.

— Ah, Jen. Eu sinto tanto.

Ela pousou o fone no gancho.

— E então — disse John. — Agora nós nos entendemos.

Ela começou a andar para ele.

— Ah-ah! Não é uma boa idéia, Jen. Não é inteligente. Você vai querer ficar aí parada.

Jennifer parou. Suas mãos estavam tremendo.

— Ela é sua *filha*.

— Ah, por favor. Eu deixei muitíssimo claro há oito anos. Eu nunca quis ter um filho. *Você* quis, e eu não pude impedir. Não pude fazer absolutamente nada para impedir. Então, tudo bem, você teve uma filha. Mas não acho que possa me transformar num *pai*.

A campainha do elevador soltou um *ping*.

— Enfim! — disse John. — Por que demoraram tanto, seus escrotos?

Ela sentiu mãos ásperas segurando seus braços.

— Desculpe, senhor! Há uma confusão lá na frente. Nós reagimos assim que...

— Não foi bom o bastante. Vou falar com Li.

— Senhor, o que gostaria que nós fizéssemos com...

— Levem a algum lugar e dêem um tiro na cabeça dela.

O soldado não disse nada.

— Você tem algum problema com isso?

— Senhor, não sei se pode me autorizar a fazer isso.

— Eu posso, porra! — gritou John. — Não me faça levar isso ao Li.

— Sim, senhor — disse o soldado. Jennifer mal podia vê-lo. Estava começando a chorar. Deixou-se ser arrastada.

Os dois soldados da NRA levaram-na escada abaixo. Ela sentiu que estava se despedaçando. Queria pegar o primeiro vôo de volta a Melbourne, e caçar John e matá-lo, as duas coisas ao mesmo tempo. Mas não podia fazer ambas. Não podia fazer nenhuma das duas.

Na metade da descida o rádio de um dos soldados disse alguma coisa, e ele respondeu. Depois olhou para o companheiro.

— Querem que a gente vá para a frente. O negócio está ficando pior.

— E ela?

— Não sei.

Ninguém disse nada por um momento. Jennifer esperou que decidissem se iriam matá-la.

— Quero dizer, se querem a gente na frente, é uma ordem da NRA. Isso tem precedência sobre o que a Nike quer.

— Tem?

— Merda, não sei. Mas vou lhe dizer agora. Não quero dar um tiro na cabeça dessa mulher. Isso é errado.

De repente o celular de Jennifer tocou. Seus nervos estavam tão esfrangalhados que ela deu um pulo.

— O que é isso?

— Meu telefone — disse ela.

— Ah... bem, atenda — disse o soldado. — A gente precisa discutir essa situação.

Ela atendeu ao telefone. Era Buy. Podia ouvir a dor na voz dele. Os dois falaram brevemente, mas de modo útil. Então Buy teve de ir. Ela fechou o telefone e olhou para os soldados.

— Certo — disse o primeiro. — Vamos reforçar a entrada da frente. Você vem conosco. Depois não queremos saber o que vai fazer.

— Obrigada. — Sua voz falhou.

— Não agradeça ainda. Você não sabe o que está acontecendo lá fora.

76 Desemposse

Buy saiu da Mitsui tarde, mas o tráfego estava leve e ele chegou a tempo na Escola Primária Mattel. Normalmente tinha de parar em fila dupla ou deixar o carro do outro lado do quarteirão, mas hoje a rua estava quase vazia. Era estranho: as crianças deviam estar saindo pelo portão, com pais apinhando a rua. Desceu e foi pelo caminho da escola.

No prédio da administração, seis pessoas conferenciavam do outro lado do balcão. Ele viu identidades do Governo.

— Posso ajudá-lo? — disse uma mulher.

— Estou aqui para pegar Kate. O que está acontecendo?

A mão da mulher foi até a boca. De repente todo mundo estava olhando para ele.

— O que é? — perguntou Buy.

— Senhor — disse uma agente. — Gostaria de se sentar?

— Onde está Kate?

— Nossa segurança não afrouxou — disse a mulher. — Quero que saiba disso. Um guarda tentou impedi-la. Não há nada de errado com nossa segurança.

— Impedir quem?

Mas Buy já sabia: a resposta estava ficando densa no ar.

— Senhor, houve um seqüestro.

— Mas... quem foi seqüestrado? — Então um som alto encheu sua cabeça e luzes fluorescentes como cometas borrados passaram por seu campo de visão.

Fizeram café para ele, mas suas mãos não paravam de tremer. Os agentes falavam ao telefone e lhe faziam perguntas. Com cada um Buy se sentia numa nova realidade onde Kate estava desaparecida e era tudo culpa sua.

— O senhor já está sob investigação — disse um dos agentes, cobrindo o celular. — Os tiroteios nas Nike Town. O senhor foi entrevistado pelos agentes de campo Jennifer e Calvin.

— Eu... eu estava no shopping naquela noite. Só isso. Tentei ajudar a garota que levou um tiro. Hayley McDonald's.

Os agentes trocaram um olhar.

— Ela era parente sua? Amiga?

— Eu só tentei ajudá-la. Por que isso é importante?

— Agora outra garota com quem o senhor está associado desapareceu — disse um agente.

— E... daí?

— Senhor, pode nos dizer quais foram seus movimentos hoje de manhã?

— Eu deixei Kate e fui para o trabalho.

— Há alguém que possa confirmar que o senhor saiu da área da escola?

— Mas por que... vocês acham que *eu* a levei?

— Acalme-se, Sr. Mitsui — disse um agente. — Há alguém que possa confirmar que o senhor deixou a área da escola?

— Eu... sim! Eu falei com uma mãe, ela deve ter me visto ir. O nome dela era... Violet. Não peguei o sobrenome, mas ela trabalha como veterinária.

— Pode descrever essa mulher?

— Jovem, cabelos castanhos curtos... estava usando um parka verde.

Os agentes trocaram um olhar.

— Senhor, esta é a descrição da seqüestradora.

— O quê? Como é que...

— Vamos precisar de que o senhor nos acompanhe até a delegacia.

— Não — disse ele, levantando-se. — Eu tenho de procurar por ela!

— Sente-se. Agora. — Todo mundo estava olhando-o.

— O senhor deve estar com muita raiva do Governo depois de terem deixado aquela garota morrer no Chadstone — disse o outro agente. — Talvez achasse que iria se vingar seqüestrando a filha de alguém do Governo.

— Não!

— Mas o senhor admite que teve um contato anterior com a seqüestradora.

O celular dele tocou. Todo mundo parou.

— Atenda — disse um agente. — Talvez seja a sua amiguinha.

Buy pegou o aparelho. O número na tela não era conhecido.

— Alô?

— Sou eu — disse Jennifer.

— Ah, Jen. — Ele não sabia o que dizer. — Jen, eu sinto tanto! — Ele ouviu a própria voz falhando.

— É Jen Governo? — perguntou o agente. — Me dê isso. — Ele pegou o telefone na mão de Buy. — Alô? Alô? — Ele olhou para Buy acusadoramente. — Não há ninguém.

— Ela estava... você deve ter apertado alguma coisa.

— Eu não apertei nada.

— Ligue de volta para esse número — disse o outro agente.

— Boa idéia. — O agente apertou botões. Então sua expressão mudou. Ele entregou o telefone a Buy.

— O quê? — disse Buy. Ele encostou o fone no ouvido. — Jennifer?

O telefone disse:

— Senhor? Aqui é a mesa telefônica da US Alliance, em que posso ajudá-lo?

— Mas... isso não faz sentido.

— Jennifer Governo é o meu rabo — disse o agente. Em seguida pegou as algemas e estendeu-as para os punhos de Buy. — Não torne isso difícil.

Buy não tomou uma decisão consciente de correr: simplesmente aconteceu. Virou-se, deu três passos e só então notou: *eu estou fugindo do Governo*. A porta do escritório era principalmente de vidro, e *então* ele tomou uma decisão: Buy tivera um acidente com a irmã mais nova quando eram crianças, de modo que sabia como isso funcionava. Fechou a porta depois de passar e ouviu um agente atravessá-la. Quando eles iam saindo do terreno da escola, Buy estava entrando em seu Jeep.

— Pare! — gritaram eles. Buy viu armas. Não achou que os agentes do Governo tivessem permissão de atirar nele só para impedi-lo de fugir, mas pareciam bastante irritados, por isso ele pisou fundo no acelerador e entrou no trânsito. Então houve buzinas e pneus cantando. Um sedã passou tão perto de sua porta que ele não pôde acreditar que não iriam bater. Logo estava rugindo para longe da escola de Kate.

Achou uma rua lateral cheia de árvores e parou. Buy tinha o número do celular de Jennifer. Ele tocou eternamente. Depois ela atendeu.

— Sou eu.

— Como isso aconteceu? — A voz dela partiu seu coração. Jennifer parecia destruída.

— Não sei. Desculpe, eu simplesmente... não sei.

— Escute. Agora tudo depende de você. Eu não posso tocar em John Nike enquanto ele estiver com Kate. Preciso de você.

— Espere. John Nike?

— John Nike é o criminoso que eu estou caçando. Mas isso não é importante. O importante é que...

— Não — grasnou ele. — Eu... eu estou trabalhando para John.

— O quê?

— Ele é um elemento de ligação com a US Alliance. E... eu sou assistente de ligação.

— Ah, merda. Ah, merda, o que você fez para ele?

— Ele pediu que eu encontrasse umas pessoas em Melbourne. Alguns sujeitos que andavam protestando.

— Quem?

— Hmm... Hack Nike... uma garota, acho que o nome dela...

— Hack, sim! É ele!

— Eu vi a seqüestradora. Era uma garota. Violet.

— É a namorada de Hack! Eu posso descobrir onde Hack mora...

— Não, tudo bem. — Ele sentiu a cabeça leve. Sentiu enjôo. — Sei onde Hack está.

77 Emancipação

— Ei, uau — disse Violet. — Você está bem, fico muito feliz com isso.

— Você me deixou no chão da cozinha — disse John. Havia algum tipo de emoção em seu rosto, mas para Violet era difícil identificar. — Você me deixou *assim*.

— Para mim você está ótimo, não sei do que está falando — disse Violet. Ela recuou, arrastando Kate, até bater com os calcanhares na parede.

John estendeu a mão e envolveu o pescoço dela. Estava começando a ficar claro para Violet que John não estava ali para entregar três milhões de dólares.

— A vingança é uma merda, não é?

— Ei! — disse Claire. Claire tinha uma arma, Violet viu, e estava apontando para John. Ela nunca se sentiu tão aliviada. Se bem que aquela não parecia a Claire que Violet conhecia. Todo mundo estivera mudando na sua ausência. — Já chega!

— Atira nele! — disse Violet. — Atira, Claire!

O olhar de John não se afastou de Violet.

— Por que vocês não se mandam?

— Certo — disse Hack. Em seguida segurou a mão de Claire.

— Não você, seu babaca — disse John. — Com você eu tenho negócios.

— Nós vamos sair dessa loja — disse Claire. Sua voz tremia; e também a arma em sua mão. — E Violet vem conosco.

— Mocinha, você tem muita...

Pela primeira vez os olhos dele se desviaram. Violet aproveitou a oportunidade para plantar o joelho direito em seus bagos. John caiu no chão como se tivesse levado um tiro.

— Ha! Tome isso! — Ela foi chutá-lo e ele agarrou sua calça. Violet gritou: foi como no apartamento. Ela cambaleou e ele agarrou-a. O aperto de John cedeu e ela ficou livre, correndo para Hack. Estava deixando Kate para trás, mas e daí? Kate não era mais sua maior preocupação. Havia uma porta nos fundos onde estava escrito SOMENTE PESSOAL AUTORIZADO, e ela abriu-a. — Hack, vem!

Hack correu, puxando Claire. Violet bateu a porta assim que eles passaram. Lá dentro estava uma escuridão de breu. Ela procurou algo que se parecesse com uma tranca na porta.

— O que está acontecendo? — perguntou Hack.

— Segure a maçaneta.

— O quê?

— Segure aquela maçaneta, eu não estou achando a tranca!

— Ah, merda — disse Hack, e John golpeou a porta do outro lado. Alguém gritou, e poderia ter sido ela. — Onde está a fechadura?

— Não sei, não dá para ver!

A porta chacoalhou.

— Eu não estou agüentando segurar, não estou agüentando, ache a fechadura!

— Tranque a porra da porta! — gritou Claire.

Violet achou um trinco e o empurrou. John bateu na porta de novo. Ela afrouxou o corpo, aliviada.

— Você conseguiu. — A voz de Hack soou calorosa. — Graças a Deus.

— É. — De repente Violet pensou: Hack estava dando em cima dela? É, pensou, estava. Hack tinha se divertido com Claire, com a tímida e quieta Claire, mas Claire não bastava para ele. Hack precisava de alguém como Violet, que pudesse cuidar dele. Ela havia dito isso mil vezes. — É engraçado como a gente acaba se encontrando de novo, não é? Parece destino.

— Onde está o interruptor? — perguntou Claire.

— Ah — disse Hack. — Acho que sim, é.

Ela achou o braço dele no escuro e apertou.

— A gente devia ir a algum lugar e pôr as coisas em dia.

A luz se acendeu. Claire estava parada perto de um interruptor. A sala era cheia de prateleiras e caixas.

— Ei — disse Violet. — Muito bem, magricela.

— Violet? — disse John do outro lado da porta. — Está ouvindo? Acho que a gente misturou tudo. Eu estou aqui para fazer a troca. Eu tenho o seu dinheiro. Vou deixar na mesa, certo?

Ela mordeu o lábio.

— Será que ele tem mesmo o dinheiro?

— Violet — disse Hack —, esse cara não está aqui para lhe fazer nenhum favor.

— Hmm. Está certo. Vamos sair daqui. — Havia uma saída nos fundos, dando numa escada escura.

Na metade da descida, Hack falou:

— Violet?

— Hein?

— Quem era aquela garotinha com você?

— Ah! Ninguém.

Saíram no térreo, entre uma loja da Disney e um café Starbucks. O shopping estava tão apinhado de compradores que o ar parecia quente e úmido. Era difícil respirar. A mente de Violet disparava. Era uma tremenda sorte, juntar-se de novo a Hack. Ela queria capitalizar isso.

— Vamos subir de novo. — Ela tirou sua arma do bolso.

— Ahn — disse Hack. — Violet, acho que a gente devia sair daqui.

— Eu deveria ter atirado nele através da porta. — Ela se sentia uma idiota. — Por que não atirei nele através da porta?

Hack e Claire estavam encarando-a.

— O quê?

— Você está *maluca*?

— Ei — disse Violet, magoada. — Vocês não sabem o que eu passei. Só estou tentando pegar o que é meu. Se eu tiver de atirar em alguém, vou fazer isso. — Mas Hack estava olhando para ela como se nunca a tivesse visto antes. Claire estava ali parada, deixando tudo acontecer, e Violet percebeu que tinha ido longe demais. Decidiu agir com rapidez. — Hack... tem sido muito difícil. — E agarrou a camisa dele. — Eu só queria ir em frente, mas todo mundo ficou me sacaneando. Sinto muito se magoei as pessoas. Você me perdoa?

— Não toque em mim! Você precisa de ajuda! Sério!

— Ora, seu merdinha — começou ela, mas só chegou até aí. Havia um homem na multidão, e os olhos dele se cravaram nos dela. O sujeito parecia familiar. Quando o rosto dele ficou sombrio e ele começou a vir em sua direção, ela lembrou. Tinha-o conhecido de manhã, na escola de Kate. O nome dele era Buy. — Epa — disse ela.

78 Arrogância

Quando a NRA levou Jennifer, John se deixou afundar no tapete. Fechou os olhos e apertou o rosto no vidro. Depois começou a rir. A princípio era um risinho, depois fugiu do controle. Ele gritava de tanto rir. Sentiu lágrimas escorrendo pelo rosto.

O engraçado era o rosto de Jennifer. Ela tinha pensado que estava no controle. Tinha pensado que ia realizar uma vingança justa. E então, BAM! Ele estava no controle. Era por isso que pessoas como John subiam na vida e gente como Jennifer pegava trabalhos no Governo.

Ficou ali tempo demais. Então o vidro encostado no seu rosto tremeu. Ele sentou-se, espantado. Todo o prédio vibrou. Depois parou. John deu um tempo. Houve um *amarrotamento* estrondoso, longo. O prédio tremeu de novo, com mais força.

John mordeu o lábio. Tinha a sensação de que sabia o que havia sido. Provavelmente o general Li usando seu discernimento.

A porta do elevador soltou um *ping*.

— John? — Ele se virou. Era o garoto da Pepsi, com ar sombrio. — John, você precisa vir comigo. É importante.

— Você sentiu esse negócio, agora mesmo?

— Venha. Isso é sério.

— Nós estamos sendo atacados? É a Team Advantage? Eu preciso falar com o general Li.

Entraram no elevador.

— É para lá que estou levando você.

— Você é um bom garoto. Ficou comigo desde o início. Não vou esquecer.

— É, obrigado. Você teve... o quê?, algum tipo de problema aqui em cima?

— Uma disputa doméstica. — Ele riu. Depois percebeu para onde o elevador ia. — Aonde nós estamos indo? Aqui é o andar de Alfonse.

— É onde Li está.

A porta se abriu. A área estava apinhada de elementos de ligação. Cabeças se viraram. A conversa morreu. Alfonse estava parado no meio da sala. O general Li estava com ele, segurando a boina.

— Que diabo está acontecendo? — perguntou John.

— John — disse Alfonse. — Você sabe o que está acontecendo lá fora?

— O que está acontecendo?

Alfonse olhou para Li. Li falou:

— John me autorizou explicitamente a usar qualquer recurso à minha disposição para reagir aos ataques inimigos.

— Que porra está *acontecendo*?

— Você fez exatamente o que eu o proibi de fazer — disse Alfonse. — Você nos envolveu em mais ações militares. Isso deve terminar. Imediatamente. Não é um ambiente lucrativo para os negócios.

— Certo, espera. — Isso ia exigir outro discurso, percebeu John. — É, certo, algumas pessoas vão ser mortas. A mudança sempre provoca confusões. Mas deixe-me ser claro, nós vamos ser os vencedores neste novo mundo. Sem o Governo, podemos eliminar a Team Advantage. Sem a Team Advantage, não teremos concorrência. Isso vale um pouco de conflito. — Ele olhou em volta. Não parecia haver muitas cabeças concordando.

— Isto não é liberdade, John. É anarquia.

— Bem, se você quer se apegar a detalhes...

— Houve uma votação.

Ele congelou.

— O quê?

— As empresas participantes decidiram que um mercado desregulado não serve aos nossos interesses. Já iniciamos um diálogo com o Governo.

— Quem? Que empresas? Porque, tudo bem, deixe que elas vão. Nós não precisamos dessas covardes.

— A maioria.

— Ah. — Ele engoliu em seco. — Sei.

— Claro — disse Alfonse —, nós negaremos qualquer responsabilidade pelos danos causados por seus atos.

— Claro. — Ele podia sentir a histeria subindo na garganta. — Claro, vão em frente, pintem *a mim* como o bandido.

— A segurança vai acompanhá-lo para fora do prédio.

— Eu tenho o direito de estar aqui! Sou o ligação da Nike!

— Não, John, não é.

Ele se virou. Gregory Nike estava encostado na parede. John não o tinha visto.

— Bem — disse John. — Isso não é mole. — Em seguida se virou para os elementos de ligação. — Quem está comigo? Quem quer manter a luta? Nós podemos começar nosso próprio programa de lealdade! Podemos terminar o que começamos! *Quem está comigo?* — De repente um monte de ligações estavam franzindo a testa para o chão e examinando as pinturas nas paredes. — Seus escrotos baratos.

Um soldado da NRA segurou seu braço. Era um dos mesmos que tinham expulsado Jennifer; claro que era.

— Vamos.

— Li! Não deixe que eles façam isso! — Mas Li não disse nada. Li sabia de onde vinha seu orçamento. O soldado começou a empurrá-lo para o elevador. Quando chegaram ao poço da escada, John viu o garoto da Pepsi. — E *você!* — John se agarrou ao portal. — Seu merdinha! Você sempre foi um parasita covarde, seu escroto da Pepsi!

— Não torne isso difícil — disse o soldado. John teve de soltar o portal. A porta se fechou com um estrondo. Depois se abriu. O garoto da Pepsi apareceu no topo da escada.

— Ei, John — disse ele. — Meu nome é Theo.

— O quê?

— Meu nome é Theodore.

— O que faz você achar que eu ligo para isso?

— Nada — disse o garoto. Então o soldado arrastou John por mais um lance de escadas, e ele o perdeu de vista.

— Certo, espera, espera — disse ele. — Você não precisa me levar direto para fora. Pelo menos deixa eu pegar umas coisas na minha sala. Deixa eu dar uns dois telefonemas.

— Minhas ordens são claras, senhor.

— Aquela agente do Governo. Você atirou nela, certo? Ela não está mais por aí, está?

O soldado o encarou.

— Foi decidido expulsá-la do prédio.

— Seu *babaca*! Você fala em ordens, e a porra da minha ordem? — O soldado ficou quieto. — Certo, espera. Desculpe. Você só está tentando fazer o seu trabalho. Aprecio isso. Mas não precisa me levar pela porta da frente. Deixe-me sair pelo estacionamento.

— Eu vou levá-lo à porta da frente.

— Eu sou muito amigo do general Li! Muito amigo! Você não vai querer me deixar puto!

— Vou correr o risco, senhor.

— Eu tenho duzentos dólares. Aqui no bolso. Anda, pega. — Eles entraram no saguão; as portas giratórias de vidro estavam se aproximando. John tentou cravar os pés no chão, mas seus sapatos de executivo escorregaram no piso encerado.

— Por favor, senhor — disse o soldado. As portas do saguão deslizaram, e então havia a luz do sol, e pessoas. — O senhor não desmerece só a si mesmo, mas a toda a organização US Alliance.

— Ah, fecha essa matraca.

79 Perda

Os soldados da NRA marcharam com Jennifer para a rua. Ela estava tão atordoada com a notícia do desaparecimento de Kate que a princípio não percebeu o que estava acontecendo em volta. Então o soldado da NRA cutucou-a e disse:

— Dona! A senhora tem de ir.

Ela levantou os olhos e balançou a cabeça, tentando clareá-la. Sentia-se lenta e estúpida. Sentia-se derrotada.

— Dona? Por favor.

— Certo — disse ela. Havia um shopping do outro lado da rua, com um McDonald's de um lado e um Burger King do outro. Entre ambos havia um tumulto. Um grupo de garotos de roupas largas saqueava o Burger King: arrancando cartazes, arrebentando caixas registradoras. Ela vislumbrou Calvin tentando separar uma briga, depois o perdeu de vista.

Pisou na rua. Uma buzina berrou em algum lugar, mas quando percebeu que deveria virar a cabeça, o som tinha parado e o motorista estava gritando com ela. Jennifer continuou andando. Quando chegou ao outro lado, dois furgões pretos subiram no meio-fio e abriram as portas. Policiais saltaram, passando correndo por ela. Foram em direção ao tumulto.

— *Jen!*

Ela viu Calvin de novo e tentou ir até ele. Calvin iria ajudá-la.

— Afaste-se da loja! — gritou um dos policiais, e então alguém disparou uma arma, ela não soube se eram os saqueadores ou a polícia, e não importava. Um monte de gente saiu correndo, o que tornou mais fácil ver Calvin. Ela foi abrindo caminho até ele, entre mesas e cadeiras de plástico vermelhas e amarelas.

— Pelo amor da porra — disse Calvin, quando ela o alcançou. — Abaixe esse rabo! — Ele a empurrou para a porta de uma papelaria. Havia um cartaz na porta que dizia ORGULHOSAMENTE INDEPENDENTE, e outro embaixo que dizia LIQUIDAÇÃO DE ENCERRAMENTO DOS NEGÓCIOS! — Qual é o seu problema?

— Ele pegou Kate.

— O quê?

Houve outra rajada de tiros, mais longa. A polícia tinha formado um cordão de isolamento em volta do Burger King. Os saqueadores estavam retornando para o McDonald's. Soldados da NRA juntavam-se a eles, assumindo posição atrás dos balcões e das caixas. Houve um bocado de gritos. Então alguém disparou de novo, e uma bala ricocheteou numa caixa do Burger King com um *clang*.

— Kate. Ele pegou minha filha.

Calvin a encarou.

— Kate está aqui?

Ela balançou a cabeça.

— Em Melbourne. Ele disse que vai matá-la, a não ser que eu o deixe em paz.

— Ah, Jen.

— Calvin, não sei o que fazer.

— Certo. Tudo bem, Jen, nós... vamos prendê-lo. Vamos fazer com que ele a solte. Nós podemos... — As palavras dele se perderam num dos sons mais altos que Jennifer já ouvira. A polícia tinha montado uma metralhadora no balcão do Burger King e ela estava mastigando a loja do McDonald's. Estilhaços de plástico espiralaram no ar como confete.

— Eu vou voltar lá para dentro.

— Jen, você não pode! Abaixe-se! Nós vamos dar um jeito!

— Eu deveria ter atirado nele. Quando tive a chance.

— Jen, espera! Você viu Billy?

— O quê? Billy está aqui?

— Eu tive de trazê-lo. Depois eu o perdi. Pelo amor de Deus, *abaixe-se!*

— Tenho de ir — disse ela, e se levantou.

Tinha dado dez passos quando ouviu: um som chiado, como ar saindo de um pneu. Notou um tufo de fumaça branca em cima da torre da US Alliance, parecendo a menor nuvem do mundo. Então uma coisa esguia e metálica fez uma linha branca da nuvem até a Burger King, e um punho invisível acertou Jennifer no peito, e ela ficou surda.

Não tinha certeza se havia desmaiado. Percebeu que Calvin estava acima dela, gritando. Leu *míssil* nos lábios dele. O Burger King estava pegando fogo. Tudo estava inundado numa fumaça preta. Olhou em volta. Mal podia ver a base do prédio da US Alliance. Mal pôde ver a porta de vidro do saguão se abrir. Mal pôde ver John Nike sair por ela.

— Calvin? Posso pegar sua arma, por favor?

Os lábios dele disseram:

— *O quê?*

— Só... — disse ela, e através da fumaça John a viu.

Ela arrancou a arma de Calvin do coldre e começou a correr. Saltou por cima de pedaços do Burger King e se desviou de policiais atarantados. A fumaça se retorcia e se desviava, escondendo John e revelando-o de novo.

John pisou na rua e levantou as mãos. Ela pensou que ele estava se rendendo. *Tarde demais para isso*, pensou. Então viu o táxi. John abriu a porta e pulou dentro. Ele devia ter dito alguma coisa tremendamente motivadora, porque o táxi partiu com os pneus fumegando. Jennifer estava longe demais para pará-lo. Estava longe demais.

— Não! — gritou. — *Não! Não!* — Depois simplesmente gritou.

80 Reciprocidade

Billy e a garota dos cupons estavam encolhidos numa porta a algumas lojas de distância do McDonald's. Isso não era muito ruim, já que ele podia se aconchegar nela, mas também havia um bocado de balas voando ao redor. Billy não se sentia muito confortável com isso.

— Esse tipo de merda nunca acontece no Colorado — disse a garota dos cupons. — *Nunca.*

— Também não acontece muito no Texas. — Havia uns dez metros entre eles e a rua, com o prédio da US Alliance erguendo-se do outro lado. Billy avaliou as chances de percorrer aquela distância sem interceptar uma bala. Até agora não estava confiante. A polícia vinha rasgando todo esse lado do shopping com uma metralhadora, e ele não achava que a história de emprego da garota dos cupons faria alguma diferença.

— Esta cidade — disse a garota dos cupons. — Eu juro.

— Sabe, é tudo sua culpa. Por que você não podia simplesmente dizer que os hambúrgueres do McDonald's eram melhores?

Ela o encarou furiosa.

— Por que eu deveria deixar que eles me intimidassem? Se você deixar as pessoas pressionarem, vai passar a vida inteira tentando fazer todo mundo feliz.

— É, acho que sim. É, você está certa! É isso que vem acontecendo comigo há *semanas.*

— Não acredito que alguém possa pressionar *você* — disse a garota dos cupons, e seus lábios se curvaram. Billy sorriu de volta. Então uma linha de balas marcou a parede acima da cabeça deles, e a vitrine implodiu. Billy abrigou a garota dos cupons do vidro que caía.
— Obrigada — disse ela.

Ele levantou os olhos.

— A gente tem de sair daqui.

— Não brinca — disse ela. E então houve um som chiado e o Burger King do outro lado do shopping explodiu. Pareceu um terremoto.

— Agora! — disse Billy. Ele puxou a garota dos cupons de pé. — *Venha*!

Segurou a mão dela e os dois correram às cegas pela fumaça preta. A garota dos cupons tropeçou num entulho e Billy impediu que ela caísse: era como num filme. Eles saíram da fumaça e havia soldados da NRA em toda parte, mas ninguém prestava atenção especial em Billy. Então alguém familiar saiu do prédio da US Alliance. Billy parou, surpreso. Era John Nike, o cara que tinha ordenado que ele atirasse no presidente do Governo em Londres.

Por um segundo ele se sentiu tentado a ir até o cara e arrebentar com ele. Mas Billy tinha outras prioridades, como dar no pé, por isso começou a correr de novo. John parou um táxi e entrou.

Ele ouviu um grito, e se virou. Por um segundo não soube quem era a figura que saiu cambaleando da fumaça. Depois notou. Era Jennifer Governo.

— *Billy! Faça ele parar!*

Ele olhou para o táxi de John. Era meio tarde para isso, pensou. Olhou de volta para Jennifer.

— *Por favor!*

— Ah, merda... — Ele olhou em volta. — Preciso de uma arma.

— Hmm... tudo bem. — A garota dos cupons se curvou e pegou um entulho na sarjeta. — Aqui, use isso.

— Não, uma *arma*. Uma coisa para atirar. — Mas a garota já estava correndo para um soldado da NRA. Billy olhou para o pedaço de entulho. Aquilo não lhe dava nenhuma pista.

A garota dos cupons agarrou os ombros do soldado e gritou na cara dele.

— *Me ajude, me ajude!*

— Ei! Calma! Moça!

— Por favor, por favor! — Ela puxou-o num semicírculo de modo que as costas do soldado ficaram viradas para Billy.

— Ah — disse Billy, entendendo. Em seguida deu um passo e acertou o soldado na cabeça, com a pedra. O soldado gritou e agarrou a cabeça. Billy pegou o fuzil dele.

— Nossa — disse a garota dos cupons. — Pensei que você nunca ia entender.

— Shh — disse ele. Em seguida abriu as pernas, equilibrando-se, e mirou o táxi que se afastava. Era um tiro ridículo, na verdade: o carro já estava a um quarteirão e meio e havia cerca de um milhão de pessoas entrando e saindo do caminho. — Só... fique quieta.

Ela ficou em silêncio. Billy inalou. Era preciso atirar durante uma expiração lenta e controlada: quando seu corpo ficava mais firme. Era preciso apertar o gatilho entre duas batidas do coração. O mundo desapareceu. Ele atirou.

— Puta que o *pariu*! — disse a garota dos cupons.

O pneu explodiu: ele viu o jorro de borracha. O táxi girou noventa graus, foi acertado por um furgão de entregas e se chocou contra uma vitrine. Billy baixou o fuzil. A garota estava encarando-o.

— Você é bom *mesmo*!

Ele olhou de volta para Jennifer, mas a fumaça a havia escondido de novo.

— Vamos sair daqui.

— É, boa idéia. — Ela segurou sua mão. — Para onde?

Ele sorriu.

— Você gosta de esquiar?

— Está brincando?

— Por quê?

— Eu moro em Aspen. Aspen, Colorado. No inverno trabalho como instrutora de esqui. — Ela se remexeu. — O que é que tem? Não é tão estranho assim.

Ele encontrou sua voz.

— Eu...

— Você gosta de esquiar?

— Gosto — disse Billy. — Gosto mesmo.

— Legal. Vamos dar no pé.

81 Fortaleza

Hoje é um grande dia, pensou Buy.

O engraçado era que há apenas um ou dois meses ele estivera pronto para se matar. Ainda estava andando por aí somente porque não sabia o bastante sobre armas para achar a trava de uma pistola Colt 45. Desde então tudo, podia-se argumentar, era tempo lucrado.

Eu sou uma ótima pessoa.

Suas pernas estavam tremendo quando entrou no shopping Wal-Mart de Chadstone, e se sentia como se fosse vomitar a qualquer minuto. Isso também era engraçado. Ele não tinha medo de morrer, nem um pouco, mas a idéia de pegar a escada rolante até o quarto andar o aterrorizava. Não podia acreditar que, quando chegasse, não veria uma garota esparramada no chão, numa poça de sangue se espalhando.

— Ei. O senhor está bem?

Ele percebeu que tinha cambaleado; quase caído. Uma garota estava espiando-o com olhos grandes e cheios de preocupação.

Buy se virou para o outro lado.

— Estou... bem.

— Tem certeza?

— Tenho — disse ele, e saiu um som ofegante. Não conseguia respirar. Sentiu o olhar dela às costas enquanto passava pela multidão. Os elevadores subiam diante dele, uma fusão de aço e compradores .

Todo obstáculo é uma oportunidade.

Não esperava ver Violet nesse andar, por isso encarou-a durante segundos inteiros antes de perceber para quem estava olhando. Depois foi na direção dela.

Ela o viu.

— Epa — disse Violet. E pegou uma arma. Buy quase riu. — Certo, você pare aí.

— Uma arma! — gritou alguém. Os compradores em volta se espalharam. Buy continuou andando.

— Ei! Eu não estou brincando. Olha, sinto muito sobre sua garota e coisa e tal... ei! Pára! Quer que eu atire em você?

— Onde está Kate?

— *Pára!* — gritou ela, e Buy viu o dedo apertando o gatilho. A percepção o atravessou: se ele morresse, não poderia salvar Kate. Parou. A arma estava a sessenta centímetros de seu peito.

— Violet? — disse um rapaz ao lado dela. Buy achou que provavelmente era Hack Nike. — Anda, abaixa a arma.

— Cala a boca! Você não se importa comigo!

— Onde está Kate? — perguntou Buy de novo.

— Lá em cima — disse Hack. — John pegou-a. No quarto andar, na Ni...

— *Cala a boca!* — gritou Violet.

— Violet — disse Hack cuidadosamente. — A segurança do shopping provavelmente está vindo. Não piore as coisas.

— Eu sei o que todos vocês estão fazendo. Todo mundo está conseguindo o que quer, menos eu! Eu estou sendo sacaneada!

— Ninguém está sendo sacaneado.

— Por favor — disse Buy. — Eu preciso achar Kate.

— O que eu ganho com isso? — perguntou Violet.

— Por favor.

— Eu só queria ser uma empreendedora. Só queria vender meu programa e ganhar um dinheirinho. Isso é errado?

— Violet, você está segurando uma *arma*! — disse Hack. — Você seqüestrou uma criança! Se quer saber por que as coisas não deram certo, comece por aí!

Houve uma longa pausa. Então Violet disse:

— Não existe justiça. — Buy percebeu a intenção de Violet um instante antes de ela agir. Começou a girar para fora do caminho. Então a bala o acertou e ele estava caído de costas, olhando as luzes fluorescentes do shopping.

Houve alguns gritos, e pés de pessoas fazendo barulho perto de sua cabeça. Parecia uma boa idéia ficar parado, portanto Buy fez isso. Seu bíceps estava latejando. Ele tocou-o cautelosamente e olhou para os dedos. Pareciam confirmar que tinha levado um tiro.

O rosto de Hack apareceu acima dele.

— Ah, merda, você está bem?

— Eu... não sei.

— Hmm... acho que não está. É melhor você não se mexer. Tudo bem, Violet foi embora.

Buy sentou-se. Não doía tanto quanto ele havia pensado. Talvez estivesse em choque.

— Meu nome é Buy Mitsui. Preciso de sua ajuda para achar Kate. Ela é filha de Jennifer Governo.

— Ah, cara... — Hack olhou para Claire. — Olha, a gente realmente precisa sair daqui. A gente meio que queria. Sinto muito.

— Ah. Tudo bem. — Buy tentou ficar de pé. Hack o ajudou.

— Sinto muito mesmo. — É só que, se a Nike me pegar...

A visão de Buy ficou de um branco vitrificado, mas ele podia ver os elevadores. Começou a andar para lá. Seu braço estava começando a doer.

Chegou ao segundo andar antes que Hack e Claire voltassem.

— Certo — disse Hack. — Eu vou ajudar.

— Obrigado.

— O que você quer que a gente faça?

— Distraiam o sujeito.

82 Ancestralidade

Jennifer estava correndo numa direção e umas dez mil pessoas corriam na outra, saindo de um shopping de rua. Ela achou que não havia nada capaz de limpar uma área como um ataque com míssil.

Quando entrou, o lugar estava quase sem fregueses. Ficou pasma com a familiaridade: o projeto era igual ao do Wal-Mart de Chadstone. Havia até mesmo dois carros esporte sendo rifados. Mas, afinal de contas, todos esses lugares provavelmente eram construídos com a mesma planta. Eram padronizados.

Viu John no momento em que ele encontrou dois soldados da NRA. Ele falou ofegante com os dois:

— Me ajudem! Eu sou ligação da US Alliance, há uma mulher com uma arma atrás de mim! — e apontou para ela.

Eles sacaram suas armas.

— Espere aí, dona.

Jennifer diminuiu a velocidade, andando. Apontou sua arma para o alto.

— Atirem nela! — gritou John.

— Moça, a senhora precisa largar a arma agora.

Ela continuou andando.

— Moça...

— Ela não vai parar, seus babacas! Atirem nessa puta! — John começou a se afastar.

— Nós não estamos brincando! Esta é sua última chance.

— Certo — disse ela. E pôs a pistola no coldre. Um soldado tentou pegá-la. Jennifer pegou o braço dele e torceu. Ele ofegou, surpreso, e ela bateu com a cabeça dele na cara do segundo soldado. Os dois caíram no chão e ela chutou suas armas para longe.

— *Seus retardados!* — gritou John. E correu para a escada rolante. Foi surpreendentemente ágil: não parecia ter sido machucado na batida com o carro. Ela mirou cuidadosamente.

A bala ricocheteou na lateral de aço da escada rolante. John parou de correr. Ele se inclinou sobre o corrimão.

— Você é *estúpida*? — No shopping vazio, sua voz ecoava. — Quer que eu machuque Kate?

Ela corrigiu a mira, mas dessa vez ele decifrou sua intenção e se abaixou. Ela errou totalmente. Correu para a escada rolante.

— Se o meu encarregado não tiver notícias minhas, ele vai matá-la! — gritou John. Mas Jennifer não acreditava nisso. Havia um tom de pânico crescente na voz dele, e além disso John não era do tipo que fazia planos para o caso de sua própria morte. Jennifer captou um vislumbre dele correndo de uma escada rolante para a outra. — É melhor você recuar agora mesmo!

Ele tentou despistá-la no quinto piso, mas ela o viu refletido na vitrine de uma loja, tentando se esconder atrás de uma coluna. Ele estava fazendo alguma coisa com as mãos. Ela levantou a arma e foi cuidadosamente na direção dele.

John ouviu-a chegando.

— Jen! Não faça nenhuma estupidez!

— Saia, John.

— Estou no telefone — gritou ele. — Estou na porra do telefone, quer que eu mate a menina?

Ela parou.

— É isso mesmo, Jen, eu estou com a ligação feita. — Ele saiu no espaço aberto. O celular estava apertado no ouvido esquerdo. Havia um brilho de suor na testa. A camisa social estava encharcada. — Baixe a arma.

— Não posso fazer isso.

— Quer que eu mande ele machucá-la? Eu posso fazer isso!

Jennifer olhou para a arma. Parecia uma pena.

— *Faça isso!*

Ela pôs a arma no chão.

— Desligue.

— Chute a arma para cá primeiro.

— Desligue e eu entrego a arma.

— Você não está em condições de barganhar, Jen. Não está mesmo.

Jennifer pensou. Seria um erro dar a arma a John; um erro muito grande. Tinha quase certeza de que ele simplesmente atiraria nela. Pôs o pé na arma.

— Cuidado, Jen. Bem devagar.

— Acho que você não viu nenhuma das crianças que você matou. Eu vi. Foi num shopping igual a esse.

— Ah, *por favor.* Não comece a *moralizar*. Eu já estou cheio disso. Mande a arma.

Ela a empurrou com o pé. A arma girou pelo chão, com o cano descrevendo elipses preguiçosas, até desaparecer na borda do piso. Ela a ouviu bater num dos carros no térreo, com um ruído alto.

Os olhos de John se arregalaram.

— Eu não fui *claro*?

— Desligue o telefone.

— Você não poderia me deixar em paz, poderia? Tinha de me caçar pelo mundo inteiro. É patético, Jen. Você é *obcecada*. Acha que você mudou quando saiu da Maher? Acha que ganhou uma consciência quando engravidou? Besteira. Você era uma puta corporativa na Maher e não mudou, assim como essa tatuagem. Você não está fazendo o seu serviço. Você não liga a mínima para aqueles adolescentes da Nike. Está atrás de mim por causa do que eu não quis lhe dar há oito anos. Isso é *pessoal.*

Jennifer não achava que essa fosse uma caracterização justa. Iria discuti-la. Mas então seu celular tocou.

83 Redenção

Um monte de gente estava correndo para fora do shopping, cortesia de Violet disparando uma arma de fogo. A Nike Town ficava logo adiante, e Buy viu um cara pôr a cabeça para fora e olhar as pessoas que passavam correndo. Em termos de cabeça, não era nada de que se vangloriar. A aparência era de como Buy se sentia.

De trás, Hack gritou.

— Ei! Babaca!

O rosto do sujeito virou num movimento de chicote. Hack e Claire estavam perto da escada rolante, acenando.

— John, seu escroto feio! Ei!

John saiu da loja. Estava arrastando Kate. O coração de Buy pulou. O rosto de Kate estava marcado de lágrimas secas. *Só mais um minuto, querida,* pensou ele.

— O quê? — gritou John. — Não estou ouvindo. — Sua mão livre entrou no bolso do paletó.

Buy cambaleou até ele. Seu braço sangrava profusamente.

— Com licença.

— Ei. — O rosto de John se franziu. — Que diabo você quer?

— Perdão — disse Buy, e o envolveu com os braços. — Kate, corre!

— Que *porra...?* — disse John. Kate olhou-o congelada. Depois correu. Buy nunca tinha visto nada mais lindo do que as costas dela se afastando e os cabelos balançando. — Me larga!

— Desculpe — ofegou Buy. — Não dá.

— Me... larga! — John bateu com Buy contra a porta da Nike Town e ele perdeu todo o ar num instante. John recuou para outra tentativa. De repente Buy notou que as maçanetas da Nike Town eram compridas logomarcas de metal, terminando em pontas finas. Isso era meio perigoso, pensou. Alguém poderia se machucar ali.

John bateu com Buy de costas de novo. Buy se jogou para a esquerda e girou John. John acertou a porta, e Buy não conseguiu continuar segurando-o. Caiu no chão e tossiu.

Quase esperou sentir os sapatos sociais de John se conectando com suas costelas. Mas não. Tinha sido um bom giro: um giro muito bom.

— Buy?

— Cada obstáculo é uma oportunidade — disse Buy. Em seguida tentou rir, mas o que saiu foi uma tosse.

Rostos borrados surgiram acima dele.

— Alguém chame uma ambulância! Liguem para o nove-um-um!

— Use meu cartão American Express — disse Buy. Estava cheio de gracinhas; não conseguia parar.

— Buy, só fique quieto.

— Kate. Onde ela...

— Não sei se você quer que Kate veja isso — disse Hack. — John está... está no logotipo.

— Por favor, eu preciso vê-la. — Hack começou a se afastar. Buy o agarrou com a mão boa. — Hack. Obrigado.

Hack ficou sem graça.

— Não tem problema.

Buy fechou os olhos. Ia desmaiar logo, e isso não era bom. Tinha de fazer uma coisa antes. Tinha de se segurar.

— Buy! Buy!

Ele abriu os olhos. Tudo estava turvo: não podia ver Kate direito. Então uma coisa molhada caiu em seu rosto e ele percebeu que ela estava chorando.

— Ei. Eu vou ficar bem. Verdade.

— Tem certeza?

— Tenho toda a certeza.

— Tudo bem.

— Agora, Kate... — Alguém começou a enrolar alguma coisa no braço de Buy. Ele sentiu uma leve gratidão, mas aquilo estava começando a doer um bocado. — Tem uma coisa que eu preciso que você faça. É muito importante. Você tem de fazer agora mesmo. Certo?

— O que é?

— Ligue para a sua mãe — disse ele, e desmaiou.

84 Realização

Jennifer olhou para o bolso. O celular tocou de novo.

— Não atenda — disse John. — Só... empurre para cá. Anda.

Ela pegou o telefone.

— Estou falando sério! Largue o telefone! — Ele estava espalhando cuspe. — Não me sacaneie, Jen. Eu faço isso!

Ela pensou. Depois abriu o celular.

— Alô?

— Mamãe?

Um jorro de emoção sacudiu-a. Não conseguia falar. Olhou para John.

— Oi, meu doce.

John largou o telefone e recuou, com as mãos levantadas.

— Certo, agora, Jen, não vamos fazer nada violento. — Os olhos dele balançaram de um lado para o outro. — Acho que talvez tenha havido algum erro de comunicação...

Jennifer começou a andar para ele.

— Jen... Jen! Escute. Não vamos tomar nenhuma decisão apressada! Não vamos fazer nenhum julgamento de valor!

John saiu correndo. Jennifer pulou e agarrou seu paletó pelo cangote, jogando-o contra o parapeito. O ar saiu dos pulmões dele e então ela o fez se curvar sobre o parapeito, olhando os carros lá embaixo. Ela forçou o braço dele para cima, às costas.

— Eu não ia machucar a menina! Juro!

Jennifer sussurrou:

— Ela vai ficar melhor sem um pai como você.

— *Não! Jen, por favor!*

— Gosta da vista? Quer ver o que eu vi num shopping igual a esse quando você matou uma adolescente?

— *Não!*

— Você estava errado a meu respeito — disse ela. Em seguida tirou o braço do pescoço dele. A sensação era melhor do que ela havia imaginado. Foi surpreendentemente satisfatória. — John Nike, você está preso pelo assassinato de Hayley McDonald's e quatorze outras pessoas.

— O quê? *O quê?*

— Ficará retido pelo Governo até que as famílias das vítimas iniciem o processo contra você. — Ela puxou-o e marchou com ele para a escada rolante. Era difícil fazê-lo andar. As pernas de John ficavam escorregando debaixo do corpo, como se ele estivesse bêbado.

— Você está *me prendendo*? Está falando sério? Meu lugar não é a *cadeia*!

— Mesmo assim — disse ela.

85 Finalização

No fim do vôo Jennifer sentia-se pronta para assassinar alguém. Remexia-se o tempo todo; olhava furiosa para os comissários de vôo.

— Shhh — disse Calvin. — Fique calma.

— Uma escala em *Auckland*. É inacreditável.

— Leia a revista. Ou assista ao filme. Eles têm jogos de computador; por que não joga um?

— Quero ir para casa.

— Quer que eu pergunte se você pode ir conhecer o capitão, dar uma olhada nos controles?

Ela o encarou.

— Mais trinta e cinco minutos — disse ele.

— Certo. *Certo.* — Calvin folheou algumas páginas de sua revista. Depois de um tempo, ela disse: — A propósito...

Ele levantou a cabeça.

— Hein?

— É a Barbie Malibu. Minha tatuagem. É o código de produto de uma Barbie Malibu.

Calvin piscou.

— Verdade?

— Eu era a gerente da conta da Mattel. Além disso morava em Malibu. Por isso fiz a tatuagem.

— Ah. Hmm.

— Você acha estúpido.

— Não, não. Nem um pouco.

— Na época era muito maneiro.

— Tenho certeza que sim.

Jennifer o encarou.

— Você não vai contar isso a ninguém, certo? É meio embaraçoso.

— Claro. Sua vida secreta está segura comigo, boneca Barbie.

— Por favor não me chame de boneca Barbie.

Jennifer saiu do avião parecendo ter sido espancada, e seguiu por um corredor comprido em que portas deslizantes se abriam para uma massa de pessoas. Por um segundo tudo que pôde ver foi uma confusão de cores. Então Kate estava correndo para ela. Suas pernas ficaram fracas.

— Mamãe!

Ela se ajoelhou e Kate acertou-a como uma bala de canhão. Sentiu braços minúsculos em volta do pescoço.

— Ah, Kate!

— Senti saudade de você.

— Eu senti saudade de você também, querida. — Ela fechou os olhos. — Eu amo você tanto!

— Eu também amo você.

— Cuidado com o ombro da mamãe — disse ela. — Deixe-me olhar para você. Uau! Buy deve ter cuidado muito bem da minha menininha. — Ela ergueu os olhos e ali estava ele. Parecia sem jeito. Ele sorriu como se estivesse tentando se controlar.

— Oi.

— Venha cá — disse ela.

— Aí em baixo?

— É.

Buy se agachou e ela o abraçou também.

— Ai — disse ele. — Cuidado com o braço do Buy.

— Ah! Desculpe.

— Tudo bem.

Ela tocou seu rosto. Ele parecia estar com vontade de beijá-la, por isso Jennifer se inclinou para a frente e os dois se beijaram.

— Muito obrigada — sussurrou ela. — Muito obrigada...

— Tudo bem. — Ele parecia sem graça. — Eu estou... feliz em ter você em casa.

— Eu também. — A voz dela era um sussurro. Abraçou os dois com o máximo de força que pôde. A mãozinha de Kate se enrolou na sua. O rosto de Jennifer se apertou contra o cabelo de Kate, e o cheiro familiar subitamente provocou um soluço. Ela chorou durante um tempo, e ninguém se mexeu.

— Alô?

— Jim GE?

— Quem é?

— Jennifer Governo.

— Ah...

— Jim, estou ligando para dizer que o Governo identificou e localizou os criminosos do seu caso. Vou lhe mandar o dossiê do caso nos próximos dias. Você deveria achar uma firma de advogados para abrir o processo.

— Você sabe... você sabe quem matou Hayley?

— Sei.

— Ah, meu Deus. Muito obrigado... muito obrigado...

— De nada. Adeus, Jim. — Ela desligou o telefone.

Buy estava olhando-a.

— Tudo feito?

— Sim.

EPÍLOGO

86 Reabilitação

A mulher folheou as páginas do currículo de John para trás e para a frente, para trás e para a frente. Ele se obrigou a esperar. Não perderia o controle com essa entrevistadora, não importando o quanto ela fosse uma vaca condescendente, de cabelos comportados e óculos chiques.

Ela ergueu os olhos.

— Você foi elemento de ligação da Nike?

— Fui. — Ele tamborilou com os dedos na coxa.

— Não houve algum problema... a Nike não foi uma das principais instigadoras do...

— Ah, aquilo foi um tremendo estrago. — John sorriu. — Certo, sim, algumas pessoas perderam a cabeça, mas o resto de nós foi muito mais cauteloso.

— Mas você trabalhou para a US Alliance?

— Não *desse* lado. Eu estava mais nas promoções para clientes e esse tipo de coisa.

— Sei. E isso foi... há doze anos?

Ele sustentou o sorriso.

— Isso mesmo.

— E desde então você esteve...

— Trabalhando em projetos especiais.

— Sei... — Ela se levantou e ofereceu a mão. — Bem, obrigada pelo seu tempo, John. Faremos contato.

— Só isso?

— É.

Ele se obrigou a dizer:

— Obrigado pela oportunidade. Realmente agradeço.

Ela sorriu. Enquanto John saía ela disse:

— Tenha um bom dia. — A mão dele apertou a maçaneta. Sua vista relampejou num clarão branco. Ele fechou a porta cuidadosamente e se afastou.

Para uma cidade dedicada ao automóvel, Los Angeles não estava oferecendo muito a John em termos de táxis. De fato não estava oferecendo muito, ponto final. Ele se arrependeu de ter voltado. Lembrava-se desse lugar como sendo muito mais maneiro.

Andou pelo bulevar Wilshire durante um quarteirão e meio antes de atrair a atenção de um táxi. Enquanto ia até lá, um cara de terno elegante saiu de um restaurante e se adiantou.

— Ei! — disse John. — Escroto! O táxi é meu!

O executivo se virou. Era o garoto da Pepsi.

— Puta que o pariu — disse John.

O garoto da Pepsi — que não era mais garoto, claro: tinha a idade de John naquela época — segurou sua mão e apertou.

— John! Quase não reconheci você! O que está fazendo aqui? Cara, quanto tempo faz?

— Ei, uau — disse John, pensando: *Qual era o nome dele mesmo?*

— Puxa, desculpe, eu não queria roubar o seu táxi.

— Não... — Ele balançou a mão, descartando o pedido de desculpas. Essa era uma tremenda oportunidade, esbarrar no garoto da Pepsi: uma gigantesca oportunidade. — Como você está?

— Ótimo, ótimo mesmo. Sou vice-presidente de vendas da PepsiCo, ouviu dizer?

— Não.

— Cara, estou tão empolgado em ver você fora da cadeia! Aquilo não é lugar para um sujeito como você. Quando eles o deixaram sair?

— Há duas semanas.

— Que roubada. Ainda não posso acreditar. A Nike não quis apoiar sua defesa. Quero dizer, eu sei por quê, mas...

— Aqueles escrotos... — Ele se controlou. — De qualquer modo, estou procurando emprego.

— Ei! Se você está precisando, a Pepsi pega você num segundo. Estou falando sério.

— Verdade?

— Você é o homem, John. É só dizer a palavra.

John sentiu um jorro de gratidão genuína. O garoto da Pepsi tinha sido um bom amigo, a não ser no final, e isso podia ser perdoado, não podia? Nas circunstâncias...

— Cara, eu aceito qualquer coisa com "executivo de marketing" no título. Estou sendo crucificado aqui fora.

O rosto do garoto desmontou.

— Bem, John, a gente não poderia colocar você no marketing.

— O quê?

— Seria má idéia colocá-lo numa interface com clientes. Depois do... você sabe.

— Então de que tipo de trabalho você está falando?

— Temos uma vaga no Crédito, e acho que alguma coisa em Processamento de Pedidos...

— *Crédito?* Você acha que vou trabalhar em *contabilidade*?

— Estou tentando ajudar você, meu chapa.

— Ei! — gritou o chofer de táxi. — Alguém vai entrar aqui ou não?

John deu um soco no peito do garoto.

— Eu sou um *executivo*. Cheguei *perto assim* de executar o maior golpe de negócios da história!

— É, bem — disse o garoto da Pepsi. — Sem ofensa, mas chegar perto não é o bastante, sabe?

— Seu merdinha.

— Eu tenho de ir. Se quiser um emprego, ligue.

— Um dia a gente vai terminar o que começou! — gritou John. — Nada mudou, você sabe! Um dia nós vamos tentar isso de novo. E vamos *ganhar*.

— Talvez — disse o garoto, entrando no táxi. — Mas não com você, John.

Agradecimentos

Na maior parte do tempo, ser escritor significa ficar sentado diante de um computador lutando contra a vontade de jogar campo minado. É assim durante uns dois anos, e então você é publicado e todo mundo quer falar com você ao mesmo tempo. Mas algumas pessoas estão presentes desde o início, e sem essas você não consegue se virar.

Kassy Humphreys, Gregory Lister e Roxanne Jones leram um esboço inicial e ofereceram opiniões excelentes, muito necessárias. Assim como Wil Anderson e Charles Thiesen, em detalhes espantosos e profundamente úteis que tomaram muitíssimo de seu tempo. Geoff Wong examinou cuidadosamente alguns capítulos em busca de afirmações insensatas sobre vírus de computador. Carolyn Carlson me convenceu a cortar um personagem importante, o que foi doloroso e difícil, e realmente uma boa idéia. Todd Keithley, meu ex-agente literário, ofereceu um apoio enorme durante todo o processo de escrita do livro, e quando largou o trabalho me deixou arrasado e convencido de que nunca mais iria publicar outra vez. Luke Janklow, meu agente novo em folha, certificou-se de que eu *fosse* publicado outra vez. Além disso me fez aterrissar com um editor mais cheio de idéias e assíduo do que eu poderia ter esperado, Bill Thomas, que de algum modo conseguiu escrever uma carta editorial de cinco páginas com a qual eu concordei totalmente. Por fim, Jen, minha brilhante e linda mulher, me manteve feliz quando as palavras não surgiam, ficava empolgada quando surgiam, e continua a tornar minha vida hilariante.

Este livro foi composto na tipologia *Minion*, em corpo 11/14,5, e impresso em papel *off-set* 90g/m², no Sistema Cameron da Divisão Gráfica da Distribuidora Record.